名/家/忆/往
系/列/丛/书

汪兆骞　主编

叶廷芳　著

回流的缓波

中国文史出版社

图书在版编目（CIP）数据

回流的缓波 / 叶廷芳著. —北京：中国文史出版社，
2018.12
（名家忆往系列丛书 / 汪兆骞主编）
ISBN 978-7-5205-0963-3

Ⅰ.①回… Ⅱ.①叶… Ⅲ.①回忆录—作品集—中国—
当代 Ⅳ.①I251

中国版本图书馆 CIP 数据核字（2018）第 277243 号

责任编辑：赵姣娇

出版发行： 中国文史出版社
社　　址：北京市海淀区西八里庄 69 号院　　邮编：100142
电　　话：010 - 81136606　81136602　81136603（发行部）
传　　真：010 - 81136655
印　　装：北京新华印刷有限公司
经　　销：全国新华书店
开　　本：880mm × 1232mm　1/32
印　　张：9.625
字　　数：206 千字
版　　次：2019 年 6 月北京第 1 版
印　　次：2019 年 6 月第 1 次印刷
定　　价：48.00 元

个人印记的精神图景

——关于散文的絮聒之三

汪兆骞

记得壬辰年之春，曾应中国文史出版社之邀，为该社主编过一套"当代著名作家美文书系"散文丛书。所选皆与我熟稔的著名作家之散文名篇，每人一卷。经年老友多过花甲之年，正是"老去诗篇浑漫与"，其为文已到随心所欲之化境，锦心绣口，文采昭昭，自出杼机，成一家风骨。文合为时而著，本人性，状风物，衔华而佩实。我在总序中说："这些大家的散文，是血肉之躯与多彩现实撞击出的火光；是人性与天理对晤出的大欢喜、哀凉与哲思；是直面人生，于世俗烟火中，发现芸芸众生灵魂绽放出人性光辉的花朵；是针砭世事，体察生活沉重，发出的诘问。高山安可仰，徒此揖清芬，篇篇似兰斯馨，如松之盛，赠君以言，重于金玉，乐于琴瑟，暖于棉帛。"

该丛书面世之后，反响不俗，其中莫言、陈忠实两卷尚获重要文学奖项，可惜仅出版六卷，便草草收场。问题不少，但其主要原因，是我已准备十多年的七卷本"关于民国大师们的集体传记"《民国清流》系列的撰写，到了不能再拖的地步，实在无力分心旁骛，只能抽身。

忽忽六年过去，早已在眉梢眼角爬上恁多暮气的我，已成白头老翁，所幸七卷本《民国清流》，在晨钟暮鼓、花开花落中，陆续顺利出版，且另一长卷《文学即人学：诺贝尔文学奖群星闪耀时》，也即付梓。此时中国文史出版社再次请我主编"名家忆往系列丛书"，鉴于壬辰年所主编丛书，虎头蛇尾，一直心怀愧歉，便欣然从命。于是再邀文坛名家老友，奉献散文佳作。幸哉，老友鼎力相助，纷纷响应。惜哉，一贯为散文发展热情捧薪添火，"纵横正有凌云笔"的贤亮、忠实二君，已不幸驾鹤西行。"西忆故人不可见"，只能"江风吹梦到长安"了。

本人一生以职业编辑之身羁旅文学，在敬畏、精诚、庄严、隐忍中，为人作嫁衣裳，便有了与诸多作家和他们的文字相知对晤的机缘。哲人云"缀文者情动而辞发，观文者披文以入情"。徜徉于作家们"笼天地于形内，挫万物于笔端"的文字里，读出他们灵魂中的人文关怀、文化担当和审美个性。如芙蓉出水，似错彩镂金，辨而不华，质而不俚，风调高雅，格力遒劲，文里寄托着他们太多的人生思考，太浓的文化乡愁。

在中国现当代文学创作体裁格局中，散文承载着民族文化和民族心理的丰厚蕴涵，但综观当下散文创作，呈现一种浮躁焦虑状态，缺乏耐心解构，"过于正确与急切的叙事"

抒情，其面目无论多么喧嚣与璀璨，都不过是"现实的赝品"，致使一端根植在现实大地、一端舒展于精神天空的散文艺术，弥漫着文化废墟和精神荒原的气息。

编这套名家"忆往"散文丛书，所选皆是作家记住或想起保留在脑子里过往事物印象的文学书写。人生天地间，若白驹过隙，忽然而已。往事俯仰百变，人生如梦，"人生到处知何似，应似飞鸿踏雪泥"。那雪泥上留下的爪痕，便是人生行旅的印迹。作家在回忆人生往事时，举凡小事大道，说的都是自己对过往的所思所悟，其间自有人生的哲学睿智、思想境界和灵魂风骨。他们在山河人群和过往的历史中寻找自己，确证自己的命运过程，从中可看出行于江湖的慷慨悲凉、缠绵悱恻的种种气象。他们是带着哲学思辨意味的作家学者的气质，赋予个人印记以精神脉络的，忆往便构成共和国历史生活图画的一部分。

文者，言乎志者也，散文之道，理性与感性、世俗与审美、形而上与形而下之间的穿梭徘徊，胡适先生云："有什么话，说什么话。"说真话，说新话，说惊世骇俗之话，说"人人心中有，个个笔下无"的禅机妙语。另又想起壬戌年岁尾，去津门拜望孙犁先生，寒暄之后，知先生刚为我就职的人民文学出版社要出版的《孙犁散文集》写完序，即向先生请教散文之道。先生笑而不语，遂将其序示我。其序简约，语言平实，只谈了三点"作文和做人的道理"。年代虽久远，先生关于好散文的标准，仍铭记于心，便是：要质胜于文，质就是内容和思想；要有真情，要写真相；文字要自然，若反之，则为虚伪矫饰。先生之于文，可谓闳其中而肆其外。灵丹一粒，合要隽永。如何写好散文，胡适、孙犁两位大师以三言两语警策之言，已说得明明白白。但让人不解的是，总是有些论者，把散文创作说得神乎其神，看似格韵高绝，然如雾里看花，终隔一层。诸如异想天开，鼓吹什么体裁层面上移形换位的跨界写作便可商榷。

编此丛书，无意匡正散文创作的现状，只想向读者推荐货真价实的好散文。于是从他们的作品中，揽片羽于吉光，拾童蒙之香草，挑出"天籁自鸣天趣足，好文不过近人情"的既有人间烟火气，又"有真情""写真相"的"尽美矣，又尽善也"（《论语·八佾》）的美文，编辑整合，以飨读者。

诗书不多，才疏学浅，序中难免有谬误之论，方家哂之可也。对中国文史出版社和诸作家为构建书香社会捧薪添柴的精神，深表敬意。

戊戌年初秋于北京抱独斋

目录

第四辑 天高任我飞

第一辑

童年在田园

人爱家乡一如人爱母亲，自己的家乡都是美丽的，称心的。

开门见山

我生长在钱塘江上游的浙西山区。村子周围是田畴和丘陵，向北约五里之遥便是连绵的高山。我出生的家屋坐落在村西北角的尖角上。那是一座厅堂东侧的"翼屋"。它的左右两道门均朝西，抬头50米外便是一座小山，我们叫"后头山"，覆盖着浓浓密密的原始森林，所以又叫"柴蓬"。它颇像一张沙发，其前部是一大片深约300米、宽约500米、高20米的平丘，俗称"大坪坦"，也是古木参天。它的"树王"是一棵十几围的千年古樟，正好对着我的家门。它的巨大的树冠有三分之一笼罩在我家的菜园上空。家人把它视为"神树"，逢年过节都要到它跟前烧香膜拜。长大后我则把它视为我家天赐的"盆景"。大坪坦的"靠背"则是一座高百十来米、宽700来米的冈峦，它是全村的绿色富藏和屏障。

走出家门往右看，越过一片田垄和几道丘陵，则是巍巍高山。而正对着我们的那座叫"笔架山"，比北京香山"鬼见愁"至少高出一半，它的三个峰巅排列有序，中间那个略高而微微向后仰靠，构成略带弧形的"笔架"造型。它是我们村子的天然"屏风"。

我生长的村子是个拥有300余户人家的大村落，主要由"前叶""后叶"两个自然村构成。"前""后"之间是一条宽约六七米的小溪。我的家属于后叶（又称"下叶"）。后叶的整个叶氏家族有个共同的祠堂。同时，这个家族又分四个"房族"，每个房族又有一座跟祠堂形式相仿的公共建筑叫"大厅"。我的家屋所依附的厅堂叫"里仓厅"，它坐南朝北，其正面恰好朝向笔架山。

里仓厅是一座三进两天井的宗族公共建筑。第一进及其与第二进之间的天井，据爷爷说，已于一百多年前被"长毛"（即太平天国起义军）烧毁了，现成了一块晒谷场和一口约20米见方的锅形水池，成了鹅呀鸭呀捕食、嬉戏或训练它们子女游泳的场所。而幸存的一进和二进仍被附近同房族的邻里们逢年过节进行祭祖或举行"白喜事"的活动。

这座公共建筑原来东西两侧都有长长的"翼屋"依附，不知什么原因，西侧的翼屋靠里的那一半已经没有了，变成我们家的一块菜地；东侧的翼屋则一直由我们家三代人居住着。门前的柴蓬是我童年的摇篮，也是全村的绿色富藏，更是飞禽的天堂。每天早晨我们家的大门一开，只见千百只飞鸟满怀希望叽里呱啦欢唱着从浓荫里不断奔腾而出，飞向辽阔天空。傍晚，它们又纷纷欢天喜地地一个个钻进浓荫之中，交配的交配，嬉戏的嬉戏，安然享受着温馨的暖巢。只有那矫健的雄鹰，仿佛刚刚才起床，一个个扑啦啦冲出树丛，像箭似的直插长空，然后张开宽大的翅膀，在暮色苍茫中进行表演性翱翔。所以长大后每当我听到民族器乐曲《百凤朝阳》就感到格外亲切，它一再让我回想起儿时群鸟们早晚献演的这两台特别节目。这些特殊演员不愧是人类的良友啊！在我的精神人格和人文情怀的塑造过程中，肯定有它们的参与和贡献。

参与这种塑造的自然还有北边的群山。它们由近而远、由低到高组成一道道屏障。最近那道叫"长山头"，斜着横在我家门前，相距不到一里地。它高约30米，宽不足100米，长长的像条蛇向村子爬来，在离村子约200米处停住了。说来也巧，村后也有一座山，形状像龟，所以叫龟山，也向村子爬来。农民是很有经验的，他们常发现龟蛇老在一起，就认为它们有缘，一起交配。于是传说就产生了：村前村后这一对"情侣"，尽管有偌大的村子把它们隔开，它们仍不死心，夜间偷偷绕过村子约会，并且互相交配。想不到这则不无审美价值的传说，竟然有人当作真事看待，认为这岂不亵渎村子的尊严和声誉！于是决定在蛇背的"三寸"处把它砍断；在龟山的龟头上盖一座寺庙，让这两个不老实的家伙再也休想偷情！现在人们在蛇山的脖颈处看到的是一道约50米宽的巨大"伤口"，即使用现代运输工具没有几千卡车也运不走那些土石方，说明当年人们信念之深，决心之大！如今不知多少个世代过去了，那伤口两侧仍寸草不生，远处看去很像血淋淋的伤口。自从我知道了这个故事，宁愿绕道走也不愿从那里经过！并且常想：如果我知道是哪位祖先干了这件残忍而缺德的事，我一定要冲进祠堂把他的牌位砸个稀巴烂！

最后是笔架山。就像那棵古樟，她也是与我早晚必晤的慈祥老人。每当天气有什么变化，她就成了我心中的"晴雨表"，首先朝她那里看看：她的三座峰峦是否已被乌云遮盖，或者那里是否已经蒙蒙下起雨来。尤其是天旱日子，哪怕那里有一朵云彩飘来，就会在我心里掀起一线希望。而在下雪天，看着她全身白衣披挂，成了硕大无朋的雪人，更令我惊喜不已。若在雨过天晴，她好像被清洗一遍，清晰无比，格外赏心悦目。记忆里装得最多的是每年夏天的晚上，一家三代人坐在家门口的晒谷场上听爷爷讲那总也讲不完的故事。在听疲倦了的时候，就扭头朝天边看去。这时组成清晰勺把形图案的北斗星总是悬在笔架山的头顶，眨巴着眼睛，好像要跟我们说话似的。

　　每次望见笔架山的时候，总会瞥见她怀中的一个醒目标志——白云岩，那是坐落在半山坳里的一座佛庙，因有一个岩洞加上经常白云缭绕而得名。这座佛庙与别的深山里的古刹没有多少特别之处，它唯一的功绩是酿造了一个独特的节日——六月节。即在农历六月十九日这一天的晚上，远近几十里的男男女女都喜气洋洋地涌向白云岩去"朝拜"，实际上真正拜佛的没有几个，十之八九是男女青年们为了寻找放纵：树丛里，草堆间，或稍微隐蔽的地方，偷香窃玉者随处可见，"野合"者也不在少数。也有一些尚无着落的姑娘小伙儿，临时搭个同性伴儿加入凑凑热闹，碰碰运气，谁知道会不会遇上个生人萍水相逢而一见钟情呢？那时候农村里对这类事情的禁锢是很严的。但在这一天却实行不成文的"特赦令"。尽管事后有的好事者对这类浪漫见闻描绘得绘声绘色，道学家们，甚至有关家长们也都睁只眼闭只眼。因此这个"六月节"实际上是芸芸众生们在这个大自然的怀抱里举行自发的"狂欢节"。这一点可要感谢笔架山的慈悲和宽容，她把人们出于传统观念而制造的潘多拉魔盒打了开来，还人性以自然。

笔架山因此成了我一生挥之不去的情结。上中学后，一度住在县城的最高建筑——天宁寺的最高一层第四层。我每天都要打开窗户朝笔架山方向眺望，但看不到；借助于自制的土望远镜，还是看不到。原来方向不同，笔架山的面目全变了！到了北京以后，笔架山自然再也看不到了！但30年后，我找到了一种补偿：在《光明日报》开辟了一个专栏，栏目就叫"笔架山"。但真正的补偿应该是回去亲自登临一次。从小就萌发了登临她的绝顶的愿望，过了花甲以后，这愿望更是与日俱增。每次表达出来的时候，总遭到家人的反对。65岁那年，我想，今年非登不可，否则就永远休想攀登了！亲属们看到再也阻止不了我了，就干脆反过来支持我，几个人和我一起往上攀登。没想到爬到半山坡的时候，找不到路了！原来80年代以来，由于农村普遍使用煤和煤气做燃料，山上的植被好容易躲过了刀斧之灾，坡道上又变成莽莽榛榛，荆棘丛生了！还是庄稼人有经验，他们每人带了一根木棍，轮番着把小树挡开，把荆棘挑到一旁，艰难地往上攀爬。经过四个小时的奋斗，终于到达了峰顶！原来以为这尖尖的山峰，顶上只有立锥之地。想不到竟有百十平方米相对的平地！平地上竟有一块巨石，比泰山顶上那块被赵朴初书上杜甫名句"会当凌绝顶，一览众山小"的石头还要大，仿佛是山体中轴之顶端！这肯定是造化之特设，不可能是人工之所为。我怀着一种征服高度的豪情，登上这块巨石，扯开最大的嗓门，唱起了"我站在高山之巅……"实现了与笔架山"零距离"的终生宏愿。

家　庭

我在 1968 年以前所属的家庭应该从父辈三兄弟分家开始。分家在哪一年？可惜以往我从来没有问过谁，所以具体时间无从知晓。我估计在 1937 年左右。这时我父亲叶德华（学名叶肇毓，1904—1953）33 岁，母亲胡五妹（1906—1943）应该是 31 岁。这时我才 2 周岁①。这时我的哥哥已 10 岁，我的姐姐已 8 岁。后来我母亲还生了一个比我小 4 岁的弟弟。实际上我母亲以 38 岁的天年一共生了 6 个：在我之前一个男的、在我弟弟之后一个女的，都在出生后不久就夭折了！

祖父育有五女四男（惜老四未及娶亲、分家就于 20 岁时病殁了），拥有自田 12 亩、租入田 30 余亩，劳动力连自己 4 人。

---

① 这个年龄与我的档案记载与媒体出现的年龄（1936 年 11 月 23 日）存在一年多的差距。原因是：当时国家规定凡满 18 岁的男性国民有服兵役的义务。到期不愿者，即实行抓捕的办法，俗称"抓壮丁"。故人们一般都采用少报一两岁的办法以拖延服役期，而后在宗谱里则写上真实的日期。故在我 7 虚岁上小学以后不久，我大伯叶德枝（分家后他作为老大依然主动负责着兄弟们的某些非经济事务）突然来我家向我宣布："廷芳你记住：今天我去祠堂把你和廷高（我叔父的儿子，与我同庚，只小我 20 天）登记进了宗谱。你的生日是民国二十四年二月三日；你的辈分是'有'字，你的学名叫'叶有军'。"

所以家境还可以的。分家时两老把12亩自田留作自己养老，全部租入田分给仨儿子，每人得12亩余。这些田收入的五分之二须用来交租。剩下的对于一个六口之家就相当艰难了！何况三个儿子都还小，自己又有咳血的毛病，根本不能干重活！幸亏父亲倒会动脑筋：农忙时他靠雇短工对付春种秋收，基本解决了家庭的吃粮问题；农闲时即秋冬季节，他就背着一个沙麻袋（一种旅行用的、约一尺半长的布袋子）去山区村子收购柏子、茶籽（油茶果）和桐籽（油桐果），然后请人挑到本村的水碓里，分别榨出或制造出茶籽油、桐油和白腊。然后再请人挑到城里去卖，赚得一些钱，作为雇短工和家庭零花用。五六年后，哥哥长大了，成了壮劳力，这样省下了不少雇短工的钱。父亲就把这些钱积攒起来，隔几年买一两亩田，这样，到中华人民共和国成立前夕，父亲一共买了12亩田。我们家成了一个中等偏上的农户。

父辈三兄弟分家后，按照抽签结果大伯一家分到外面去住了。原住的里仓厅翼屋由父亲和叔父两家平分。结果我们家分到了普遍认为不利的那部分，即翼屋的那四小间灶屋加半间楼房（楼上不属于我们）。叔父的那部分则不仅有两间半楼房，还加上三间紧挨着楼房的带天井的泥墙瓦房，且门口有宽敞的街道。这个结果使我们家的两代三位女主人都郁郁不乐。

分家后我家与叔父家继续保持畅通，以保证祖父母随时在两家走动，再则我们家还有一间父母的卧室在那边。祖父母则要求在我们家安排卧室和炉灶，吃饭则利用叔父楼房的中厅，以显示大家庭主人的尊严，因为那里是悬挂祖先遗像的地方。于是我们家把靠北的那间用来做猪圈和牛栏（我家和叔父、祖父三家合养两头大水牛，直到中华人民共和国成立后公社化为止），将靠南的那间继续做厨房，但加了一座祖父母的灶台。剩下的一间门厅和应有的餐厅却不能独立了，必须在它们中间切下一条长方形平面，围起了一间祖父母的卧室。可怜这卧室也不能独用，必须在祖父母床位的另一头安排一张我姐姐的床铺。

　　分得的叔父那边楼下的那个房间一直是父母的婚房。此后也不能独立了：据说在我2岁以后不得不在房门边加了一张单人床，由父亲和哥哥合睡，一人一头（当地习惯）。母亲仍带着我睡在原来的"兜床"（一种有床架和盖顶的双人床）。大约3岁以前的情况什么都没有留下印象，3—4岁记得的只有两件事：第一件是，上床后母亲总要先坐着把我搂在她的怀里，亲亲我的脸蛋，又拍拍我的小屁股，轻轻摇着我，直到我入睡为止。而这期间我总是轮换着抚摸她那两个大乳房，软软的，暖暖的，无比的温馨，仿佛那是我全部的所有，于是在迷醉中入睡。人类的恋母情结可能就是这样产生的吧，这也就是为什么多少年后，当我第一次看到罗丹的雕塑《永恒的偶像》（一位男性跪着猛吻女人的乳房）时那么震撼心灵。第二件事是，有一夜我正酣睡的时候，感觉到了被挤压，醒来后感觉到一种熟悉的异味，我知道那是父亲身上特有的气味。但我不接受，就哭了起来。父亲先不吭声，也没有动作。但过了一会儿，他突然转过身来，安慰我说："妹（方言，宝宝的意思），你别哭，我这就走！"接着他真的回到自己的床上去了。但妈妈却一声不吭，尽管我马上跟她挨近，以便去安慰她。

　　于是我害怕起来，就又哭了起来。妈妈这才来安慰我。这以后，我好像一下长大了许多。以后爸爸再挤到床上来时，即使被惊醒，我也不再哭了。但爸爸来我们床上做什么，我并不知晓。毕竟我大部分时间都睡着了。后来，妈妈的肚皮渐渐大了起来，结果生下了我弟弟。那时我已4岁。于是妈妈只得叫姐姐陪我睡。

至此我们家算满员了：母亲一共生了6个，成活了4个。这样全家一共6口人。在追求"多子多福""人丁兴旺"的年代，算不得理想，但还算可以吧。当然，本来是有可能达到理想境界的，可惜天不从人愿：由于日本侵略者实行强国对弱国的野蛮入侵，给我的家乡和家庭带来了巨大的劫难。我亲眼目睹日寇军队蹂躏我的村子，冲进我的家门，抓走我的父亲和爷爷，在家里作威作福，迫使母亲带着我们4个兄弟姐妹逃难到深山。不想在那里又闻眼瞎的外婆因不能逃跑而遭到日寇一连九枪的射杀。母亲悲痛欲绝，当场晕倒。1943年夏终因积郁成疾，罹患当时的不治之症——肺病，当地叫"虚病"。尽管请医吃药，烧香拜佛，依然敌不过病魔的纠缠，眼看着她一天天虚弱下去，终于未能逃过那个冬天，于阴历十一月的某日早晨撒手人寰。她病危那几天，家人为她在灶房边上搭了张临时床，我仍睡在她的另一头，她怀里也仍抱着我4岁的弟弟。直到断气那天早晨都是这个状态。在她病危的那几天里没有感觉到她有丝毫的挣扎，也没有听到过她任何的呻吟。所以弥留之际没有任何家属中的大人陪伴在她身旁！她也没有任何遗言。不难想象，早饭后，当家人和本村的亲友们在门口的场地上跪着围成一圈一边烧纸、一边痛哭的时候，8岁的我只是跟着呜呜几声，而并不感到悲痛。因为我不相信妈妈真的会死，真的再也回不来了；她只是睡得太深了，或暂时回不来了；她还会醒过来的，还会回来的……直到人们把她装进了棺材，并且把盖子盖上的时候，我才意识到，妈妈真的死了，妈妈再也回不来了！这时我才呼天抢地，非要把棺材盖扒开不可……

母亲死后，祖父母对父亲提出要求：为了四个孩子考虑，不要再娶。那么这个六口之家——现在是五口之家了——家务活谁来管呢？所谓家务活至少包括：五个人的一日三餐每天要做；五个人的衣服缝缝补补；五个人的鞋子双双自做；圈里的猪、鸡还得继续饲养……这一大堆繁重的任务现在一下子落在家中唯一的女人——姐姐宝玉身上！可姐姐这年还不到 14 岁啊！但这也是没办法，谁叫她命苦呢！然而姐姐是好样的，她毫不示弱，顽强地肩负起这副担子，而且一年后就超过母亲：每年饲养五头母猪！

此后不到半年，1944 年春夏，又有风声说日本鬼子要来了！又见远近扶老携幼往深山里跑。这次我们兄弟姐妹 4 人随父亲逃到离杜泽不远的碧溪村，在这里看看形势再说。就在一个人的家里（不知与主人什么关系）住下了。那是 5 月梅雨天，没有了母亲，每天看着那淅淅沥沥的雨滴，心里真是有说不出的忧伤和凄楚……那时我已 9 周岁。

自 1942 年阴历四月十五日至 1945 年阴历四月十五日，是这个家庭的多事之秋，对于它的家长来说堪称多灾多难：在日寇魔掌下死里逃生、过早丧妻、第二次逃难。那么 1945 年还发生了什么呢——他最看好的三个儿子中的老二因玩耍失去了左臂！这

回流的缓波

样一来，不但他的如意算盘落空，家里还背负着一个累赘，自此他性子暴躁，而那个不幸的老二则成了他的出气筒！

但毕竟老大成长起来了，1945年他恰好18岁——成年的标志性年龄。他宽肩阔背，成了个上好的劳动力。尽管抗战逃难时摔的那一跤，使他的左小腿永远略小于右小腿，但并不瘸，对走路挑担并无影响，而且他是个从不偷懒的很勤奋的小伙子。这样，若不是农忙季节，家里就不必雇零工了。

两年后一个新名词出现了：共产党！由于国民党的反面宣传，那时共产党是个反面形象：打仗很厉害，杀人放火。国民党打他不过，节节败退。1947年、1948年出现的北方大学生南逃，证明了这一传闻。于是令父亲忧心忡忡的一件事终于发生了：抓壮丁！哥哥的年龄虽然瞒了一年多，但两年过去了，还能瞒得住吗？于是父亲与叔父商量，让我与哥哥睡在他的楼上。万一有人来抓壮丁，一听见楼下有响动，哥哥马上躲进叔父的谷仓里！叔父楼上的那张床平时是我与叔父家的长工睡的，那个长工与我哥哥年龄相仿，而且朝夕相见，因此关系很好。他表示愿意回自己家住（他家离叔父家仅50步）。如此这般我们挨过了将近一年。1948年冬的一个夜晚，我突然被楼下的嘈杂声惊醒！接着楼梯上一片脚步声。刹那间，五六个端着枪的士兵已冲到我的床前，几乎异口同声地大喊一声："起来，叶廷奎！"其中一个士兵马上解开绳子准备捆绑。另一个士兵则把手电筒往我脸上照了一下，马上倒退一步说："怎么是个小孩?!""叶廷奎藏在哪里？"另一个声音马上爆发出来，直冲着我。"他昨天晚上没有回来睡。"我照实说。"哦！"那个拿手电筒的人说："是谁向他通风报信的？"

"我哪晓得是谁!"我回答说。"给我搜!"那个拿手电筒的人下令说。于是那五六个人便翻箱倒柜搜了起来,每一件大型农具如晒席啦,箩筐啦,簸箕啦等都翻了一遍。自然,叔父家的那两个谷仓的盖子也被他们打开了。结果大失所望!于是又下楼去,把祖父母盘问了一番。祖父坚持说:我们父子们分家以后一直各顾各的,我孙子在什么地方我确实不知道。最后这拨人只好悻悻然走了。

从此哥哥再也没有敢回来,直到中华人民共和国成立。他躲在哪里?我从来没问过。

缺了哥哥,田地里的活谁来干呢?父亲很焦急,已经懂事的姐姐也很焦急。

这时,1949年1月,我高小毕业了!同学们喜气洋洋地向各家护送"毕业榜"。我自豪地把它挂在叔父家的中堂上——那是代表以祖父为大家长的体面场所。我是毕业考试第一名,自然比别人更高兴。但父亲却阴沉地说:"考得再好又有什么用?中学照样不要你!"我立刻收敛了我的笑脸与快意,把头低了下来。但父亲接着说:"你也不必失望!你想想,即使你有两只手,你上得了中学吗?你不想想,你哥哥只念到初小毕业就叫他下地了!如今你哥哥东逃西躲回不来,田地在荒着,你想,你还去上学?我会准你去上学?"说着他站了起来放大嗓门说:"我们家上天注定就不是读书人的家!你趁早死了心吧!"

天气渐暖,很快春回大地。农人们都在忙着送肥扶犁。只有我们家冷冷清清,似乎对春意盎然无动于衷!事实上父亲像热锅上的蚂蚁,时刻掂量着要不要冒险让老大回来,叔父说:"回来?

那不如亲自把他五花大绑送到乡政府去!?"这时，一个我们全家都很熟识的人出现了——詹云复，俗名乌皮！他是本村地道的雇农，未成年就开始帮长工了！近两年在叔父家做长工。他是个有正义感和尊严感的青年。长年的雇农生涯，使他深感屈辱，决心从1949年起再也不当长工了（说不定他已感觉到要变天了）！但眼看着他的朋友叶廷奎迟迟不能回来，在繁忙的春耕气氛中我们家的田地还没有动静，他于心不忍，主动要求来我家帮忙，工钱随便给。于是父亲心中的一块铅终于落地。

　　我失学以后，成了家里的"死口"。作为父亲，他不得不开始为儿子操心，虽然他早就把这个儿子当作废物了！一天晚上，当着没有别人的时候，他心平气和地对我说："我看你也不能老荒着，我想来想去，觉得你将来可以当个郎中！平时你可以找本医书来看看。"不久我趁去镇上赶集的机会，从书摊上买了一本《郎中必读》，同时各买了一本《薛仁贵征东》和《薛丁山征西》。回来后先读《必读》，却怎么也读不进去，而那两本征东征西的书却一口气读完了！于是我觉得我当不了郎中，尽管也许可以解决我的生计问题。尽管如此，父亲却并没有停止为我的生计问题思虑。一天近午，我与他在他的房门口相遇，他手里拿着一份文件刚走近房门，却又立刻转过身来，把那份文件在我面前一亮，说："这是我瞒着你哥哥为你做的一份田契，就是白子碓底那六斗田（相当于一亩半），水利条件好，你将来凭它收收租，糊张口。老婆我就不给你娶了，你养活不了的。"啊，原来我在父亲的眼里是个完全的废物！连老婆都没有资格娶！这刺激了我的自尊心，不，激发了我内心深处的叛逆心理！自此我开始想办法，怎样才能打消父亲对我的消极看法，打破他为我谋划的暗淡前景？我想，在水田里干活我确实有困难，至少犁田我就不行。但在旱地里使用锄头，也许我可以训练？我想到了周围丘陵还有许多山坡在荒着，能不能把它们开垦出来种植番薯、小麦之类的粮食呢？

　　但丘陵里经常有狼出没，一个小孩单独干活是有风险的。于是我立刻想到了对门邻家那个穷孩子，叫"大肚皮痢痢"，人很老实，也跟我合得来。我跟他一说，他马上答应了。于是我们立即干了起来。开始一只手抡锄头，的确不得劲。但我手握锄柄，用肘部顶着它的后节，用膝盖往上一挑，也能把土掘得较深。经过一个星期的训练，我的速度和劳动质量都不亚于另一个男孩。一个月下来，我俩一口气开了八九块荒地。第二个月，我们将其中的两块地进行细作，分别用来种番薯和小麦。结果绿油油的小麦长出来了！一串串番薯也挖出来，从此建立起了自食其力的自信心。正是这种自信心，激发了我后来的进取心！

　　整个少年时代，充满了灾难的经历，其中被上苍安排了四次灾难的经历！尤其蹊跷的是，其中三次灾难都被安排在农历四月十五日！现在该轮到第三次了，那就是1949年的四月十五日！在那一天以前，舆论是国民党的天下。连着几年来，听到的都是共产党怎么怎么凶恶无度，杀人放火。想不到四月十五日这天的下午，一个阴雨天，突然一阵风刮来，说共产党马上要来了！杀人放火啊，大家赶快跑吧……于是，我们家的人比1945年日本鬼子进村时还要慌乱！大家随便抓到一点什么就往外跑！当我作为最后一个刚跨出门时，父亲突然转过身来对我说，廷芳你不要跑，你是小孩，他们不会把你怎么样的，何况你已经残废了！我留在了家里，心中却万分恐惧，想：人家管你小孩不小孩，残废不残废；人家只知杀人放火！于是非常埋怨家人尤其是父亲，不把我当人！我把大门关得严严实实，战战兢兢地一分钟一分钟熬过去，直到傍晚时分，仍不见一点动静。于是我大着胆子把门打开，溜到荷花塘边东张西望，不一会儿终于有一个大人从"街路"走来。我赶紧问：不是说共产党要来，怎么还没有来？他把手一挥说："早来了！"我说："不是都说共产党杀人放火。杀了人没有？"他说："没有那回事！都笑呵呵的，都在人家家里烤衣服呢！"于是我沿着"街路"一直走过去，却不见一个人影。于是我继续往前跨过"大渠"进入前叶村的主道。快到村口，终于看见一户人家的门内，有几个高个儿的士兵在烤衣服。我战战兢兢又好奇地看着他们。其中一个朝我笑笑说："小家伙，你要是想学就进来吧！"于是我迈上几个台阶走了进去。突然一股汗臭袭来，我立刻捂住了鼻子。"哈哈哈哈……"突然爆发一阵笑声，"小伙子，好香吧？你以为我们在烤好吃的，是吗？"我扭头就往外跑。我跑，不是因为害怕，而是赶紧向家人通报：他们不是杀人放火，而是十分友好！但当我到家的时候，家人也刚回来。大家都如释重负，像逃过一劫似的侥幸：依然五口之家！

哥哥终于摆脱了五花大绑的梦魇，笑眯眯地回来了！姐姐做了几个好吃的菜，庆祝团圆。

解放了！贫苦农民欢天喜地。青年男女们跳起了解放区传来的秧歌。当时姐姐开完妇女会回来也试着唱这首歌，却被我讥讽、挖苦，从此她再也不敢唱了，扑灭了她的青年朝气！这件事今天想起来依然感到内疚。当时政府派来了工作队员，领导成立农会。个别痞子显得特别活跃，常搞些有违政策的名堂，不久就被撤下来了！与此同时，民兵也很快被组织起来，他们成为村里一支很重要的政治力量。

哥哥回来后，詹云复就离开我们家回去了！但他没有到农会或民兵队伍里去活动，他另有打算——参军去了！那是8月份。两个月后他突然回来了！为了动员我也去参军。我说这恐怕不行吧，当兵必须能举枪。他说："当兵不一定都要拿枪！在伙房里当个事务长，记记账。你是高小毕业生，人又聪明，难道还不能胜任？"于是他领我去杜泽区中队报名。不想，人家一句话就给顶回来了：凡残废军人都要退役。可你一来就残废了，还参军?！但他不服，又带我去上方区中队。人家说：凡军人都得穿军装，凡穿军装的都得拿枪！但他还是不服，说要见县长。当时还没有正式的县政府，临时县政府也不在城里，而设在外黄乡，县长叫贾文贤。他斜着眼睛看了我半天，最后说："你有参军的积极性自然是好的，但军人总是要拿枪的！你还是到村里参加民兵队吧。"到此，一切的门都堵死了！詹云复似乎也没有话可说了，默默地陪我回来。他的天真与至诚至义，使我终生难忘！

这年的秋天，国家有一件大事：成立中华人民共和国！在北京要召开第一届中国人民政治协商会议；在县城则是召开全县各界人民代表大会。其代表由各乡镇产生。下叶村（包括前叶村）是个大村，所以有一个名额。我一直到今天都感到奇怪：这个名额不是落在某个贫困农民身上，而是落在经济条件还可以的叶廷奎身上。我琢磨，其原因可能是：首先，哥哥为人正直、诚实，劳动阶级；其次，由于他毛笔字写得好，以为他有文化；最后，在"抓壮丁"中躲躲藏藏，吃了点苦头。从县城开会回来以后，哥哥的精神面貌为之一振，参加各项运动都很积极，因此后来第一个参加了互助组，第一个参加了农业生产合作社，等等。

这一年哥哥的虚年龄已23岁，按农村的眼光看来，早该成亲了！是的，父亲显然早有盘算，所以不久就传出一个消息：表姐姣英要来我们家当媳妇了！我听了十分欣喜。表姐与姐姐同年，因此大我6岁。儿时在外婆家时，她像姐姐一样懂得照顾我。一个大晴天上午，我和姣英表姐正在院子里玩。忽然发现远处有三架飞机呈三角队形朝我们飞来，突然三架飞机距离拉开，向我们俯冲下来，到我们头顶时扔下好多颗炸弹。刹那间我不明白日本飞机为什么要炸死我们小孩？我站着发呆。这时表姐一把将我拽倒在地上，并把我死死捂住。同时间只听得嘣嘣嘣一连几声巨响。后知炸弹落在峡口镇（今峡川镇）的祠堂旁，那里有敌人的一个目标，离我们有五里之遥。炸弹随着惯性飘了五里地。这惊恐的一幕深深印在我的脑子里。而表姐的舍己为人之举更让我终生难忘！如今表姐要来我们家生活了，岂不是添了一个亲姐姐？

表姐过门那天是傍晚拜的堂，就在那间狭窄的门厅里。拜完堂后按习俗由一个青年男子把她抱进洞房的那个房间。然后由贺喜的客人们把新娘新郎猛逗一番。可惜喜气冲淡不了内心的忧郁：据说表姐一进那个房间就流泪了！因为她发现这房间很阴暗。是的，当年隔壁那户有钱人家为扩大地盘硬要将他家新建的房屋推进到离我们家只有一尺来宽的地步，以致形成的那条甬道一个人走进去得侧着身子！

　据说表姐是很想嫁个读书人的，虽然她生活在偏僻的山村。无奈在那个封建文化氛围依然浓重地笼罩着广大乡村的年代，一个普通女子的婚姻是不能由自己的意愿决定的！她们多少美丽的幻想和愿望都窒息在自己的内心深处了！表姐是相当漂亮的，她的身材苗条，线条匀称，肌肤细腻白皙。但我注意到，表姐来我们家的一段不短时间内，她的肌肤变黄了，缺乏原来的生气！所幸哥哥为人正直、善良，勤劳，而且虎背熊腰、品貌端正。所以第一个孩子出生以后，夫妻关系日益谐调，常见他俩有说有笑。她苗条的身材壮实起来，加上1.7米的身高，不啻是亭亭玉立。皮肤也恢复了原来的细嫩白皙。她穿戴干净、得体。由于受经济条件的限制，她衣服不多。我记得最清楚的是1954年的夏天，只有两套衣服在换洗，而且都是上白下黑。她笑起来有一对美丽的酒窝。她的牙齿洁白而整齐。我常想，若是表姐嫁给一位品貌端正的中学教师，那是多么般配！

　1949年对于我们的大家庭来说也是个多事之秋。嫂嫂添进来了，却又要送祖母走了！祖母（1880—1949）个儿高高，约有1.72米吧，也是亭亭玉立，而且也是皮肤白皙，脸蛋略呈长方形。想她年轻时也肯定数得上是美女吧。但祖母的中青年时期已无从追忆，我跟她有接触的时间自然从我的少年时期开始。对她第一个最清晰的记忆是1942年农历四月十五日鬼子进村那天。那天中午爷爷荷着耘耙急急忙忙从地里赶回来，说不好了，中央军败下来了！大家赶紧把门关严堵上。祖母从门缝里往外看，不一会儿她惊叫起来："这哪里是'中央军'，明明是日本鬼子呀！你看那衣服，那靴子！"我朝门缝外一看，完全赞同祖母的判断，赶紧回到自家楼上躲藏。祖母和爷爷以及父亲怀着对家庭的责任，没有跑。结果祖父和父亲被鬼子抓走了，祖母被罚烧饭。在我们全家逃难期间，祖母仍守着这个家。幸亏此后鬼子没有再来。

祖母令我最难忘的是在我困难的时候及时为我解困，特别是当父亲咒骂我的时候。她总是为我辩护，给我解围。有时反而把父亲批评一番；有时则和爷爷一起把我拉到他们的饭桌上去吃饭，从而把我在父亲面前所受的屈辱一笔勾销！因此她和爷爷是我在这个大家庭里的保护伞！现在祖母终于病了！病情和当年母亲一模一样——虚病即肺病。在她的病情日益严重的情况下，祖父不得不将她的床铺挪到翼屋的中堂，以便让更多的亲属来看护。而不论有多少亲属在场，祖父总是要守在床边，说明这对老夫老妻的恩爱。但有一天夜间，大家（包括我）都在打瞌睡，忽听得"一只猫！一只猫！"的叫喊，是祖父的喊声。大家立即行动起来，睡眼惺忪中四处寻找那只猫，结果什么也没有发现。于是一个怀疑产生了：我们家有"猫精"，一旦被它迷上，就会感觉到一天不如一天地虚弱下去，这是家里老有人得"虚病"的原因。但这样一来大家更觉得毛骨悚然了，说不定随时都会被这个精怪盯上！这给我们家的人心理上蒙上一层阴影。

祖母依然一天不如一天地虚弱下去，服什么药都不管用，西医却不曾问津。只见她一天一天消瘦下去，她那向来带着两个小酒窝且白里透红的美丽脸蛋变成了清瘦干枯。只有一次出现奇迹：叶氏祠堂因冬至发送肉汤炖豆腐，她与我竟比赛似的吃起来，最后她可能考虑到我毕竟是孩子，须让着我点，勉强地放下了筷子。想不到三天以后，她就离开了人世。与我母亲一样，没有痛苦，没有呻吟，也没有遗嘱。后来长大了，听说病人临终前常常有"回光返照"的现象。联想到那天祖母与我"抢吃"豆腐现象，可能就是"回光返照"的反映。当然，患"虚病"（即肺痨病）的人嘴巴都比较馋。

祖母走了，一个在我逆境中替代母亲呵护我的人走了！幸亏这时我已完成了"儿童时代"，开始进入"少年时代"了！进入"少年时代"的标志是开始进城上初中了；也可以说，开始放弃毛笔，采用钢笔即自来水笔写字了；更可以说，开始告别农耕文明，接受工业文明的洗礼了！对我来说，这是一个重大的转折！而这个转折是从我逃脱父亲的阻拦，擅自进城上初中开始的。

自从表姐成了我的嫂嫂以后，姐姐就自觉地从家务中渐渐引退了，渐渐地就成了待嫁的姑娘。姐姐与嫂嫂同庚，是年 21 岁；中等个儿，肤色白净，体态端庄，性格文静，无疑属于上乘的青年女性。至于她的劳动态度、家务熟练和治家能力更是百里挑一！因此为她选择一个怎样的夫婿，不是一件容易的事。无疑，这样的女儿放在家里，肯定不知有多少青年及其家长盯上她了！这不，当父亲刚刚开始考虑这件事时，就有好几家远近求亲者上门来试探。经过初步调查、了解和直观判断，父亲很快就把目标锁定在本村西南角一个叫徐松为的青年身上。真是无巧不成书！此君恰恰是我初小年代最要好的同学！他聪明、好学、勤奋，而且为人诚实、低调。这一品质使他在日后几十年的村干部政治生涯中始终不倒！他是中户人家，当时父亲已不在了，他是由其母

022

回流的缓波

亲亲自上门来提亲的！父亲在四五个候选人中经过适当权衡，很快就把目标锁定在徐松为身上。当时农村青年一般都没有谈恋爱的习惯，男女双方更没有讨价还价的谈判过程。双方意愿确定以后，很快就选择过门的日期了：1950年×月×日。尽管这门亲事姐姐是很满意的，但过门那天姐姐还是哭得特别动情，以致贺喜的与看热闹的大家都看出来了：作为一个多年失去母亲的女孩此时此刻没有母亲的哭别是不免要格外伤感的，难怪作为弟弟的我当时也躲进一角深深地哭了一场！此事连邻近的同代人叶廷标都看出来了，他当场对人说："这样的场合缺了母亲，谁都会特别难过，你看，连廷芳的眼都哭红了！"

姐姐出嫁以后，家庭又成了五口之家，比原先仍"减员"一名。

1950年冬，中共中央发出了号召，在全国开展土地改革运动。为此村里派来了工作组。

当时的基本政策界限是：凡一个家庭每人平均拥有4亩以上土地并且不劳动，即为地主；每人平均拥有3亩土地，并且雇工，即为富农。根据这一政策，全村划出地主17户，富农3户。我们家一共12亩自田，5人平均每人不到3亩，故被划为中农。但祖父祖母就倒霉了！他们二人在儿子们分家时留住自田12亩，平均每人6亩！当然是地主了！对这件事我始终颇不以为然：人们显然忽略了：祖父是年76岁，祖母（已亡）71岁。若按70岁的年龄标准退休，也早该退休了！还能按"不劳动"的人对待吗？

1953 年初夏的一个晚上，突然接到老家一个表兄打来的一个电话，说父亲病了，叫我赶紧回去。当时农村打电话是很不容易的，须跑到镇邮电所去打，接收方须赶到校办公室去接。若不是父亲的病十分严重，是不会打这个电话的。于是我决定第二天上午就动身。

也许父亲的天年已经到了！我想。他原来有个很好的身体：宽肩阔背，个儿高挑，身强力健。但很大程度上，恰恰是这个因素，给他带来劫难！为什么？他自以为身体强壮，力大无穷。有一次，三十开外的时候，他竟独自一人肩扛 300 多斤的木头，终因力不胜任支撑不住，摔倒在地，导致支气管破裂。此后经常吐血。由于乡下人大多不相信西医，从不去医院及时治疗，导致肺结核——当时的不治之症。这个病魔竟缠住了他 20 来年。

第二天上午，当我走到衢江浮石潭准备过渡的时候，恰好有个同村人摆渡到这边，他告诉我，父亲已经于昨天去世了！我的眼泪即刻夺眶而出！剩下的 40 里路走起来真长！不管如何，下午 1 点左右终于到家了！为了让我见一面，父亲还没有入殓。亲属们见我终于回来了，又咿咿哇哇地哭了一场！其中哭得最伤心的是姣英表姐——嫂嫂。我当时有点纳闷：哭得最伤心的应该是姐姐，怎么是她呢？是不是表姐借这个机会哭自己的什么委屈？我心里想。

尽管父亲对待他那个闯了祸的不幸儿子常常感到气恼，并采取暴怒、骂詈的不适当态度，但他从来没有动手打过任何一个孩子，包括我。平心而论，作为一个长年在吐血的病号和过早丧妻的鳏夫，不仅在那个动荡的时代牢牢保住了这个六口之家的饭碗，而且在艰难环境中使用他的智慧和毅力，一步步把这个原本处于下中农地位的家提高到上中农的水平，这已经是难能可贵了。因此他是永远值得我们子女们怀念和学习的家长！

1954年冬，大张旗鼓的土地改革运动已过去近四年之久，1951年的土改复查运动也已经过去三年半！但这时突然在浙江衢县地区又掀起一场"反封建补课运动"。结果又补划了7户地主，10户富农。我们家由中农划为富农！亲戚中叔父叶德源（学名叶肇钟）由富农被划为地主；姑夫张老五由中农被划为富农。这显然是肆意的阶级斗争扩大化！故翌年春又进行复查，结果有7户新划的富农恢复为中农，新划上的地主有多少划回不得而知。我只知道被划回的富农中有我家。这个消息我是从几个村干部那里获悉的：1955年初夏的一个晚上，我去校门右侧（县学街）仅20来步的一家小旅店看看有本村的熟人没有（我的乡愁较浓，经常这样做）。我一进门即有三个熟悉的村干部迎上来，其中一个是民兵队长徐雪华，一个是副村长叶卸古，还有一个记不清了。他们异口同声地向我"报告好消息"，说："你家的成分已由富农划回中农了！"还说："公示（即文件）已到达村里。"获此喜讯后我立刻写信问哥哥，有没有这回事？哥哥回信说："没有接到任何人的通知！"经进一步了解，有些村确实已宣布被错划的成分平反了。我对我们村的平反情况特别关心，因为这直接关系着我马上面临的高考的命运！官方没有正式宣布平反，则"家庭成分"这一栏我就不能再填"中农"！联系不久后高考的落榜，这件事对我刻骨铭心！此后每逢填表（前30年填表何其频繁）填到这一栏时我就眼泪往肚里流。

父亲病重期间，传说又有人在他胸口看见了那只"猫"！如果说它是"猫精"，那显然是迷信。但也不排斥它系某种病理现象，即肺痨病的病灶释放出某种气团冒出胸口，并凝聚成某种模糊的图形？

说来还真有些蹊跷，即父亲去世一年以后，也可以说那只"猫"显形后不久，表姐即我嫂嫂也病了，而且也是那个"虚病"！这时，人们对那只"猫"越来越在乎，越来越惊惧了！为了躲开这只"猫"的追踪，人们抬着她东躲西藏！据说她起初被抬到一个亲戚家里，半个月后依然一天不如一天，说明"猫精"紧追不舍。旋即又把她抬到一座庙里，那里有神护佑，"精"怎敢施魔？但总是事与愿违，身体照旧日益"虚"下去。这时反封建补课又起，你是富婆，还想装神弄鬼，逃避阶级斗争？于是又不得不把她抬了回来。回来后人们又罚她到公共场所扫地。她连被划富农成分这一事实都接受不了，哪受得了这种侮辱性的惩罚？所以每次扫地回来她都抽抽噎噎地痛哭一场，并且哭诉着：要不是为了这个幼小的女儿，我宁愿早点死掉！这样恶劣的环境和悲愤的情绪显然是养病的大敌，不难想象，被戴上"富婆"这个伪帽子以后，仅仅半个月时间，她不得不含冤离开这个世界。是年她仅 26 岁。临终前她一再念念不忘说："很想见廷芳一面，很想见廷芳一面……"家人跑到镇上打长途电话，告诉我这一信息。我当时非常矛盾：一方面非常想赶回去与表姐作最后的诀别；另一方面当时却面临着这样的情势：当时我的入团（共青团）申请将很快获得正式批准，而我没有将家庭成分的变化告诉团支部。如果我回了家，回来就不能隐瞒这一实情，而我思想上又不承认这一胡作非为的结果。于是留下这一终身的遗憾！现在想来非常懊悔，感到非常对不起不亚于同胞手足的表姐——嫂嫂。

表姐逝世后，仅仅三个月，她与我哥哥生下的唯一女儿，不仅聪敏，而且漂亮、活泼的娉娉也因患"百日咳"而殒命了！人们说：妈妈不忍心让孩子孤零零地留在世上受苦，把她带走了！多么悲惨的语言！

两年工夫家庭减员三名！现在只剩下我们兄弟三人了！而在家里只剩哥弟两人。一个农村家庭没有了女人是件大事。于是三叔和婶婶合计着，从婶婶娘家所在地箭头村介绍了一个女人与哥哥结婚，还带来了一个1岁的幼儿。据说她的原丈夫也是新划的地主。这个女人个子高大，面貌不算好看。但你已属于"地富反坏"的行列了，娶老婆还有挑选的余地吗？将就着算了吧！但那女人个性很强，哥哥和她越来越合不来，一个月后，只好拜拜了！三叔和婶婶并不灰心，很快又从我的一个姑妈所在地——外黄乡黄家堰头村弄来了一个女人，也是一个地主的妻子，也带着一个幼儿。不过相貌还不错。谁料，不到两个月，她不辞而别！据说回去与她的丈夫重归于好了！

第四任妻子叫紫英。她倒是与哥哥白头偕老。如今虚岁已九十，仍耳聪目明，精神矍铄。她与哥哥一共生了三女二男。然而一个儿子2岁时死了！另一个儿子二十几岁却开始疯了！还有一个女儿因儿时患脑膜炎致半边瘫了！唯第一、第二个女儿聪明、勤劳、富于孝心，尤其第一个女儿叶小琴和她的丈夫张孝忠，无微不至地关心、照料着我哥哥和嫂嫂，使他们毫无后顾之忧。最后使我哥哥死得有尊严，使我嫂嫂活得有福气！表现了这两位后辈的高尚品质！

哥哥的一生完全是悲剧的一生！如果说，多次娶妻，子女残缺属于他个人的命运，那么在村里谁都知道，直到1953年父亲去世，叶德华家的当家人始终是叶德华，哥哥在中华人民共和国成立前一天也没有当过家！即使叶德华家是富农，那么叶廷奎和我叶廷芳一样，都是富农家庭的子弟，是没有义务戴富农分子的帽子的！

父亲去世以后，虽然哥哥似乎成了继任的家长。但是我没有完全把他当作法定的家长，也就是没有完全把他当作我的生活和学习的完全供养者，因为他已经有家小。因此我开始向学校申请部分生活费，以减轻他的负担。1956年秋我去北京上大学，他卖了一头猪给我当路费。1957年夏我回家过暑假，他又卖了一头猪，还是为了我的路费。这一回他有些不太痛快，嘀咕了几句。我有些赌气，表示不要。最后他还是劝说我接受了。从此以后直到毕业工作一年后，没有再回家。1968年我自己建立了家庭。这期间我弟弟也已有了家庭。至此，以父亲为代表的那个家庭宣告结束。

求　学

家乡一带的人一般都是虚年龄7岁开始上学的。但因我是未来的"壮丁"，需要瞒年龄，所以7周岁才上学，却报的是虚岁。但我最初上的是私塾。那是1942年元宵节以后不久，父亲将我领到本村"踏步底"（路名）的萧煦波家里。萧是全村最有威望的私塾教师，身材魁梧，写得一手端端正正的毛笔字，经常被邀去给人在大型农具上写"五谷丰登"之类的大字。当时他约花甲年龄了。父亲先递给他一个红包，然后叫我在他面前跪下拜三下。于是我一生的求学生涯的起始礼节算是完成了！

课是在他家里上的——这就叫"私塾"吧。一共仅三个同学。课是怎么上的，有没有课本等这些已记不得了。因为没几天父亲就命令我赶紧转学！说是村里已办起了正规的、新式的学校。后知是初级小学。校址却不是设在下叶村，而是设在前叶村的祠堂。只记得上了几天后我觉得很不习惯，就琢磨着怎么逃学。我首先想到门口不是有个里仓厅吗？那里摆放着许多割稻子时用的稻桶，它们该是我最安全的庇护所吧？

于是第二天我就按照如意算盘行事了。还好，天从人愿！第一天安然无事。谁知，过得了初一过不了十五！第二天我躲进稻桶群没多久，就听见一群学生叽叽呱呱闯进我家里，问我母亲叶廷芳在哪里？母亲说他不是去上学了吗？于是这群义务小警察就搜了起来！家里没找着，就径直往稻桶里钻！可想而知，不一会儿我就束手就擒了！尽管我哇哇哭叫着，小警察们依然兴高采烈地把我这个战利品献给老师。老师（当时都习惯叫"先生"）挥舞着一把戒尺，威胁说："明天再逃，你得吃我十下戒尺！"受到如此奇耻大辱后，觉得这学校更敌对了！于是第三天更不愿上学了。这时我想到了离家门约30步的菜园子。菜园的一角是猪圈，猪圈后半的上面堆了许多柴火。我想，我趴在柴堆上，他们该找不到吧？谁料，我正往柴堆上爬时，柴门"哗"的一下被推开了！我满腔悲愤，急忙眼泪汪汪地往柴堆上爬，想：你们为什么这样跟我过不去，连这地方都找来了!? 这时父亲出现了！他满面怒容，大步走到猪圈前，说："你今天再逃学，我叫你永远跟猪在一起！猪吃什么，你吃什么！"说完他转身就走。当小警察们把我带到学校时，想不到父亲已经在那里了！他正跟那位老师说话。老师见我来到学校，马上转过身来对我说："今天看在你爸爸的面上不打你。"说着他扭过头去看了看我父亲的脸色，只见他仍一脸怒容。"但你下次再逃学，那就不客气了——我将用戒尺跟你说话！""下次再逃，就别想再回家来！"父亲斩钉截铁地说。他的话音刚落，我不由战栗了一下，想：看来真的要把我关在猪圈里？从此我再也不敢逃学了。

　　人在孩提时期是很容易适应环境的。两星期以后，很快就习惯学校的学习和生活了。而且觉得每天跟那么多小同学在一起，好热闹！

当时的必修课记得最清楚的是"描红"，即在一本印好的方格子大红字帖上照描："上大人孔乙己……"描好后还得交给老师批改。老师不仅要看你照描了没有，还要看你笔触的粗细是否合格，至少那一学期都是如此。这是练习中国汉字的原始途径。

第二学期才记住了一位教语文课的老师，他对我的背书能力很是赞赏，屡屡在课堂上表扬我。后来知道，他就是本村最大的财主，土名叫叶五淡。那时村里的知识分子很少，而且都集中在几个比较有钱的人身上。他们也是村里拥有最多话语权的一群人。村里兴办不兴办小学，首先得通过他们才行。因为他们在村里拥有最多的"族权"。因此村里哪些人有资格担任这个学校的教师，自然也由他们决定了！教过我的地主老师我记得至少还有一位：叶科枝。那是以后的事了。

然而，第一个学期刚学到一半就突然中止了！为什么？日本鬼子打来了，而且从农历四月十五日开始践踏了我的家乡和家庭，从此我和我的家人开始了逃难的生活。我们全家逃往一座深山里的远亲家，离我们村约有15里地，叫大岗头。但日本鬼子没有那么多兵力占领广大的乡村，他们只能占领少数具有军事价值的城镇，比如衢县，他们除了占领具城以外，还在衢江边的埠头盈川镇驻兵。在这样的情况下，我们全家和大批乡亲们就大着胆子回归家园了！这时已是盛夏，第一个学期就算过去了！

这年即1942年的秋季，人们看不出日本鬼子有什么新的举动。下叶小学决定恢复上课。教师有没有更换已记不清了。那时虽然经常有这里那里爆发大战甚至大会战的消息，头顶上也经常有敌人的飞机呜呜作响，但政府的抗日宣传却几乎到达不了乡村。故小学生的学习，基本上还是能安心的。只是我个人却颇不幸：由于日本鬼子残忍地杀害了我眼瞎的外婆，我母亲在悲痛欲绝的心境下，很快忧郁成疾，于1943年去世。这对我打击极大，自11月下旬至年终，我没有好好上过一天课！尽管如此，老天爷仍不放过我们：1944年的农历四月，突然狂风四起，又说日本人要来了！人们又扶老携幼开始第二次逃难。结果在大岗头山脚下的碧溪村躲避了一个多月。

回来后迟迟不开课，说学生到不齐。不久暑假就到了！暑假还没有到的时候，父亲就对我的学业叫停了！他说："你姐姐只念了两年书，你哥哥也只念了四年。我们这个家本来就不是读书人的家。你看我有病，家里叽叽喳喳（指自己的与租人的）有20多亩田，靠你哥哥一个人哪忙得过来！本来你姐姐也可以顶大半个劳力了，谁想到你妈死得那么早！家里这一摊没有个女人怎么行！你看栏里这四头猪，谁给打猪草？你今年已10岁（虚岁）了，也该为家里分担点担子了。是的，这年头兵荒马乱，加起来你才读了两年半书。但话要说回来，你就是再读两年半又能怎么样？你看这村里那么多有钱人，谁读出个名堂来了?!"

是的，父亲有病，母亲又死得早，年龄虽小，但我已经明白：命里注定，一辈子都是在田地里干活的！多读一两年，少读一两年又有什么要紧？于是我每天早晨和傍晚负责放牛，其他时间帮姐姐打猪草、拣田螺、捕鱼什么的，天旱时父亲就分派我"看田水"（属于农田灌溉工作）等。这失学的营生倒也不错，除了看田水和打猪草有些烦人，放牛和捕鱼却是很快乐的事情。因此我对父亲这个决定并无抵触情绪。

半年过去了，对新的生活内容，即一个牧童所从事的劳动项目和必须掌握的劳动技能都已习以为常。但1945年的新春开始了！村子里又响起孩子们的琅琅读书声，这不免使我有点触景伤情，唤起了对昔日的学校生活的某种留恋。

人们常埋怨天不从人愿。其实老天爷有时还是听从人愿的。一天傍晚，家里突然出现一个高个子青年，长长的脸上烙下几个麻点。虽不常见，但我还是认出了是近邻村方家的大儿子叶有望，与我同一辈分。他初级师范学校刚毕业，开始担任本村初小的教师，是本村小学第一个由正规学校培养出来的职业教师，从而取代了临时凑合的非职业教师叶肇庭。叶有望这次是为了我的学业而来劝说我父亲的。他说："德华叔，也许你已听说了，我刚师范毕业，来本村当教师，顶替肇庭叔。听肇庭叔讲，你家老二廷芳人很聪明，学习成绩全班最好。这是我们整个叶氏大家族的好景气。你怎么不让他继续读下去呢？"父亲听说"全班最好"，不禁精神一振！但随即脸面又松弛下来，说："长林（小名）侄：不瞒你说，我长年吐血，老婆又死得早，只有一个大儿子，哪撑得住这个家呀？"叶有望说："哎呀，廷芳才10岁，你叫他下地又解决得了多少问题呀？你让他再念一两年，念到初小毕业，再来帮着撑这个家也不迟吧？"父亲还想再说什么，但又止住了。沉吟了一会儿后说："也好，读个初小毕业，与他哥哥也平了！况且，有你来当先生（那时没有称老师的习惯），我们也更有信心了。"

我又背着书包上学了！但班主任并不是叶有望，而是一个滥竽充数的本村小财主，也是同宗的，与我父亲同辈，中年人。他上课很随便，高兴来就来，不来事先也不通知学生。就是他的这种作风，间接给我带来了灾难。幸好四年级的班主任叶有望了解我，并信得过我，而且他已经是学校最有发言权的得力教师。他允许我升入他主持的初小毕业班。他对我的信任给了我心理上和精神上一种很大的鼓舞。这已是1946年。

叶有望毕竟是正规的师范学校培养出来的教师，他带着新的时代风貌和知识结构来到课堂上，使原来疲疲沓沓的课堂风气一扫而空！同学们听课有兴趣了，课堂秩序越来越好。缺课现象也明显少了。而且他还每天上午上课前领全校师生背诵《总理遗嘱》，经常教学生唱新歌，当时主要是抗日歌曲。那时我们经常唱的《毕业歌》《义勇军进行曲》《大刀进行曲》等都是他教的。我的这一经历说明，决定一个学校的校风和教学质量的关键因素是教师！

在读初小四年级的过程中，发现有的同学与我气质相近，彼此很合得来，成为彼此信得过的朋友。其中有个叫徐松为的同学，瘦瘦的，比我大3岁，人很诚实，我视之为最贴心的朋友。说来还真是无巧不成书。当徐松为后来到了谈婚论嫁的时候，他母亲在心里把村里的姑娘搜了个遍，被她唯一看中的恰恰是我的姐姐！而当她向我父亲提出这门亲事的时候，我父亲竟二话没说就同意了！想必他也早已对村里的青年们进行过扫描！而这过程中我相信他还不知道自己有个儿子与徐是好朋友！

那时候女性仍是被教育边缘化的。所以我们初四班只有一个女生。她年龄比我们大几岁，始终坐在最后一个座位。她脸面不算漂亮，但身材窈窕，亭亭玉立。我经常主动跟她说话。但在我读初中时，她就出嫁了！就嫁在下叶去杜泽路上的一个小村子。上大学期间的一个暑假，我还主动去她家拜访了她。

当我突然失去左臂而成了家庭的累赘以后，父亲一时再也找不出理由阻止我继续升学了！但本村没有高小，离本村有五里的镇上才有完全的"峡口小学"。住宿吗？那是非分之想。走读呢？必须每天带饭！就是说，每天早晚除了背一个书包以外，手上还得提一只竹篾编的饭篮。这对我来说，阴、晴天气问题不大，但下雨天就有点麻烦了！那就意味着：我必须用两个指头（拇指和食指）撑住雨伞，用其余三个手指勾住饭篮。这样胳膊就得悬着。不消说，到达学校时，手臂早已感到酸痛。不仅如此，由于家里没有条件提供套鞋（即雨鞋），我得穿着布鞋尽量拣路上的石头走，就是说跨一步踮一脚地走。尽管如此，五里路走下来，布鞋怎么也得湿了！这在夏天当然不算什么，但冬天呢？对于这一切，家里所有的人都视若无睹，既没有一个人表示同情，也没有一个人给予安慰！不是他们心肠硬，而是那个时代和环境使然。

峡口小学设在峡口镇（20 世纪 80 年代中期改为峡川镇）。峡口，顾名思义，系一条大峡谷的出口。冲峡而出的一条清溪叫芝溪。作为行政中心的峡口镇包括三个较大的自然村，自北向南依次为：新姚、秧田和桥头。桥头村的一座四孔、高台阶的大石桥为这个镇的主要景观。

峡口小学位于秧田村的西侧。其西北角的墙外有一棵几百年的大樟树。附近有一条来自芝溪的清澈水渠流过；它是下叶田畈的"血液大动脉"。校舍利用的是一座佛庙。大门内的四大金刚及其后的观世音菩萨依然俱在，教室及其他学校设施均在其周围。尽管如此，比起憋在那个小祠堂里的村校，气派大多了！尤其是教师的阵容，不仅人数多，而且绝大多数较年轻，朝气蓬勃，具有新时代的风貌。有一位叫谢国文的年轻教师，身材魁梧，气宇轩昂，做事果敢，还常穿一件灰色的西服，好不神气。据说他就来自峡口镇的失母湾村。甚至还有一位女教师，叫冯锦花，据说也是师范学校毕业。她不算漂亮，但性格开朗，举止泼辣，经常在集会上指挥大家唱歌。这种学校气氛使我精神上受到鼓舞，一扫乡村孩子的拘谨。

学校唯一一位年龄较大的老师，姓黄，就来自秧田村，约莫花甲年龄了，个子高高，戴副眼镜，常穿一件淡灰色的旧式长衫，很符合旧式"先生"的模样。他脸色略带忧容，不苟言笑，对学生态度也较严厉。有一次我看见一米来高的一堆毛竹，便走上去想试一试或更正确地说练一练我的平衡能力。适逢他从那里经过，便立刻做出要打我的姿势把我赶下来，且恶狠狠地加了一句："已经一条胳膊了，还要作死（冒险玩乐的意思）！"

我的五年级班主任和语文老师叫王栋，是衢县上方人。戴眼镜，头发有点蓬乱。冬天爱穿一件类似军装的浅黄色棉袄。他说话声音洪亮，态度和蔼、亲切。他对我的作文屡屡表示满意，常在课堂上作示范讲解。有一次全校举行作文比赛，题目是：《我的母亲》。过了两天，不见结果公布。于是我去问王栋老师：比赛卷子都看完了？他一愣，眼睛怅然若失地盯着我。这让我费琢磨：我作为学生，不过随便问一下，他怎么会有这副表情？两天后比赛结果公布：叶廷芳获第一名！于是我联系两天前他那表情。可能当时我榜上无名。但当我出现在他面前时，他惊异为什么没有我？于是翻出赛卷重阅，从而导致重评。

在我读五年级上学期期间，学校还举行过一次全校算术比赛。五、六年级考同一试卷：5道应用题和5道式题，两种题都是每题10分。应用题有一道最难的题，具体内容忘了；式题则有一道最容易的题，即：$20 \times 80 = $？结果，5道应用题我全做对了，而偏偏那道最容易的式题却被我做错了：$20 \times 80 = 160$！因此这次比赛评不出名次，宣布无效！但三天以后却又突然宣布：这次算术比赛结果：叶廷芳第一名！因为那道最难的应用题除了他人人都做错了；而那道最容易的式题除了他人人都做对了！

那一年，峡口小学还举行过一次比赛：写字比赛。那时候圆珠笔尚未产生，自来水笔即钢笔还只是少数人的奢侈品。所以小学生还一律用毛笔写字。字写得好坏固然与学校好坏无关。但作为一种母语的主要书写方式，则字写得好不好，也是一种智性的表现。所以写字比赛作为学校教学生写好字，也是应尽的义务。有趣的是，就像作文比赛、算术比赛都不分年级高低一样，这次比赛也不分高低班。结果果然出现奇迹：比赛结果，获第一名者果然不是高班的六年级或五年级，而是初级班的四年级，他叫叶廷高！恰恰是我的叔伯兄弟，而且同庚。这就是说，这一年学校举办的三个奖项都被我们姓叶的一家拿走了！

关于写字奖的获得者叶廷高须再说几句。他是个晚熟的人才！故在他早期的学习阶段，尤其是小学阶段学习是不行的，初四甚至留级了，因此未能与我同时升入高小班。但那时他在其他方面却表现出两项特长：写字和劳作。他写字没有看见过他怎么练，却写得特别漂亮，真是天赋！另外他在用刀具做木活方面亦特别灵巧。难怪，他在读完水利中专开始工作以后，长进得很快，中年时期就能独立设计中小型水电站，最后也拿到水利专业的高级职称。因此我认为，他的智商是晚熟的。

峡口小学的学校生活我最感兴趣的是远足，用现在的话来说叫"一日游"，不同的是全凭步行，但必须适合儿童的体力。每个学期一次。目的地多半是位于山区的某个寺庙或某座山。但我的兴趣主要并不在目的地，而在行军式的过程，尤其是作为前导的鼓乐队：他们穿着一色的服装，前面是8名号手吹着嘹亮的军号；接着是8名小鼓手，最后是2名大鼓手。长长的队伍随着乐队的节奏行进。最前面有个身材姣好、五官端正的同学举着一根指挥杖一上一下地打着节拍。通常队伍旁边还游动着一位老师，拿着一个哨子，当他发现队伍不够整齐时，就吹起响亮的哨子来强调步伐的节奏。平时队伍是松散的，但每经过某个村子或集镇时，只见前面的指挥杖一举，鼓乐队就吹奏起来，队伍马上整齐起来，雄起起地在两旁有如夹道欢迎的围观群众中通过。作为其中的一员，好生感到自豪！

远足多半要在目的地举行表演或游戏。有一次一个游戏闹出了尴尬。这个游戏很普遍，也很简单：猫捉老鼠。大家围成一圈，由一个来自六年级的年龄最大、个儿也很高的同学扮演猫，他被蒙上了眼睛；再由我们五年级的一个小个子扮演鼠。不想这只"老鼠"好机灵，那只"大猫"多少次猛扑都扑了空！最后不知是那只"老鼠"的有意引诱还是怎的，只见这只大猫信心满满地张开双臂，朝着他的"目的物"纵身扑了过去，他以为这次终于成功了，便死死抱住不放。这时，只听得一个女声"哇"的一声从他的怀抱中哭了出来。这时他才意识到大事不好，赶紧松手，并将蒙住眼睛的绷带解掉，捂住脸，蹲在地上。而那女生更是捂着脸边哭边跑，跑得老远躲起来。原来那女生不是别人，恰恰是我们五年级的唯一女生，更恰恰是我的同座。回校后听同学说，那个"大猫"还在愁眉苦脸，低着头不说话。我一听，不禁震惊！难道他真的觉得丢人了！出于好奇，我就假装找熟人，溜进住宿生宿舍去证实一下。果然不假！只见他仍低着头，坐在床上不说话。我不禁同情，想：都过去大半天了，仅保持着这个姿势，真够他受的了！这个游戏让他付出的代价也太高了！

1948年秋，我升入六年级下，即毕业班。到隆冬季节，即1949年初，每门课都学完了，都要进行毕业考试。能不能顺利毕业，都将通过这次考试见分晓。一般课程的考试都是在原教室里进行的，唯独数学——各门课程中最关键的一门考试例外，它必须在四大金刚殿举行。理由是，教室里有柱子，不便监考。听到监考两字，立即想起四大金刚那八只圆睁的眼睛和威猛凌厉的脸面，更增加了对这门考试的惊惧感。金刚大殿，如大家所习见的，东西两侧有墙，南北两面通透，没有墙。大殿与学校大门之间有个广场，更使大殿成为风口。

虽然经历过的考试从来没有不及格过，但每次考试之前总是惴惴不安，何况这次是毕业考试，而且是最难把握胜算的算术考试。考试将在下周一的上午进行。但在周日上午我就有点惶惶不可终日的情绪。于是我想看看本村几个同班同学的心情。但他们都是寄宿生，均不在家。我只得下午跑到学校去。走进寄宿生宿舍，奇怪，他们没有一个像我那么紧张！尤其是住我隔壁的那个，他的功课尤其是算术明明是较差的，今天也和别的人一样的轻松！最后我只好这样想：他们住在一起，互相鼓励、互相帮助的机会比较多，心里较有把握吧。

第二天一早我就赶到学校。走到金刚大殿前一看，齐刷刷的桌椅板凳已经摆好，原来四行被摆成了三行；根据每张桌上贴的名字，知道原来的次序也已被打乱：我由原来靠窗的第二位，变成了中行的第四位。我马上在座位上试坐了一下，感到冷风嗖嗖。我往天上一看，阴沉沉的，上天很不友好！我从书包里取出了笔墨，往砚台里倒入了水，磨好了墨，然后静待着。这时大部分同学均已入座，只有那十余位寄宿生姗姗来迟。等他们一一落座，上课铃随即响起。这时，只见身材魁梧的算术老师谢国文大踏步走上考场，将事先分好的四摞考卷让各排的首座者分下去。这时只听得考场上一片窸窣声。但不多一会儿就静寂了下来。我匆匆将考卷扫了一遍，觉得毕竟是毕业考试，确实较难。我安定情绪，再读一遍，觉得及格没有问题。于是心情慢慢平静了下来。但当我下笔答题的时候，毛笔却被冻结了！我赶紧蘸了蘸砚台，砚台里的墨水也冰封了！我赶紧将笔头咬软，并连着向它哈气。于是毛笔勉强能写了！一会儿毛笔写干了！砚台里又蘸不出墨水，我赶紧向砚台里唾了一口唾沫，并不断向它哈气，它终于可用了！这时我的心情才宽松下来！当然北风依然在呼啸，双脚冻麻了，脸颊也冻麻了！

谢老师似乎理会不到考生们的苦痛，只顾不停地在两条考场通道间来回走动，并一会儿在这个考生的跟前停下看一下，一会儿在那个考生的跟前停下看一下。约 20 分钟后他终于发声了："哼,不正常!要重考,要重考……"但他依然让大家考完,考卷也统统收了回去。没想到当天下午他就宣布:六年级的算术毕业考试下周二上午重考!原来他在监考时就发现:这次考题虽然比较难,但大多数人题目做得很快。尤其是那些平时较差的学生也个个获得高分。不久学校里又传出爆炸性消息:负责油印毕业班算术考卷的那位校工师傅被毕业班的寄宿生收买了!

第二周重考的考场仍在金刚大殿。只是老天爷没有那么不配合了,没有了呼啸的风,因而不必咬紧牙关来坚持。只是老师出的题目带有惩罚意味:每道题都很难!最后的结果是:除了叶廷芳获 72 分,另一位同学获 64 分,其他一律不及格!这里用得着汉字里的一句成语:天道酬勤!

这次算术毕业考试决定了我在 1948 年度峡口小学毕业榜上名列第一名!

1949 年 1 月,学校给每个毕业生发了一份短轴形的毕业证书。家人把它挂在中堂的正面墙上。这可是整个家族教育水平的记录!

凉亭遇灾星

平生遭遇的最大一次命运袭击，是被愚昧夺去了一条胳膊！

悲剧发生在 1945 年。两年前即 1943 年母亲已经以 37 周岁的年龄提前离开人世了，撇下四个子女。从此 14 岁的姐姐担负起全部家务。她的主要治家方略是拼命地养猪。猪圈里关着五六头大小不等的猪，饥饿时只顾嗷嗷地叫。于是我成了姐姐手下一员猪饲料的供应者，每天一回家就撂下书包，赶紧往田地里去打猪草。那一年教我们的小学老师是一个有点吊儿郎当的小地主，他上课三天打鱼两天晒网。阴历四月十五日那天他又迟迟未到校。我赶紧利用这个机会去田畈打猪草，有三个邻家的小同学争着要跟我一起去。于是我的一篮子猪草的任务很快就完成了！接着大家一致主张去附近的凉亭里玩。

一进凉亭首先进入眼帘的是六七根木杠子靠在墙上一字排开。那是本村一个大户人家的长工们挑厩肥用的家伙，其主人们都在田里干活。在我们这四个十来岁的小朋友讨论玩什么的时候，这一排杠子首先激发了我的灵感，于是我首先建议：我们用这些杠子学一学骑独龙杠 ① 吧！他们都说没有骑过。我说学呀！谁先骑呢？有人说：既然你想学，那就你先试嘛！于是我先试了。为了掌握平衡，我试着把两手搭在前抬者的两肩上。但他说："这样我太重了，你往后退一些吧！"不料，正当我抽回两手往后退的时候，他就抬起来了！我立刻跌了下来！等我爬起来时，发现臂部正面中间出现一粒豌豆大的往外翻的肌肉，但没有鲜血，只有一点点很淡的血水。我马上意识到这是被断裂的骨头刺戳的结果。这时发现手臂的下半部有点往下耷拉，我马上使它复位，与上半部保持平直。奇怪，在我这样摆弄它的时候，并不感觉特别疼痛，只是相当害怕，首先担心父亲这一关怎么过！于是低声哭了起来。其他孩子都傻在那里，毫无主张。后来我发现，把手臂受伤的地方部位摆正，并把它平放在头顶上，可以好受一些。于是我就这样单独走回家，约两里路，一路上伴随着呜咽。

不巧，父亲那几天正出门去了邻县兰溪，无有联系。村里不但没有医务所，连一个正儿八经的郎中也没有！亲戚街坊们七嘴八舌拿不出主张。后来隔壁的一个有钱人家，他自以为懂得医疗，且他的一个儿子跟我既同庚又同窗，我也经常出入他家。他得知我受伤后，就自告奋勇要来"试试"。可惜他实在不懂得外科手术：他用了两块新剥下来的杉树皮夹住手臂，然后用绑带

---

① 浙西一带的风俗，天旱年份，几十个农民脚打绑腿，肩扛长缨枪，前头让一个道士骑在一条杠子上，吹着号角，雄赳赳地向深山里一个溶洞进发。相传那洞里藏有龙。只要从那卧龙的暗河里舀上一杯水，龙就会追出洞来，腾上天空，兴风播雨。道士骑的那根杠子就叫"独龙杠"。

咬着牙把手臂绑扎得紧而又紧。这就犯了医疗大忌了：这样做阻止了血液的流通，只需半小时，细胞就会坏死，从而一发不可收拾！绑扎后，临时负起家长责任的大姑妈一再告诫我："孩子，犯了错，就得乖些，千万忍着，不要喊痛！"于是我忍着，再忍着，最后就失去知觉了！

第二天早晨，大家一看吓坏了：整只手臂发了紫，而且长出了许多枣子那么大的紫泡！亲友街坊们七嘴八舌，一筹莫展，只得发挥幻想寻求渺茫的希望。有的说：这孩子曾经在门前的老樟树上撒过尿，得罪那里的土地神了；有的说：这孩子过年时没有去前庙拜过佛，佛爷不高兴了……于是赶紧准备香、纸和酒呀、鸡呀去这些地方跪拜，替我忏悔，要求宽恕。下午，邻近的贫苦农妇凤英大娘来家一看，急了："这孩子的手臂治错了，赶紧解开！"旁人说：他父亲不在家，万一出了事，谁负责？她斩钉截铁地说："我负责！"于是大家半信半疑地把绑带解开了。这时，有人建言：小孩的新鲜尿可以使昏迷者苏醒。于是赶紧让我弟弟尿了大半杯子尿。说来也怪，喝到一半，我果然醒了，因为我闻出味道不对，不愿喝了。这时大家如释重负，而且更有信心动员我继续喝完："孩子，这是茶，喝完就好。"我反驳道："我闻出来了，这不是茶，是尿！"这时我发现，有几个人扭过头去扑哧一笑。但最有权威的大姑妈仍站在我的身旁，严肃地说："孩子，大家都为你好，哪能骗你，让你喝尿！?"我一想，大家确实都为我好，而且这尿也的确让我醒过来了。为了让大家宽慰，我把心一横，闭上眼睛，咕嘟咕嘟一口气把它喝完了！这时大家都松了一口气，连连赞曰："这孩子真乖，真懂事！"

三天以后，手臂的外皮变得又紫又黑又硬。但里面的肌肉已开始腐烂，并从伤口流出了脓液。一周后大量的脓液从肘部冲开了突破口，从那里涌了出来。从此大群的苍蝇围绕着我飞舞。又过了两天，祖父想把这只受伤的手臂擦洗一下，当他无意中将手臂竖起来，想不到一大股脓液从肘部哗哗地倒了出来，在地上漫了一大滩！至此，手臂里的肌肉全烂空了，只是外皮依然又黑又硬，始终不烂，至今不得其解。

第13天，父亲终于回来了！他在震惊之余经历了一天的狂怒和痛苦以后，终于在第14天做出决定：第二天送我去县城医院医治。三位小玩伴中的两位家长——其中一位是我的叔父表示愿意抬我走。不料半路杀出个程咬金：我的那位老师终于想起来看我了！当他听说要送我去医院，竭力阻止："医院可不能去呀：动不动就动锯子！你看某某某的儿子为什么只有两个指头？就是被锯掉的！"父亲一听大惊失色：自古到今哪听说过医疗中要动锯子的事?！但他还是觉得既然儿子的伤势到了这个地步，总得花一笔钱，作最后一次挽救的努力，决定还是要出门去求医。但既然西医不可取，那还是找中医吧。他当场与老师、叔父和祖父合计了一下，决定去80里外一个叫缸窑（音）的地方，那里有一个很有名的郎中。这种有名的中医，在农民的心目中似乎总有某种出奇制胜的"神通"，甚至具有"起死回生"的法术，所以信任度往往超过西医。

老师走了以后，祖父照例给我换药。谁料，当他打开包扎后，发现我的那只手臂落在了他的手上。他发呆了半天，忽然呜呜地哭了起来！哥哥和姐姐跑来一看，惊骇之余也跟着哭起来。

父亲没有哭，表现了一个家长的威严与镇定。但我知道，他心里比谁都痛苦。祖父问他明天缸窑还要去吗？他只回了一个字："去！"接着父亲临时找了一张竹制的躺椅，绑上两根长长的竹杠，当夜做成了一顶土轿子。

第二天凌晨鸡叫时分，姐姐已做好了早饭。一会儿两个抬轿人——叔父和那位姓郑的同学的大哥都到齐了，父亲每天早晨的"必修课"——剧烈咳嗽（他已患了多年的肺结核）也做完了。大家匆匆吃完了早饭，在轿子上挂上长长的两竹筒子茶水和一大包饭菜。父亲则把已经包好的我那只掉下来的残臂放进布袋子里，随身带着。然后大家就启程了！这是一趟向南的长途跋涉，须通过县城，但没有任何现代交通可以利用。父亲因病只能在后头空手跟着。

近午，轿子通过了北城门，这意味着我们已经走了45里地。过了钟楼，叔父头往右一扭，说："这就是县医院！"父亲一愣，并且脚步也停住了！但轿子只顾继续前行，不久父亲只得快步跟了上来。在他止步的那一刻，我想他头脑中肯定发生了激烈的矛盾冲突。他至少会想到：如果昨天晚上那位老师没有来，那么现在已到达目的地了！是的，这位老师对我这次遭遇来说可是个灾星：如果那天他不无故旷课，我不会结伴到田野上去骑"独龙杠"；如果他昨天晚上不反对去医院，那么我的伤口最多一个礼拜即可痊愈，从而减少9个月的痛苦！

东西向的浙赣铁路通过衢州县城。过火车站时我看到一个火车头歪斜着被废弃在一条铁轨上，大家说这肯定是被日本人炸毁的。我第一次看到这么庞大而复杂的机器感到很好奇。但不知为什么，手臂受伤15天来我几乎没有感觉过受不了的剧痛，这时却发生了！我尤其受不了轿子的抖动，拼命喊叫："你们不要再抬了，不要再抬了！"大人们安慰说："缸窑很快就到了，那郎中可神着哩，不但能把手臂接上，那药一敷上就不痛。"我说："我到不了缸窑呀，你们就在这里把我埋了吧，这样倒好受些。"父亲这时暴怒了："这是什么话！你要死为什么不赶早死在家里呀？你给我闯了多大的祸你知道吗？大家那么热的天气把你抬到这里容易吗？"我不禁呜呜哭起来。这时叔父为了缓和气氛，劝慰说："这里太阳太毒了，前面有树荫，到那里一定放下来！"坚持到那棵树下，轿子终于停了下来。我发现那位姓郑的大哥时不时把目光投向饭包，我忍着痛楚说："现在好些了，你们赶紧吃饭吧。"叔父得胜似的说："是吧？我刚才说了，你那痛是太阳晒的，到树荫下就会好的！"我苦笑了一下。他们叫我一起吃。我哪有食欲，只好说饱得很。叔父和郑大哥狼吞虎咽很快就吃完了，父亲只勉强吃了几口。一向乐呵呵的郑大哥见气氛抑郁，便建议继续开拔。约熬了两个半小时后，剧痛终于开始缓解了，肚子也感觉饿了。于是大家又在一棵树底下停下来让我吃饭。他们则借此机会举起竹筒子咕嘟咕嘟猛喝茶水。

太阳下山不久，我们终于到达目的地。这是一个不算小的山村。郎中的家果然气派不凡：不仅宽敞而亮堂，而且很新。郎中先生约莫五十七八岁，个儿中等，偏宽，肤色红润。他对于我们这种未经事先联系的不速之客显然已很习惯。当他看见我父亲取出那只残臂递给他看的时候，他不禁倒退了两步，接着当他听到我父亲要求把这条手臂重新接上时，他更是来了个360度的急转身："接上？都到这个地步了还接上？"我父亲又进一步恳求："先生，你一定要行行好，不瞒你说，我有吐血的毛病，将来全靠几个儿子来撑这个家……"郎中先生立即打断他的话："我当然愿意行好！你如果当天或第二天抬来是可以的，如今都半个月过去了！都烂成这个样子了，都变成两截了！再接上——谁有这个本事！"父亲一时无言以对。郎中又接着向他那位不认识的同行发难了："而且你一开始就治错了！这种折胳膊断腿的事我治的多了，数以百计！但是没有一个治成这样的！小孩的骨质长性好，你不治它，也不至于这样，大不了走点形就是了！"父亲又百般说好话："先生，请千万原谅，都是我不在家出的祸！出事那天我远在兰溪，不然的话连夜也会来求你的。你的名声谁不知道！都说来一个，好一个；来一个，活一个。先生，你千万行行好！这个孩子是三个孩子中我最看好的一个！先生，你要多少钱我都给！我带来了足够的现钱。"他举了举那个布袋子，"我家里还有四五头猪，哦，还有一头牛！"父亲见郎中不动声色，又接着说："再不行，我还有 12 亩田、三间房屋，都可以卖！"郎中仍把头扭向一边，不说话。这时父亲拿出最后一招——他一把拽过来我叔父："先生，你看，我把我弟弟也叫来了！他家境比我好，到时候，他还会支援我呢！是吧，德源（叔父名）？"叔父点了点头，并且补充说："先生，你放心，只要能把孩子的手重新接上，我们所有的亲戚朋友都会共同出力的！"这时郎中有点激动了，也可以说，有点听烦了！他转过身来扯大嗓门说："哎呀，你就是把全国的银行都给我又能管什么用？不是这个问题嘛！你们怎么还没有听明白，这孩子的手一开始就治坏了！你想想看，肌肉都已经烂空了，外皮已经死了，血管、经络统统没有了！现在别说是我，就是神仙也不能重新把这只手臂再接上去了！不信，我给你出路费，你去杭州、上海、南京，谁能再接上去，一切费用我全包！说实话，这样一个像样的孩子，谁愿意看见他只有一条胳膊活在世上！"他看见兄弟俩这下不吭声了，就把头伸了过去，眼睛直盯着他俩，挑战性地说："怎么样，要不要试试?"父亲背过身去，身子颤动着，只顾抹眼泪。

大人们的浑身解数都使尽了，再也没有什么话想说的了。郎中先生像艰难地打了一场胜仗似的，情绪放松了，态度变和蔼了。他吩咐他的佣人安排我们吃完饭。这时他才打开我的伤口看了看，没有使用现在的消毒程序，就敷上他主张用的药物，一种黄褐色的粉末。然后递给我父亲一张药方，叫他回去后照这副药方买药。当晚父亲跟他结清所有的账目，道了别，然后我们四人就赶紧在一个房间的地铺上睡觉了。

第二天一大早，我们在这家佣人的张罗下匆匆吃了早饭，并要求她给我们灌满两竹筒子开水，就起身打道回府了！一路上，父亲像打了一场败仗似的情绪低落，几乎没有说一句话。在路过县医院的时候，他连看也没有看一眼就过去了。

毕竟是名医开的药方，当地镇上还买不到呢，必须去较远的大镇上去买。尽管这名医的药不断地敷，不断地买，我的伤口照例不停地往上蔓延。一个多月后，肘以上的那根膀部的骨头开始裸露出来了！到8月份，外露的骨头达一寸半左右！臭味随处弥漫。婶婶每次从我身边走过，都要用手在鼻子底下挥几下，并加上一句："真臭！"有一次被叔父听到了，他当场责备婶婶："你不会不说那句话吗?"但这对苍蝇这类小生命来说却是莫大的盛宴。它们成天在我面前嗡嗡嘤嘤,像是欢歌笑舞,使我每天不得不花不少精力来对付它们。这根裸露的骨头使我担了很大的风险,其中较大的有两次:一次与我弟弟睡同一张床,他睡另一头,睡梦中他两脚乱蹬,终于踢到了那根骨头。我被一阵剧痛惊醒,意识到伤处被踢了,赶紧用手捂住。第二天起来,全身像个血人似的,把家里的大人们吓了一大跳!他们全都对我发火:"你是死人吗,不会喊我们?你不知道血流完了人会死的吗?"另一次在路边,被一个挑柴火的人的柴捆刮了一下,当即鲜血直流,我赶紧跑回家,人们七手八脚从堂上抓了一把香灰敷上,倒也奇怪:血止住了!真是天无绝人之路。

我以为这根骨头要陪伴我终身了!想不到过了6个多月它在伤口处开始动摇了!一个多月后,它终于自行掉了下来!创口也不再继续往上蔓延了,但仍迟迟不能收口,只见鲜红的肌肉总是往外翻着。到了第二年的正月,也就是离摔伤那天9个多月,家人听到一个消息,说附近镇上有一个打铁的几年前打到一根雷管,一只手被炸了!他在医院锯掉了手,带回的一瓶药水还没有用完。我周围这些顽固地不信西医的农人,在被他们迷信的中医玩弄了9个多月而未果的情况下,终于对西医产生了一点点好奇并寄予一线希望,说要把那药水借来试试看。我至今还记得非常清楚:那药水就盛在一个蓝墨水瓶里,约半瓶左右,其中浸着一片指头那么宽的纱布。家人就用这片纱布每天把我的伤口涂一遍。想不到第三天伤口就开始结疤了!长达九个半月之久的马拉松溃烂终于宣告结束!其实问题的症结根本就是消毒问题。那半瓶顷刻间被周围人们看作"神水"的药水，不过是一点普通的酒精而已！但认识这么一点微小的真理，却付出了那么大的代价！难怪当年卞和献玉要付出几代人的牺牲。

然而这半墨水瓶的药水尽管显示了灵丹妙药之效，可它比起缸窑那位"神医"开的累计几公斤的药面来，毕竟还是太微不足道了：它显然浸透不了那大堆的药面，以致像我哥哥至少就没有从这半瓶西药水中得到应有的启悟，于是40年后，类似于他弟弟的悲剧又在他身上重现了！

那是1985年，哥哥一天感到左眼肿痛，急需求医。那时乡间的医疗条件比起40年前我遭难的那个时候强多了：不仅村里有"赤脚医生"，办的诊疗所，8里以外的大镇上还有相当不错的现代医院。但他舍近求远，偏要投奔35里以外深山里的一个也跟"神"有联系的郎中。这位"神医"一看，说你的钱远远不够，凑足了再来吧！我嫂子赶紧返回家来，马上把猪圈里的两头猪杀了，卖了，又凑起300元钱，赶紧赶回去。"神医"说：晚了！赶紧去市医院吧！哥哥向我发电报告急。我只得给当地市公安局里工作的一个亲戚求助，请他尽快弄辆车把我哥哥送市医院抢救。但市医生一看，大为惊愕："你怎么到今天才来看呀？晚了，这只眼必须挖掉！"我哥哥死活不肯。医生说："你若舍不得牺牲这只眼睛，另一只也会很快保不住，最后连命都要赔上！"哥哥只得呜呜大哭……

后来当我第一次看见失去左眼后的哥哥，我感慨唏嘘，流着眼泪责备哥哥："40年前在你弟弟身上发生的事情，全家付出那么大的代价，你怎么一点经验教训都没有取得？父亲轻易地就听信了那个混混小学老师的胡话，舍近就远，结果从远处求来的方子9个月治不好你弟弟的伤口，却被来自更近的半瓶用剩的药水三天就解决了！难道你没有从这个简单的对比中发现点什么吗？"哥哥叹了口气说："咳，只怪我们种地的没有文化，不会动脑筋啊。"

日寇的铁蹄

进 村

我的家乡衢州，地处浙江西南，是我国东南"四省通衢"的交通枢纽，故成为历代兵家必争之地。所以自从抗日战争爆发，特别是上海淞沪战役打响，这里的人们就紧张起来了，准备着一场大战。但日寇要占领我们的土地也不是那么容易，到它罪恶的铁蹄踏上这片土地已经是1942年了！那时我才7岁。

那是1942年农历四月十四日的下午，我牵着家里的一头水牛在村边吃草。只见附近的路上男女老少挑的挑背的背扛的扛，一眼望不到头，他们鱼贯着往西边山区里进发。同时一架日寇飞机在低空不断盘旋。我那时不知怎的，不懂得害怕，只注意着飞机腹部有没有人头探出来往下看我们。

晚饭后，只听母亲一遍一遍催促父亲："村子里的人都逃空了，我们也赶紧逃吧！"父亲听得有点烦了，就大着嗓门回她一句："你急什么！我不是说过：听到龙游大炮响再逃也来得及！"龙游是衢州东边一个县城，与衢州同在浙赣铁路线上，它距离我们村比衢州还近些。是啊，敌人要占领衢州，哪能不事先打下龙游这个桥头堡呢？父亲有咳血的毛病，不能干地里的重活，只在农闲季节做点流动生意，所以比一般人要见多识广一些。不想这次他却聪明反被聪明误了！

第二天，农历四月十五日，天下着毛毛雨。中午，突然见68岁的爷爷，穿着蓑衣，手握一柄长把的耘田的耙子，风风火火地跑回家来，连连说："不好了，不好了！中央军（国民党的军队）败下来了！黑压压的，多极了！"那时的"中央军"纪律不好，老百姓也很怕。于是爷爷奶奶以及我家和叔父家全体总动员，首先把所有的门都关上。我们老少三家住的是一个宗族祠堂的"翼屋"，从南向北一长条；互相分开而仍彼此相通。叔父家的大门正对着一条较宽的村巷。祖母坐在大门旁透过门缝往外看。不一会儿，祖母惊叫起来："哎呀，糟了！这哪里是中央军，这分明就是日本兵嘛！你看那装束，那靴子！"我和全家人一起挤到门缝里去看，只见那一律挺括的、深绿色的军服和黑色的长筒靴；他们排成四路纵队，步伐整齐而响亮，咄咄逼人地迎面开过来。大家赶紧把桌椅板凳搬过来堵上。这时只听得父亲一声喊："除了两位老人和我，大家赶快躲起来！"只见13岁的姐姐和15岁的哥哥马上就近跑到叔父的楼上，躲进了一个谷仓里。叔父比较精明，他不上自家的楼，因为他家的楼有板梯，日本鬼子容易上。他一家三口（儿子与我同年）与我们家剩下的三人（母亲和一个3岁的弟弟）凭手扶梯一起爬上我们家的楼上，然后将梯子抽上来，并用一块门板将梯口盖上。不一会儿就听到鬼子用巨石撞击大门的声音。很快就听到两家的鸡呀、猪呀一片啼叫声，几分钟后它们都沉静下来了。原来鬼子宰杀这类家禽和

回流的缓波

牲口都用剥皮的方法，麻利得很。我们躲在楼上的一个窗口旁，大人们吓得索索发抖，加上我那3岁的弟弟身体不舒服，哭个不停，大人们更紧张了，恨不得把他扔出窗外去！但不知怎的，我不觉得害怕，我甚至还好奇地透过楼板的缝隙看鬼子们都在干什么，却立刻被母亲拽了回去，还举手想打我，显然怕我暴露目标。就在我往下窥视的一刹那，只见一个宽肩阔背的家伙，光着膀子，还有胸毛；弯着腰，不断地往灶膛里添柴火。后来我想，这不像日本的种，很可能是从被它征服的朝鲜抓来的兵吧。

就在我弟弟拼命哭闹期间，忽然听到村西一阵凄厉的喊叫！大家神色一下子紧张起来，悄声议论着不知哪个倒霉人撞上日本鬼子被残害了！后来获知，那是外村的一个货郎，不知哪里冒犯了日本鬼子，被架在一堆柴火上活活烧死了！

下午3点左右，忽听得几声哨子声，鬼子们立刻七手八脚往外跑。我们赶紧下楼去，祖母立刻扑向我母亲，哭着说："你公公和你男人都被日本人抓走了！"母亲马上抱住一根柱子呜呜咽咽哭起来。一会儿她抹了一把眼泪吩咐我："你赶紧出去把爷爷爸爸找回来！你是小孩，日本人不会怎么你的。"我转身就往外跑，把这个上千人口的村子的大小街巷都跑遍了，也没有见到爸爸、爷爷的影子！我幻想着他父子俩说不定现在已经回到家里了！我赶紧折了回来。这时敌人已经继续开拔了，正在我们家紧挨着的祠堂朝北的大门前经过。这大门连同祠堂的第一进百年前被"长毛"（即太平天国军）烧掉了，剩下一对"石马"的底座，约两尺高，离路边仅六七步的距离。我就侧身倚在石马旁，呆呆地看着这支魔鬼队伍的通过，盼望着两位亲人的出现。鬼子兵依然队列那么整齐，脚步威严、响亮，想必那长筒靴的底部也钉了诸如马蹄铁那种铁器的吧？是的，那是跟兽类相联系的一种金属，是名副其实的"铁蹄"，所以它蹂躏、踢打、摧毁生命格外凶猛、残忍、无情！难怪后来它每每在我梦中重现的时候都带着血迹。天始终下着毛毛雨，我没有任何雨具。鬼子也没有使用雨具。几乎每个鬼子经过都要朝我看一眼，我却死盯着他们的队伍，唯恐把爷爷爸爸漏掉了！

直到天色已开始暗下来了，日寇的人马终于走完了。我正要往家走的时候，突然想起：对门的老三古家好像没有进日本人，爷爷、爸爸会不会躲到他们家去了？我立刻跑了进去，想不到迎上来的是另两个熟悉的面孔——与我们家为邻的两个财主。他们还在瑟瑟发抖，急切地问："日本人走完了吗？"我说："走完了！"他们大为宽慰地说："真是老天爷保佑啊，老天爷保佑啊！"我说："你们怎么也没有逃呀？"他们说："唉唉！哪知道日本兵没有打就抄近路来了！"我回到家里，母亲急切地问："见到你爸爸爷爷了吗？"我摇摇头。她呜的一声又哭了起来："你爸是有吐血的毛病的呀，是不能干重活的呀！还有你爷爷，都快七十了，光走路也走不过那些年轻的鬼子兵啊……"

为什么"龙游大炮"始终没有响，这个谜直到20世纪80年代我得到当时一份报纸的复印件才解了惑：原来当时的中国战区是受美国太平洋战区司令部指挥的。而按照当时该司令部的战略部署，命令蒋介石放弃东南地区。可惜当时的政府对这样大的事情却没有向民众进行有效的宣传并有领导地组织撤离。

逃 难

第二天天刚蒙蒙亮母亲就叫醒了我们孩子们。只见四只箩筐和两条扁担已放了门边，还有几个包袱。箩筐里放了大米、咸菜、餐具、炊具、脸盆等；包袱里主要是换洗衣服、鞋袜等。但母亲让我背的包袱却是炒熟的番薯干。不一会儿叔叔、哥哥吃完了早饭就各自挑起担子径直往外走。婶婶和我们一个个跟了上去，母亲刚跨出门就又转过身来对送别我们的祖母喊了声"娘！"就泣不成声。祖母哽咽着说："你们放心走吧，家里有我呢。说不定他们父子俩很快就回来了。"

我们首先要穿过约两里长的田垄再上那座蛇形小山，它一直通向大山和深山。但我们刚出了村口，突然一束强光从左前方约一里远的小山坡上射了过来！我们不禁一怔，都不由自主地停住了脚步，等着敌人岗哨的口令或盘问。我心里想：怎么昨天还没有走完？但鬼子照了几下就不照了，也没有听到口令，我们就继续往前走。可恶的天气仍下着毛毛雨，脚下的土路都变成泥浆了！可怜母亲是传统的"金莲"小脚，她一手抱着病中的弟弟，一手挽着一个包袱，走起来特别困难。不久她那尖尖的小鞋就陷进泥巴里了，她自己没法去捡，只好由我去捡。几次下来，她气了，干脆那鞋她不要了，穿着袜子走。但不久袜子也被泥巴拔走了，她也赌气不要了！只见她一把鼻涕一把泪，一扭一扭地往前挪，我和姐姐走在她后面，尽量护着她。直到天大亮，我们终于上了俗名叫"上山头"的小山，不再泥泞了。但没多久，突然听到"哇"的一声喊叫，只见哥哥倒在地上：他左边的小腿扭了，痛得哇哇大哭！母亲立即放下弟弟，为哥哥搓揉伤处，同时抽泣起来。不一会儿她叫来姐姐替代她，气呼呼地走到婶婶跟前，指着她鼻子："你，你你，你这堂客（方言，指结了婚的妇女），你怎么能把那么多东西往他筐里放哇？他还是孩子呀！"婶婶则反唇相讥："你儿子自己路没有走好，怎么能怪我？"叔父见气氛有点紧张，马上过来调解："二嫂你别急，我看了，孩子骨头没有损伤，歇一会儿就会好的，我们干活的人常有这情况。你先把脚擦干净，把鞋穿上。"接着他从哥哥的箩筐里拿出几件东西放到自己担子里。母亲得到一些宽慰，回到哥哥那里，摸了摸他的小腿骨，证明确实没有骨折。于是她从包袱里找出一件旧单衣，把她那双受难的小脚擦干净，然后取出干净的鞋袜穿上。大家趁此机会吃了番薯片之类的东西。过了一个多钟头，哥哥挑起担子试了试，说："现在担子轻多了，好像可以走了！"叔父马上眉开眼笑："那好啊！我们继续走吧，走慢点好了。反正也就是二十来里地，今天一天怎么也能走到。"但哥哥挑起担子腿还是有点瘸（后来他那条左小腿始终比右小腿要细一些），后来他说，实际上他是咬着牙在挺。母亲则始终心情不能平静，常常自言自语地咕哝："也不知这父子俩现在在什么地方？日本人给他们派什么活？可千万别让他们干重活呀！"

下午4点左右我们终于进了大山，树木葱茏。但天公更不作美：毛毛雨变成小雨了！幸好哥哥和叔父穿着蓑衣，姐姐给妈妈撑伞，我始终戴着笠帽，勉强也能凑合。走的尽是羊肠小道，倒是不泥泞，只是常有坡度。若遇到陡坡，只得叔父先上去，再回来替哥哥挑。直到天色昏暗下来了，我们终于来到一个叫"大岗头"的山庄，周围都是茂密的竹林，仅一户人家。主人是一家亲戚的亲戚，我的一个表哥叫他们"姑夫姑母"，我们大小也跟着这么叫。虽然事先没有通知（那时一般人都没有电话），而且他们已经接待了好几家亲友，所有能住的地方都挤满了，但对我们的突然到来，夫妇却依然热情欢迎，而且马上决定：停掉他们的草纸作坊，把空间相当大的"焙笼"腾出来给我们住，而且允许我们任意挖竹笋，以减低粮食消耗。另外，他们还告诉我们：山上有一种野菜叫"苦叶菜"，既可以当菜吃，也可以充当粮食。他们有五个儿子，都是壮劳力，还有两个儿媳妇，所以家境很兴旺。这样，我们逃难的两家人总算宽慰地有个避难处了。

土　匪

当天吃过晚饭，妈妈就在焙笼里在姐姐的协助下搭建床铺，我也站在一旁随时听任调遣。完了她就开始整理几个包袱。忽然，只听得"咣啷"一声什么东西掉在地上，我一看只见一枚亮闪闪的大银元落在地上。这家伙我打过交道的，原来就放在妈妈房间那个抽屉里。我曾经试图拿出来玩，被妈妈严厉制止了。这回我捡起来就往口袋里塞，也准备着妈妈以严厉的目光命令我放回去。但也许这位不幸的母亲经过这一天一夜的苦难，对那些身外之物再也不看得那么重要了，也许她要给这个小小的孝子一天来的表现给予某种报偿：她对我的举动竟表示默许！于是我就合法地拿着这件贵金属当玩具耍了！

吃过晚饭，我就到对门姑夫姑母家的大堂去玩，那里有很多不认识的大人和小孩。我发现那张许多人围着的大饭桌擦得很光亮，我就掏出那枚大洋让它在桌子上发出"咣啷，咣啷"的乐音。很快吸引来很多的目光。其中有三个年龄差不多的"叔叔"立刻挤到我身边来，表现出对我特别喜欢，问我父母是谁，住在哪个房间。我一一如实作答。他们马上表示："明天我们就把你爸爸、爷爷找回来！"我半信半疑，心想你们怎么知道日本鬼子现在在哪里呢？

第二天上午，哥哥、姐姐都去采竹笋和苦叶菜了，那三个"叔叔"继续跟着我玩。但下午就找不到他们了！晚上我仍去姑夫家的大堂让那枚大洋来"奏乐"。由于缺了那三位"叔叔"的欣赏，气氛要差多了。回来后，我觉得这块大洋终于让我玩够了，于是就交还给了妈妈。

第三天上午11点左右，我正和哥哥、姐姐采完野菜、竹笋等往回走，忽然听得庄口坡道下"砰砰"两下枪声！本来已成惊弓之鸟的逃难者们都以为日本鬼子来了，惊慌失措，拼命往山上逃跑。我们仨惊呆了，不知该跑还是不跑。这时只见四五个匪徒已经爬上了陡坡径直朝我们家冲来。我们家的房门没有锁，只用一条棕绳子拴着，被他们一刀就砍断了！我妈妈赶紧跟他们一起挤了进去；有两个人把在门口不让我们进去。土匪们喝令我妈妈"快把那东西拿出来！"母亲说："什么东西？"一个匪徒说："就是那'咣啷咣啷'很好听的东西！"母亲看了我一眼，心想："你干的好事！"却宽慰地笑了一下说："哦，那块银元呀？"她马上打开一个包袱，取出那枚银元默默地递给了他。那家伙接过银元，看我母亲没有下一个动作了，马上提高嗓门逼问："怎么只拿一块？""我全部家当就这么一件值钱的东西。"母亲不慌不忙地回答说。"我根本不相信，就一块银元还给孩子玩！"匪徒说。母亲则像自言自语似的从容回答："一块银元，有它，家里富不了；没有它，也穷不了哪里去。既然孩子喜欢用它玩，那就让他开心一下嘛，又不会变小。"匪徒当然听不进去，把手一挥："别听她瞎扯，搜！"门外两个赶紧进来，一起翻箱倒柜了起来！当然既没有箱，也没有柜，还有就是那两只箩筐和几个包袱，加上床上的被子、枕头。他们翻了又翻，捏了又捏。自然一无所获。最后那个土匪小头目把手一挥，悻悻然地滚了。

匪徒们走了后，母亲赶紧把房门关上，全身哆嗦着抽泣了起来："这些没心肝的土匪，看我家里没有男人，就这样来欺负我。"我心里更难过，赶紧向妈妈认错："妈妈，全怪我！我要是不玩那块大洋，就不会有今天的事了！"她擦了擦眼泪说："你讲的也对，我不该把银元给你玩！"接着她洗了一把脸，整了整衣服，赶紧领着我去姑夫姑母家，向他们认错，说："我太没有规矩了，怎么能把银元给孩子玩，招来那么大的祸！让那么多人受了惊！可是我又不认识大家，除了向你们一家赔不是，还要请你们向所有客人说一声：我老五妹（母亲俗名）对不起大家。"心地善良和友好的两位远亲，不但没有责怪我们，还安慰了我们一番，并留下我在他们家一起吃热腾腾的玉米饭。

逃　命

这次遭土匪劫掠以后，母亲更感到家里没有大男人保护太不安全，于是更想念父亲，盼着他快快回来，时不时抽抽噎噎。说来也真是上天有眼：第二天（也就是逃出来的第四天）的下午，一个高个子男人背着一布袋大米突然出现在造纸坊的后门内，姐姐说："看，爸爸回来了！"我们三个孩子一齐围了上去，帮他卸下布袋子。母亲则站在那里发呆，接着一下子醒过来了，赶紧猛扑上去，抱住他的大腿，一边猛捶，一边泣不成声。我们孩子们从来没有看见他两有过这种场面。父亲说："怎么了，我不是回来了吗？"妈妈则断断续续地说："你知道……这几天……我是怎么过来的吗！？"父亲说："那还用说，男人不在，你肯定吃了很多苦啦。但现在我回来了，你就别难过了，让我们大大小小高兴高兴吧！"妈妈说："那也高兴不起来呀，老人家还没有回来呢！你跟他不在一起吗？"父亲说："哪会让你在一起！鬼子砸开了门，一冲进来劈头就给我两巴掌，叫我把钱拿出来，我有准备，马上给他了，他还要！我摆摆手说全给你了！他又给我两巴掌！我说：'不信你们搜好了！'几个鬼子好像准备好了似的，马上就踢开各房间的门，一脚把箱子踹开，把抽屉一个个倒在地上，没有找到钱，一脸的气恼，就把我带走了。这时就没有看见我爸了！咳，日本鬼子真是狗日的，这么大年纪也不放过！""那你是怎么回来的，是不是看你有病？"母亲问。"他才不管你有病没病！"父亲说，"说起来真是死里逃生啊！开始让我挑担。我说我有吐血的毛病，干不得重活。后来他给我牵来一匹马，说东西让马驮，但马的吃喝都我管。我说这我行。两天下来跟那管我的鬼子有点熟了。第三天，就是昨天傍晚进村弄饭吃。我跟那鬼子说：'马也饿了，趁现在做饭时间，我先把马牵出去吃点草。'鬼子同意了。我把马牵到田野上拴在一个地方，沿着那些有树木隐蔽的地方我就跑了。但我正要走上一条较宽的田埂，发现远处有几个鬼子在走动，心想：糟了，不知他们发现我没有？我立即趴下来，发现前面埂下有一蓬荆棘丛，我赶紧爬过去，死活钻了进去。那几个鬼子越走越近，最后恰恰走到我这条田埂上来了！我想：糟了，他们肯定发现了我，来抓我了！当他们走到我头顶上的时候，我全身哆嗦得厉害！今天肯定死在这里了！但上天保佑，他们没有跳下来，走过去了！等他们看不见的时候，我赶紧爬出来，跪在地上，仰着头，说了好几声：'老天爷，永远忘不了你救了我！'接着我继续凭借隐蔽的草木，离村子越来越远。后来到了一个村子，想讨碗水喝，连个鬼都见不着！只好喝稻田里的水。快到云溪的时候，本来那里有好几个熟人，可以吃点东西。但想到这里是交通要道，怕有日本兵，只好绕着道走。这时已经半夜了，又饿又乏，周围一片漆黑。但什么狼啊，鬼啊，一点都不怕了，真的是逃命啊！就这样，直到天蒙蒙亮，就是今天早晨，我终于回到我们家。幸好娘在家。上午睡了一觉，吃完中饭就往这里赶了。现在我挂记的是我娘，她一听我们父子没有在一起，而且也不知道在哪里，马上就哭了！她那么大年纪了，一个人孤零零守着三个家。"

"姑夫姑母"原来是认识父亲的，听说他回来了，都很高兴，特地端来两碗热腾腾、金灿灿的玉米饭，以示慰问。后叔父一家过来一同聚了餐。

噩 耗

中国语言表现力丰富的特征之一是成语，而且许多成语的形成都是来自人生经验的结晶，比如"祸不单行"。日寇铁蹄给我母亲带来的遭遇就是这一成语的活生生的写照。母亲在日寇铁蹄下才刚刚四天，就遭受了与亲人失联、携子女逃难、遭匪徒抢劫这样一连串的打击。第四天即昨天下午随着丈夫的回来，情绪刚刚有点恢复。谁想才持续了约24小时，即第五天的下午，又传来一个晴天霹雳的噩耗：她的74岁的双目失明的母亲，即我的外婆，在日寇追击下因逃跑不了，被丧尽天良的日本鬼子杀害了，而且连中9枪，真的是"血肉模糊"！惨案就发生在日寇进我们村的同一天。母亲听到后立刻倒在地上打滚不停。当大家把她扶起来以后，她仍半天哭不出声来！外婆是她最贴心的亲人，最记挂的慈母。在眼睛看不见的情况下外婆仍养育了5个女儿、两个儿子。而且她为人非常慈爱、温和、大度，充满了佛心，不仅儿女们十分孝敬她，左邻右舍都非常敬重她。当她把我抱在怀里的时候，总是不断抚摸着我的脸面和头颅，以便在她的心目中描画出我的模样来，借此享受着"隔代亲"的滋味。难怪母亲每年都要带上我们四个孩子走上十几里地回娘家好几趟，以便让这个不幸的亲人经常沐浴在儿孙们孝敬的幸福之中，同时也借以培养我们晚辈的孝心。如今这一切却突然粉碎了！作为一个农家妇女，她怎么接受得了呢？

母亲哭唱（当地农家妇女哭丧都是带着腔调并唱出具体内容来的）了一个多小时以后，就开始整理包袱，说马上要去看她的倒在血泊中的母亲。父亲说，天已经开始暗下来了，几十里地，而且都是山路，怎么行！叔父也说，遗体已经五六天了，哪能还不埋掉？父亲又说，大家都在外面避难，你去了找谁？等日本鬼子都退了，我们全家一起去吧。母亲无可奈何地不作声了。后来我们终于一起去给外婆上坟了，她呼天抢地跪在墓碑前哭了又哭，一整天都没有吃饭！

脓　疮

约三个星期后，日本鬼子大多数村镇都不留人了，我们和叔父两家终于结束了第一次逃难生活，回到了自己的家。但笼罩在大家心头的阴影并未散去，因为爷爷仍杳无音信。又过了半个多月，5月二十五六号的下午，一个乞丐模样的老人突然出现在门口。他身体很瘦，拄着拐杖，胡子拉碴，脸色发黄，径直走进屋里来。他见大家愣在那里，声音颤抖着说："怎么不认识啦？我回来了！"大家一下醒悟过来：爷爷回来了！但大家又高兴，又难过：没想到老人家成了这个样子，真像换了个人了！而爷爷一坐下来，就呜呜哭起来，说："这一个月，真不是人过的日子啊！狗日的日本鬼子，他叫你干什么都先打你一巴掌！挑水，先给你一个巴掌；烧火，先给你一个巴掌！有好几次我真想还他一个拳头！这狗日的！"奶奶说："你怎么不逃走呀！你老二不是很快就逃回来了。""逃？"爷爷反驳说："抓回来当场枪毙！有两个人就这样被毙了，而且叫被抓来的中国人都去看！你还想逃吗？唉，现在知道什么叫'亡国奴'了！"接着他"呜——呜——"地大声哭了起来，哭得好伤心。大家也跟着唏嘘起来。

"后来鬼子怎么放了你的呢？"祖母问。爷爷说："我一路上给他们挑担、做饭，加上天气又不好，成天下雨，衣服湿了干，干了湿。就这样一直走到了江西上饶，正好一个月，我终于病倒了，鬼子就不管我了！身上一个钱也没有，我只得一路上讨饭回来。可是老天爷偏偏作对，到处发大水，有的地方桥也冲垮了！洪水里还夹着死鸡、死猪、死牛什么的！有一次过一条河，齐胸的水，一条鼓鼓的死猪漂过来，差点要了我的命！"爷爷哽咽了一下，接着又说："哪有地方睡！都在寺庙、凉亭里过的夜；没有盖的，不敢躺在地上睡，只好坐着靠在墙上东倒西歪地打盹。讨饭也不容易啊！每个村子只有几个老人，自己吃饭都有困难，常常喝人家的菜汤。"说到这里爷爷又呜呜地大声哭了起来。母亲赶紧安慰他："公公你活着回来就是全家最大的福气了，大家都应该高兴呢。"叔父也说："回来就好啦，大家再也不用挂记啦！所有的苦楚都让它过去，别老想它了！"母亲说："公公你先吃饭，然后洗个澡，把衣服换了。我这就去烧水。"

过了三四天，爷爷的身体恢复许多了，说话也有精神了，而且还涉及一些令人鼓舞的事情，尤其讲到他与日本鬼子路过的邻县江山县老百姓的抗敌故事时，总是眉飞色舞，说："我们这里的人没出息，只知逃跑！人家江山县（现衢州市所属江山市）就不一样！他们自己发明了一种炮，叫'松树炮'：把一棵很粗的松树锯成好多截，在截面挖个孔，再把火药和铁钉、鞋钉这类杂碎的铁器放进去，然后把口子封死，只留个引线，短程的杀伤力蛮大哩，日本鬼子都怕这东西。还有他们男男女女都很勇敢：日本鬼子刚进院门，事先藏在门边的人马上闪出来，对着鬼子后脑勺连刺几刀！妇女也很厉害：鬼子要强奸她，等鬼子解裤腰带的时候，匕首已扎进他喉咙里了！"大家听了不禁精神一振。

约一周以后，爷爷身上感到痒痒得厉害，不久就长出一颗颗蚕豆大的脓疮，肯定由于回家期间接触了太多的被各种动物死尸毒化了的污水引起的。染上这种病毒是非常痛苦的，它让你又痛又痒，不抓挠你受不了，抓挠又会全身血迹斑斑。经常听爷爷痛苦地喊叫："日本鬼子当时为什么不把我打死啊，打死了也就免受这个罪了！"由于当时农村缺医少药，爷爷这场灾难持续到1949年才过去。但城门失火殃及池鱼：爷爷的这场灾难后来我也"分享"到了！只是没有爷爷那样严重，约豆粒那么大。于是家里没有人敢与我同床（当时农家没有条件单独睡一床）。幸好那年叔父有条件雇了个长工，此长工有好学的天性，他很欢迎我与他共床。后来我们成了终生的莫逆之交（中华人民共和国成立后他一步步当上了水电高级工程师）。

母 殒

外婆惨死后，母亲就像换了个人：形容憔悴，郁郁寡欢。我经常看到，在她一个人做针线活的时候，低声啜泣或哼哼着："娘啊娘，我的好亲娘，你养大了我们这么多儿女，吃了多少苦啊，我们还没有让你享过一天福呀，还死得这么惨！不得好死的日本鬼子，到了阴司里统统得跪在你面前，他们永远还不清欠你的血债！"或者："娘啊娘，你把我也带了去吧，让我在阴司里天天陪着你，替你洗衣、做饭……"她饭也吃得越来越少了，身体一天天消瘦、虚弱下去，终于"积郁成疾"，干咳起来了，民间都知道，这叫"虚病"，即"肺病"，是当时的不治之症！第二年，也就是1943年，病了不到半年母亲就离开了人世，真的去阴间陪她的亲娘了！走的那天大家都没有准备，我清楚记得，晚上睡觉的时候，她还搂着我的弟弟，我则睡在她的另一头，完全和往常一样。第二天早晨我发觉被窝里冰凉冰凉！我大喊"娘！娘！！"再也听不见娘的回音了！全家一片惊愕和哭声。

门口的亲友们越聚越多，大家都跪着一边烧纸一边痛哭，以示向母亲的灵魂送别。但奇怪，我作为8岁的孩子也算懂点事了，却哭得并不悲伤，我不相信母亲会这么容易就永远离开人世了，不，她也许只是晕了过去，等一些时候还会醒来。后来她被放进棺材里了，我还以为可能人们为了让她好好休息，以便她慢慢"还阳"。直到人们把她的棺材抬到一座山坡上，堆起了高高的土堆，并竖起一块墓碑，这时我才意识到：母亲再也不可能醒来了，感到一种晴天霹雳般的震撼，哭天哭地用手扒坟上的土，拼命地把头往土里埋，几个亲戚只得把我架起来抬离了。

日寇的铁蹄蹂躏我的家乡还只是"过兵"，就给我的家庭带来这么多的苦难，而全国有多少个家庭遭受的苦难比我这里记叙的深重得多，尤其是那些交战地区。日本军国主义势力这段罪恶和耻辱的历史将永远铭记在中国人民和亚洲人民的心里，牢牢钉在人类历史的耻辱柱上！

童年的摇篮

前日，几个年逾花甲的亲戚来北京，陪他们游览了一趟动物园。出乎意料，他们驻足最久的不是熊猫馆、大象馆或蟒蛇馆，而是鹰鹫馆。最后我不得不催他们继续往前走，并说："我们家门口不是每天傍晚都有老鹰盘旋吗，还没看够?"姊姊立刻"咦"的一声慨叹道："那是什么年代的老皇历了！打从门前的柴蓬（即村后的大片森林）为大炼钢铁作了贡献，就再没看见老鹰了!"大家都不吭声了，我感伤不已，沉入了深深的回忆之中。

家乡是丘陵，家屋坐落在村子西北角的角尖儿上，门前不足50步，横亘着一大片南北长约1500米、东西宽约700米的古老而茂盛的原始森林，即"柴蓬"，浓浓密密地覆盖着三面百米多高的山峦及其脚下一座20余米高的平坡，俗称"大坪坦"。大坪坦与我们家门前的菜园仅一墙之隔。墙外则是一棵特大的千年古樟，它正位于"柴蓬"腹部的最前端，堪称"柴蓬"的"凤冠"，且正对着我们的家门，我们视之为门前一尊天赐的"盆景"。祖先留给我们的这一个多平方公里的"柴蓬"，从正面平视，像一把扇子，构成村子的背景；从侧面俯视，则像一只开屏的孔雀，与几百幢白墙青瓦的房屋相映生辉，构成这个村子独有的景观。

这个"柴蓬"的存在也使很多人类的朋友即飞禽走兽在这里找到了家园，从而使村人们获得了得天独厚的"动物园"。每天早晨一醒来，就听见各种鸟类竞相争鸣，仿佛无数乐器在协奏一曲《百凤朝阳》。傍晚，当袅袅炊烟刚刚停息，一只只雄鹰便相继蹦出树林，直冲云天，以优美的姿势在村边缓缓飞翔，像是在为村人巡逻；有时一个俯冲直抵地面，然后又迅速腾上天空，又分明是在作航空表演。如果是夏天，则又平添一番景观：千万只白鹭不约而同地飞来，栖息在"大坪坦"那些高大的枫树上，真好比"忽如一夜春风来，千树万树梨花开"。它们早出晚归，筑巢下蛋，在静卧以前，都要进行一番生命存在的仪式：或发情，或戏耍，要争斗，叽叽呱呱地发出一种人类听不懂但能领会到的语言，好像无数管乐器在合奏一首奇特的乐曲。等到这些乐手安静下来了，猫头鹰就开始"值班"了，但它唱的总是悲歌，而且带点恐怖，幸好有啄木鸟的鼓点伴奏，多少冲淡了一些悲凉。

祖先留下的这个天然的"森林公园"，对我们儿童来说更是难得的游乐园。当布谷鸟发出第一声"布谷"，我们便脱去棉袄，欢天喜地扑进"柴蓬"去捉迷藏、逗松鼠，或捉雏鸟，末了总要采一大把鲜丽素朴的杜鹃花、香气馥郁的芝株花或别的野花带回家，使简陋的农舍顿时生辉。枫叶红了的时候，跟着母亲（可惜我8岁以后她就不在世了）和姐姐，去"大坪坦"从树上打橡子或"苦珠"（一种圆形的橡属硬壳果），这对大人来说是劳动，但对小孩却是极好玩的美事儿：一竿子下去，只见几十几百颗弹丸般的果粒下雨似的哗啦啦掉落下来，有时砸在头上噼啪作响，又痛又刺激，孩子们哆声哆气地喊叫着，有时干脆咬紧牙关，站到竹竿下，蹦跳着接受一番"枪林弹雨"的洗礼……当天晚上，一家人坐在油灯下把这些果实的外壳剥去，第二天磨成浆汁后加工成咖啡色的"豆腐"或"面条"，再与雪里蕻、青蒜和辣椒煮成一锅，吃起来真是可口。秋风肃杀了，只见"大坪坦"上的枯叶雪片似的漫天飞舞，地面上很快堆起没膝深的叶层，我们就像投入大海，倒在树叶上尽情打滚、摸爬，有时甚至自告奋勇让别的小伙伴来捉拿，被捉到了，任人处置，于是常常被人埋在一人多高的树叶堆下，直到憋得哭叫起来，人家才赦免。隆冬季节，"柴蓬"里仍有很多的常青树和绿色小树丛，那里是我们采野果的好去处。有一种名叫"乌饭"的紫色果粒，大小如豌豆，一串串似葡萄，甜中带酸，我们只管一把一把往嘴里送，很是解馋。当然收获最丰富的季节还是夏天，爬上树去饱餐一顿杨梅或枇杷以后，就钻进树丛里去采蘑菇，什么"雨伞蘑"啦，"芝麻蘑"啦，"红大栗"啦，"老鹰爪"啦……形状各异，颜色亦不同，满满一篮子提回家，家长表扬一番之后，便检查一下有没有一种叫"白碗瓣"的毒蘑，然后全家人便可美美地享受一顿"蘑菇宴"啦。

　　去县城上中学了！进城须步行45里路，好远！第一夜就掉泪了，不是舍不得离开自己的家（相反，我是挣脱父亲的阻拦，逃到城里去上学的），是远离"柴蓬"使我无限怅然，也许我天生是大自然之子，离开自然，我在自然里养成的野性就没有了着落。好在每年有一次寒暑假，每次我都要回去尽情拥抱"柴蓬"，方式是每天早晨进林子里跑步、做深呼吸，或者大声喊叫，表示我在告诉人类以外的那些朋友们：我回来看望你们了！尤其当

071

我从缓坡小跑着一口气登上岗顶，扯开喉咙"吊嗓子"的时候，呼呼的松涛便发出共鸣，仿佛大自然也从它的胸腔深处发出"丹田之音"，又好像它举起千把琴弦为我伴奏，人与自然的融合，在这里领略到最美妙的佳境。上大学后，千里在外，大城市的世界固然"精彩"，但哪像"柴蓬"那样使我梦魂萦绕。盼望着熬过一年两年回来重温上述天人合一的境界，想不到一去就成了永别！后来的消息传来，我仿佛第二次失去了母亲：形势要"柴蓬"捐躯，村人却无人忍心下手（多少个世代相依为命，她是全村人的保姆啊），于是从别村派来了几百名铁面无私的"行刑队"。啊，"柴蓬"的大限终于到了！她很快变成了一座座山头似的柴堆，覆以黄土后，又像是一座座巨大的金字塔，不知冒了多少个日日夜夜的滚滚浓烟，那经历几百年风雨长成的无数绿色生命之躯终于在深沉的悲咽中变成了人们如愿以偿的黑炭，不久，又统统变成了一钱不值的死灰……

如今从乡里回村，抬头望去，首先闯入眼帘的是两座光秃秃的山峦。秃山下，大坪坦上缕缕炊烟固然说明这里依然充满着生命的温热，但这是红色血液的生命取代了红色的生命！殊不知，在大自然中，红色血液的生命与绿色的生命是相辅相成的统一体，二者的位置是无法相互取代的。取代了肯定要受到大自然的报复的！

每当我朝着这秃绿色的废墟走去，心头总是翻滚着乌云，那比我去父母永息的地方上坟还要沉重。

皮球踢飞

在下叶小学我经历的一个最刻骨铭心的事件是踢皮球。在当时条件下，学校与篮球、排球是绝缘的，足球更别提了！唯一能见到的是网球那么大的皮球，而且只有家境宽裕的同学才有。而这样的小玩意儿对于我也是过于奢侈的禁品。有一天，见一个低班同学在玩皮球。我看见这能自行跳动的玩意儿觉得太有趣了！就要求他借给我玩一下。我接过来连拍两下，见皮球竟能自行跳动，太刺激了！但光凭手拍还不过瘾，竟忘乎所以，飞起一脚，只见皮球迅速穿过天井，远远飞了出去！我连忙到外面的弄堂去找，却怎么也找不着！会不会飞进了别人家的天井呢？于是我又到附近的几户人家去找，仍是没有踪影！这时我紧张起来，觉得闯祸了！若被父亲知道了，不仅不会给我钱买个新的皮球赔人家，还会把我骂得死去活来，加重我在他脑子里的坏印象。于是我决定暂且将此事瞒着家里。但这不是个办法，欠人家的东西还得还，何况皮球的主人还在哇哇大哭呢！再说，他的家长也饶不了我！他们肯定会去找我父亲！这一脚之快给我带来的烦恼可谓大矣！但为了暂时安抚对方，只得答应他：一周之内，只要有人进城，一定买个新的还给他！于是我天天眉头紧锁，想着该如何解决这个燃眉之急？

　　还真是"天无绝人之路"！第五天上午，家里来了个客人，家里招待他吃饭。临走时递给弟弟一个红包。我心想，你这个红包要给了我多好啊！真好像上天听到了我的心声。当天晚上，我正要去卧室睡觉，经过厨房时发现地上一个红包，这无疑是弟弟丢的！要不要捡走呢？若捡走，弟弟肯定要大哭一场！而且家里人肯定猜得出是我捡的。但如果我不拿走，则明天就是还球的时间了！人家来家里要怎么办？于是我横了横心：捡走！不久，弟弟果然发现红包丢了，哇哇大哭！后来父亲串门回来了，姐姐马上将家里丢红包的事向他汇报。父亲停了停，然后冷冷说：我们家只有这么几个人，还有谁呢？我马上听出来了：这分明是指我！他没有说出我的名字，但比说出我的名字更令人难受啊！于是我马上蒙上被子，任眼泪哗哗直流！

　　第二天早晨醒来，我很想知道那红包里的钱够不够买一个皮球。于是将它从枕头底下悄悄抽出，数了起来，看看是否够买一只皮球。不料这时帐门突然被掀开！"啊，红包果然是你拿的！"是姐姐的声音。我非常震惊！想："姐姐，你怎么也会干抓我的事情?!"眼泪一下夺眶而出，并"哇"的一声哭了出来。姐姐马上心软了下来。她问："那你说，你拿了这钱准备做什么用？"于是我把因玩球失手的经过细述了一遍。姐姐听后终于同情我了！说："球还是应该赔人家的。这钱你就留着吧，过后我跟爸爸说一下。"我如释重负。立即起床，赶紧往球主人的家跑。正巧，我走了约三分之二的路程，即大厅的左后角，恰好球主人眼泪汪汪地在他母亲的陪护下往我家走。他母亲说："今天正好有人去城里，你把钱给我们，我托人去买去！"于是我把红包里的钱悉数交给她，并说："多还少补！"几天后，那同学带着新买的皮球来学校了，我一看，比原来的大一倍！我问多少钱？答曰："你给的钱正好！"我无话可说！想：算了吧！

刀沉河底

在我的家乡有一条"大溪"，学名叫芝溪。它从崇山峻岭中蜿蜒而出之后，便沿着一座青山畅流而下，始终滔滔不绝，清澈见底。但每经过一两里或三五里就有一个较深的水潭，有时深不见底。孩子们刚学会一点游泳技术之后，都要到这些地方去试一试自己的水性和勇气。那是20世纪40年代中期，虽经战争破坏，但自然环境基本依旧。每天上午总能看到由一排排竹筏运载的新砍的柴火或农产品顺流而下，好不壮观。有时某张竹筏会"搁浅"在某个滩头，等待买主来搬运。我们小学生往往会耍点小聪明：约上个把小伙伴，带上一把竹刀，到那里从捆好的柴火中抽出那种木质细腻而坚硬的枝条（据说是油茶树），拿回来锯成一片片横断面，制作成车马炮。

一天下午，我约了一个有竹刀的同学去溪滩玩，约一刻钟即到达。这次我们发现了一种新的枝条，其表面光滑，呈紫红色。据说将它的表皮剥下来，可以制作成可吹奏的喇叭。于是我们将刀刃切进树枝的表皮，然后按住刀背，并螺旋式地转动树条，那树皮果然有秩序地被剥了下来！旋转成喇叭后，一吹，只听见空气的呼呼响，并不是悦耳的嘟嘟响！我们失望了，琢磨着这自制的喇叭为什么发不出喇叭声？后来突然想起，曾经听大人们说起过，某种树叶可以制成哨子，用那哨子插进喇叭口，才能发出喇叭声。但想不起是哪一种树叶。于是我们只得将各种树叶拿来做试验。一片一片试了都不灵！最后到了第十三四片的时候，发现一种树叶较薄，且比较韧。卷成哨子的形状后，一吹，果然发出"嘀"的一声！连忙把它插进喇叭口，终于变成"嘟"的声音！我们高兴得跳起来！但吹了一阵以后，又觉得不满足了：吹来吹去只有一种声音；既不能高一点，又不能低一点，实在单调。这一"发明"，仅仅满足了一种好奇心，一种创造欲。接着就想找另一种乐趣了。

这时我们发现水面上漂浮着几排互相并排绑在一起的毛竹，正待买主来运走。毛竹表面圆润、光滑。我想：我们不妨在竹排上来个跑步比赛，以便练一练脚底的控制能力和身姿的自我平衡能力。对方说：好！我们一连跑了五个来回，不分上下，算第一个回合。有点热了，于是我脱去外衣，并把它放到另一竹排上。但当我回到这一排的时候，是以跨越式的步伐跃过来的。当第一只脚刚落地的时候，受力的那几根毛竹震动了一下，同时只听得"扑通"一声响。"哎呀，我的竹刀掉下去了！"我的玩伴立刻惊叫起来！同时立刻脱光了上身，把裤脚卷到大腿上，我也迅速做完了这些动作，几乎同时下到水里去，使劲把两排毛竹推开，在竹刀的落水处摸了起来……奇怪，刚来的时候，这水分明是清澈见底的，现在怎么变浑了!？八成是山里头下雨了！多么不巧！莫非上天有意要惩罚我——两人的事，为什么只提"我"？显然，"祸首"是我！不管它，继续摸找吧！扩大范围，再扩大……往回收，再收……如此这般，三个来回，就是摸不着！这时，我的伙伴"哇"的一声哭了起来："你赔！你赔！"其实我更眼泪汪汪，因为我知道祸首是我，我应该赔。但我心里更为沉重的是：我没一个零花钱，拿什么去赔？须知，自从我自己闯下大祸，成了家庭累赘以后，我一直是家里的多余人！但眼下我首先得安慰对方："今天是我闯的祸，我应该赔！应该赔！"

心里堵着一堆恶浊气，不免要被家人看出。姐姐问我为什么不高兴？我推说功课没有做顺当。姐姐基本上是文盲，学校里的具体事，从不细问。但一肚子的污泥浊水，几乎让我一夜没有睡好觉！但我想，河里的浊水，经过一夜澄清，明天该看得清了吧？于是第二天一大早，我就提着饭篮出门（村子离学校五里地，每天须带饭），并跟姐姐打了个招呼："得提前去学校把昨天的功课做好！"径直往溪滩跑。跑到溪边一看，大吃一惊：整条溪流黄水一片，而溪水并没有涨多少！啊，上天蓄意要整我！好，我接受挑战！于是把上衣一脱，卷起裤腿，再次下水，又来了个大三圈、小三圈地来回摸寻，而且比昨天多费一倍时间！无奈苍天偏负有心人！只得再吼一声：上天亟我也！

刀主人几乎每两天就要来催问一次："几时还我竹刀？"我总是把难题推给虚无缥缈的"客人"，说："看哪天家里来了客人，给我红包，就有钱买刀还你了！"其实那个年代，客人很少有给红包的，而且即使给，也是给年龄最小的弟弟。但除了这个借口，我还有什么法子摆脱催债者的纠缠呢？

真是躲得过初一躲不过十五！一天傍晚，我和哥哥、姐姐正在家里腌白菜：在一口大木桶里，哥哥穿着一双新的草鞋站在桶里，姐姐负责向他供菜，他将菜铺平，我则在菜上撒上一层盐，哥哥再在菜上不断踩踏，直至白菜挤出汁液，让咸味渗透进去。这样地一层一层继续下去……忽然，一个男孩的哭声由远而近。我很快听出，这是刀主的哭声！我最害怕的一幕终于要揭开了！家人更有理由骂我"闯祸鬼"了！说时迟那时快，一对讨债的母子已带着哭声跨进了家门！一进家门小家伙哭得更厉害了。"你们看，这孩子没有了那把刀就像丢了魂似的，成天哭着闹着要我陪他来催还这把刀。我以为只等三天两天你们就会把刀送过来的。谁晓得都快半个月了还没送来，我只得陪他来讨了！"哥哥姐姐被弄得一头雾水，哥哥两眼盯着我，逼问："你独只手又在外面闯了什么祸了？"姐姐毕竟是女性，态度温婉些，她先搬来一把椅子，安抚来客："亭嫂你先坐！"然后转过身来问我："廷芳，你外面闯了祸，回来怎么不说呀！"于是我一五一十把事情的经过说了一遍。姐姐说："这刀落水的主要责任是廷芳——""呦！宝玉姑娘，听你那口气，这刀落水还有次要责任？"阿道娘马上插进来说。"当然！"哥哥也参战了，"把刀子放在两排毛竹相连的地方，两个孩子跨过来跳过去，不掉下水，也容易把别人的脚割伤！""看来你们不想全部赔偿？"阿道娘有点激动起来。"不是的，阿道娘！"姐姐马上安抚她，"我们的意思是，刀啊、斧啊这类有危险性的东西要放到手脚不容易碰到的地方！至于这把刀我们将买一把新的赔你们。买来后给你们送去，请放心。"临走时阿道妈强调了一句："你们得快点呵！我们阿道的眼泪都快哭干啦！"

索赔者走后哥哥骂开了："你这独只手总喜欢作死（指带点

冒险性的游玩)！去年赔了皮球，这回又得赔刀子了！过不了几天又不知道要赔什么呢！这件事你得到老子那里说去！"哥哥骂得似乎也顺理。但我总觉得有些不服气：踢皮球属于小孩的天性，而丢刀子那是我的晦气。它们跟"作死"有多大关系？但若将此事诉诸父亲，那也是令我恐惧的！父亲的暴怒和骂詈总使我全身战栗！而且这还将增加他的记忆中我的"作死"记录。

女性的心毕竟是最柔软的。最后还是姐姐来解脱我的困境。她说：父亲有病，不要让他生气了。我今年养了十几只鸡，过年时少吃一只吧。廷芳你明天把那只黑尾巴的大公鸡拿到镇上卖掉，然后用那钱买一把竹刀，我想绰绰有余。我心中大喜，觉得姐姐真是个好当家人！第二天一大早，父亲还没有起床，姐姐就已把那只黑尾巴公鸡捆绑好，放进一个纱麻袋里。我匆匆吃完早饭，提上饭篮和那只鸡，赶紧往峡口镇菜市场跑。鸡很快就卖掉了，但杂货铺尚未开门。我赶紧跑到学校上课。午饭后我马上赶往镇上那家杂货铺。不想，那里只有大人用的大型竹篾刀，而没有学生劳作课用的那种小型竹篾刀。我好焦急！还刀的诺言不能兑现，人家又会闹到家里来！但上课时间快到了！我只得立即赶回学校。在听课期间我突然想起：秧田（村）有个打铁的叔叔曾因误打一颗雷管而炸伤了手臂，后那条胳臂被医院锯掉了！但他仍坚持打铁。后来我自己的左臂摔伤致断，伤口用中药却久敷不愈，最后听说这位打铁的叔叔曾从医院带回半瓶药水（不过是酒精），家里向他借了来，结果三天就痊愈了！好像家里还没有人向他表示感谢。我应亲自去弥补这一欠缺，并用这只鸡的钱请他打一把小型竹篾刀，兴许可行？于是，等下课铃一响，我就飞也似的往那家铁铺跑。那断臂叔叔一见我就问:"你是下叶村的吧?"我马上回答:"是,是!"他又问:"从我这拿去的药水有用吗?"我马上说:"太有用了! 每天敷中药,9个多月好不了! 涂上这药水三天就好了!"他马上停下手中的活,说:"真的吗?""在您面前我哪敢说假话!"我说。他端详了我半天,然后脸色严峻起来,说:"以后就靠这一只手活着啦,小兄弟!""是呀,你要多指点呀,叔叔!"然后我把打一把小型竹篾刀的要求向他提了出来。他疑惑了一下,然后悄悄对我说:"你现在这样子还能使用这家伙吗?""赔人家的。"我说,并把经过跟他说了一遍。他点了点头。随即从一只竹编的筐子里拣出一块合适的铁坯,扔进炉膛内。他的徒弟或助手立即拉起了风箱。不一会儿,一块红彤彤的铁块被夹到了铁毡上。只见师傅一铁锤砸下去,徒弟马上将铁块翻过来。如此一砸一翻,一砸一翻……二十几分钟以后,一把连刀柄的小型竹篾刀交到了我手里。我如获至宝,马上把手里的一把钱塞给他,加了句:"多还少补!"他点了点,说:"多了!"递还我一张。我说:"再次谢谢叔叔! 下次再来看您!"转身就往村子跑,并直接进了阿道的家:"刀子买来了,阿道娘! 这就还给你们。"正准备转身走时,她却扔过来这么一句:"你们家也太不像话了:把人家东西丢了还不想还!""不是这样的,阿道娘!"我立即回答道:"是我实在怕挨骂,一时不敢告诉家里!"

好奇的诱惑

当年的峡口小学唯一一位年龄较大的老师，姓黄，就来自秧田村，约莫花甲年龄了，个子高高，戴副眼镜，常穿一件淡灰色的旧式长衫，很符合旧式"先生"的模样。他脸色略带忧容，对学生态度也较严厉。有一次我看见约一米高的一堆毛竹，便走上去想试一试或更正确地说练一练我的平衡能力。适逢他从那里经过，便立刻做出要打我的姿势把我赶下来，且恶狠狠地加了一句："已经一条胳膊了，还要作死（冒险玩乐的意思）！"该老师的这句话具有典型性。但我对该老师这一出于好意的教训思忖了好久：一个孩子好奇的天性，哪怕已经有了失败的教训，还应不应该继续保持乃至予以保护呢？尔后在我成长的年代，面临无数次被好奇心驱使的时候，都要将黄老师的这一训语掂量掂量，结果都被我内心深处的某种叛逆心理排除了。比如，在必须放牛的年代，看见别的孩子骑在牛背上，摇摇晃晃，很是逍遥，而自己则老老实实跟在牛屁股后亦步亦趋，多窝囊！终于有一天，内心里冒出一股叛逆情绪：骑牛靠的是两条腿，并不一定需要两只手！我为什么不能试一试，练一练!？于是我让小朋友们站在我的大水牛的两旁，以备保护我。然后我一脚踩着牛角跟，命令道："我的牛，把头抬起来！"那牛还真听话，一下把头抬了起来，我马上把右脚跨上牛背，坐好后便让牛走起来，牧童们护送着。那牛走动的时候，其脊背随着脚步左右摆动。开始有一种不安全感。但随着时间的推移，一步步感到安全起来。约20分钟后，我叫两旁的护送者统统走开。三天以后，我就可以稳稳当当地骑着牛稳稳当当地回家了。一个星期以后，仍然在小伙伴们的帮助下我开始训练骑着牛慢跑。经过三天的训练，我基本上掌握了这一骑术。从此信心越来越足。一周以后，我决心训练快跑。仍然请小伙伴们护驾。可惜开始时准备工作做得不够，那牛更不知道要快跑。我一鞭抽下去，那牛惊吓了一下，前脚猛地腾起，我没有防备，往后一仰，即翻了下来。幸好有人接护，跌得不太重，而且是草地。此后我改变了策略：不再一开始就扬鞭，而是由慢跑开始，然后渐渐加快。掌握了这几手硬功夫以后，骑牛时就可以在野地里自由驱遣，纵横驰骋了。

秋天的盛装

45次特快列车过了金华站就向浙西的金衢盆地疾驶，进入衢州市的范围，南边那红土壤起伏的山峦和田垄上，满目是葱茏的橘树，有的还没有成年，有的则正在挂果，绿树丛中不时透现着斑斑色彩，那是采橘的姑娘们出没在树林间。这时，伴随着火车的节奏，我心头不禁响起了50年代《橘子熟了》那首名歌，就像当年在北国我一听到这首轻歌曲，就想起橘乡的金秋时节一样。

车过"樟树潭"，一片广袤的平展展的原野出现在眼前：这是盆地中的盆地，是衢州有名的"千塘畈"，大自然给予衢州人的唯一便于种庄稼的地方。如今这里与庄稼相伴的还有一片片四季常青的橘林和一座座砖瓦新盖的村落，此外还有一座庞大的化工城。哦，这果真是"千塘畈"吗？回忆的长丝不断把我牵回到过去，脑海中一再浮现出那个"万户萧索鬼唱歌"的荒凉景象，原来这个"畈"先前并不是种庄稼的米粮仓，而是个血吸虫的温床，曾经夺过千万人生命的坟场。我小时候曾经两次穿越过这个地方，岁月洗不掉我的记忆。作为一个曾经也被这个"瘟神"袭击过并且也曾与家乡人一起与这一天敌搏斗过的过来人，看到今天这派景象，昨天上火车时被北方的寒冷冻凉了的心一下子就温暖过来了。

到了乡下的老家，这里的秋色更使我兴奋：以往从来没有人种橘子的这个村子，现在几乎家家成了业余的橘农，就连我自己的一对兄弟，各自就收了一千多斤；我的一个外甥则有五千多斤；据说本村还有三户人家上了万斤！年正花甲的姐姐对我说："你小时候爱吃橘子，却吃不上，就到梦里去过瘾——你不是说过做梦买了一大筐橘子，放在床底下，想吃时就摸一个出来……"哦，姐姐，你记得真清楚。是的，那时父亲患肺痨，每天早晨咳得不行，常去镇上买一两斤橘子放在枕旁，咳得难受时就吃个把，用来镇咳，偶尔也递一个给我。我拿在手里摸了又摸，闻了又闻，总也舍不得吃……

我出生的这个村子位于衢北，坐落在崇山峻岭之麓的丘陵地带。70 年代以前衢州的橘园多集中在衢南，80 年代初，大家才种橘树。这一措施当然与衢北水利条件的改善，尤其是名扬省内外的大型水利工程——铜山源水库的建成有直接关系。于是，荒山被征服了！家乡人民的这一成就，不仅改了农业经营的结构，丰富了经济生活的内容，而且明显地改善了生态环境，使衢州地区的森林覆盖面达到总面积的 42%，相当于全国平均数的三倍半。

我去衢县石梁区的一个橘乡，领略了一番橘林的喜人景象。我们站在约 200 米高的山坡上，向下俯瞰，只见一垄长长的田地伸展出十几里之外，其间坐落着间距几乎相等的三个大型村庄，那一幢幢白墙青瓦的新农舍在午后的斜阳下闪烁着亮光，有一种明暗清晰的层次感；傍晚的炊烟还没有升起，显得格外宁静；但远远近近的"鸡犬相闻"构成一种立体的音响效果，透露着宁静下的活力与生气。再环顾周围，那马蹄形的、海拔三五百米高的山坡上，到处是密密匝匝、郁郁葱葱的橘树，焕发着蓬蓬勃勃的生机。那金光闪烁的累累果实，是秋天的盛装。这时，一个熟悉而亲切的旋律隐隐传来，哦，那是乐圣贝多芬的《田园》……

朱橘，个子较小，颜色深红如朱砂，是衢州正宗名橘，已有 1400 余年的历史，南宋以来就列为贡品。但衢州人目前种得最多、最为得意的是"枡柑"，这个陌生的橘名近年来我才听到，它的特点和优点是个大、皮脆、味美，与蜜橘相比，它便于存放，而且越放越甜，一般农家用传统的保藏法可以保存到第二年的四五月份。

1984 年，衢州已成为浙江的第二产橘之乡，仅次于黄岩。在衢州市橘科所，我们又获悉：现在衢州已跃居为浙江省的第一产橘之乡，全年总产量 300 万担，超过黄岩！一位市文联的同志不止一次对我说："下回你们换个季节回来吧，比如 4 月下旬，那时满山遍野都是橘花的世界，这种花洁白、清雅，朵小但繁茂，那时，即使在城里，也弥漫着它的馥郁芳香。嘿，会叫你陶醉呢！"我立刻回答说："好啊！——不过还是等退休以后吧！"橘子熟了我回来尝，橘花开时我回来赏；这里是我童年的摇篮，这里也将是我暮年的归宿。

乌 皮

巧缘同床共铺

以往农村里的人给孩子起名字往往根据孩子的某种生理特征，如倘若你的头发长得硬一点就叫你"狼毛"；你说话有些结巴，就叫你"磕巴"；你的皮肤较黑，就叫你"乌狗""乌牛"，或如本文主人公"乌皮"；等等。

众所周知，20世纪上半叶的中国农村穷人占多数。1928年，乌皮就作为老大出生在一个贫苦农民家庭。上学后虽然学习兴趣很浓，成绩也很好。谁知天不从人愿：尚未读满初小四年级父亲就不幸去世了！下面还有个弟弟。为维持家计，母亲不得不让他中断学业，作为"半作手"（未成年长工）帮人务农，长大后成为长工。

本来我是无缘与他相识相知的。可人的缘分有时真是古怪莫名。1942年日本鬼子抓走了我的父亲和祖父。后来祖父在江西病倒了，鬼子才放了他。他一路跋山涉水，讨饭回来。当时正值江河泛滥，人和动物尸体随处可见。祖父因此感染了某种毒素，回家后全身长满疮疥。想不到几年后祖父的疮疥传染给了我。当时的中等农户没有条件一人一床。于是家里就让我和叔父家的唯一长工同床。这位长工就叫乌皮。

乌皮大我7岁。这样的年龄差别照理是不大可能很快就相处得十分融洽的。但我们一点也没有过隔阂期。可以说一开始就相处得很融洽。这可能有两个原因：一是可能都有"同是天涯沦落人"的感受：一个雇主的侄儿与长工同铺，总会有点被逐的感受吧（自从跌伤致残以后，我在家里的地位马上降了一等）？二是乌皮的敬读与好学精神令少年感动。他每天都要问我学校里上的什么课、讲了哪些内容，然后与我谈论或讨论那些话题。也常谈起他当年上学时期的经历。其间难免要涉及对某些老师的议论和品评。这样我们每天睡前那一段时间，就感到消磨得很愉快，也很有收获。于是后来渐渐地就自动提前上床。如果说，开始阶段，我们谈论学习和学校的事情比较多，那么随着时间的推移，话题就渐渐地转到他的人生经历方面去了。而这方面正是我所缺乏的，而且也是我所感兴趣的。

不屈的人格尊严

乌皮讲得较多的是他在某些雇主那里受屈辱的经历。印象最深的是本村的一个东家，每年雇两个长工和一个厨娘。平时主仆双方看不出明显差别，但一到吃饭时就泾渭分明：东家一家四口吃的菜摆在一边，长工和佣人吃的菜则摆在另一边。他们那边一般三菜一汤；有时二荤二素，有时一荤三素。我们这边仅两道素菜。吃饭时，只见对面的菜热气腾腾，香味一阵一阵袭来。而我们的菜不但乏味，而且早已凉了！有什么办法！我们只得闷着头，狼吞虎咽，巴不得快点吃完，躲到一边去。而他们一家则慢吞吞地细嚼慢咽，那位高个子东家还经常喝点酒，优哉游哉。完了，端起水烟筒吧嗒吧嗒地抽起来……

"他们家没有地方再摆一张桌子吗？"听完后我不由地问道。

"再摆两张桌子也没问题！他们就是不愿意这么做，你有什么办法！"他不无激动地说。

"只吊你的胃口，却不让你吃！这叫'可望而不可即'呀！"我刚学过这个成语，这回可将它用上了。

乌皮的这类切身经历的诉述震撼着我的心灵，使我明白了穷人与富人之间的两种截然不同的生活境遇，他影响着我一生世界观的形成，也可以说，他是我一生人生观和世界观形成的最初启蒙。此后包括他在我叔父家（富农）的一些感受，我在情感上都不由自主地倾向他这一边。

乌皮毕竟读了几年书，较早就有了自我尊严感。由于多年来在富人家受到种种屈辱的待遇，在他的内心逐渐积压了越来越大的叛逆情绪，至1948年底，他终于做了一个重要的决定：自1949年1月起再也不帮长工了！他认为，帮零工或短工，不大会受气，有较多的面子。

但天不从人愿：由于我的家和我叔父的家是相通的，乌皮和我们家的兄弟姐妹几乎每天晚上都在一起闲聊，因而双方结下了深厚的友谊。而我哥哥正当服兵役的年龄。1948年冬天的一个夜晚，当局派来一群全副武装的士兵来"抓壮丁"，幸好那天我哥哥有事进城没有回来，使对方扑了个空！但从此我哥哥在外面东躲西藏，再也不敢回家！眼看春耕在即，父亲又因长年患肺痨病，不能下田。乌皮急我家之所急，主动表示：愿来我家替代我哥哥干活，工钱随便给！父亲大喜，立即表示欢迎！于是我与乌皮又有机会睡在一床了！

参　军

不到三个月，农历四月十五日，中国人民解放军浩浩荡荡来到我家乡：解放了！哥哥立即回了家。乌皮说：你在外面东藏西躲，腰都挺不直了吧？你姑且息息，我替你再干个把月吧！哥哥说：那当然好！不想，真的仅仅过了个把月，乌皮突然提出："老哥，分别吧：我要走了！"哥哥感到突兀："你去哪儿？""杜泽区中队——解放军部队！"我哥哥傻了老半天，突然一笑说："你愿意当兵，那去年你为什么不替我去？"乌皮不屑地说："那是反动派的兵！谁愿去！"哥哥说："反动派打倒了！我现在跟你去当解放军的兵，行不行？"乌皮说："你愿去？再过几个月老婆就到手了！"看哥哥一时说不出话来，乌皮又补充道："再说，你家有那么些田，你父亲有病，弟弟年龄又还小，你走了，田让它荒？"看哥哥一时说不出话来，乌皮安慰地说："我在区中队，就在杜泽一带，有空我就回来看你们。"于是哥哥没有话可说了。

但没过两个礼拜，乌皮真的又回来了。他首先宣布："我现在不叫'乌皮'了，我已改名叫'詹云复'，以后就叫我这个名字吧！"我说："乌皮叫习惯了，私下里还这么叫吧，多亲切！"他回答说："我们之间不论叫什么都行！"接着他把话题一转说："我这次回来不是为了看望谁，而是要带你去部队报名参军。"起初我以为他跟我开玩笑。我说："国民党抓不到壮丁都不要我，现在是共产党时代，要求当兵的人有得是！会接受只有一只手的人，何况我并没有达到当兵的年龄。"他一本正经地说："我们部队有一种行当叫'事务长'，抄抄写写，记记账，管理伙食。你高小毕业，文化程度我看比那些人高！怎么不行？"于是他亲自领我去附近的杜泽区中队报名参军。结果对方的第一句话便是："如果我今天让你报了名，明天你就得作为革命残废军人办理退伍手续哩！"但乌皮不服气，第二天又领我去35里以外的上方区中队报名。对方则说："当兵的第一个条件：得会拿枪！没有这个条件，你再会抄抄写写，也进不了队伍！"然而乌皮还是不死心，他认为区中队水平太低，不会识别人才，决定第二天带我去县政府见县长！当时的衢县县政府暂时不设在县城，而设在杜泽区的外黄乡。第三天我们去外黄乡的县政府找到县长贾文贤。乌皮显然做了充分的准备，将他事先打好的腹稿一个劲地当着县长的面把我美言了一番，而且特别强调：我会抡锄头垦地，会骑着牛奔跑……县长不时看我一眼，听完后半天没有说话。我以为有希望了！但最后他说："你小小年纪，就想当解放军，愿望当然是好的。但你至少有两个条件不合格：一是你年龄不够；二是你身体也不合条件：平时拿起枪射几发子弹，固然你也学得会。但一旦与敌人拼刺刀，你也行？现在每个村子都有民兵组织，你既然对当兵感兴趣，那就在村子里当几年民兵再说吧。"这个结局我事先就预料到的，所以并不灰心丧气。但乌皮依然执着地认为："人家不了解你，毕竟没有和你一起生活过！"他仍耿耿于怀。

令人羡慕的艳福

1950年春起，我开始去衢州中学上初中了，与乌皮来往很少。但过了一年半左右，他突然来看我，说他已经转业了！组织上派他到衢州电影院工作，说电影院全县还只有一家。但这是一门很好的娱乐形式，又是一种很有效的宣传手段。他的意思是说，领导很信任他，要他来发展这一事业。我听了心中一喜，想：今后看电影可方便了！其次该电影院有一位女工作人员很漂亮，常穿着一套蓝色束腰的列宁装，衬以白色大翻领的衬衫——当时很时髦的一种女性装束。都说县城有不少体面人物拼命追求而不得，会不会偏偏这位皮肤乌黑而心地善良、秉性耿直的年轻人会中她的意呢？我暗暗祝祷着。后来，约两个月后，凡乌皮请我看电影，都叫我直接向那位穿列宁装的美女取票。而她也对我格外亲热。我心中暗喜，觉得这两人的关系八成有希望。约三个月后，乌皮喜滋滋地携新娘来看我，说他已和这位我所关心的徐雪影同志成亲了，两人特地来请我吃喜糖！随即从提包里拿出一包糖果。但我不无抗议地说："我不接受你的糖果！你当时为什么不让我闹一闹你的新房？"他说："哎呀，小老弟，你是个读书人，你怎么不知道，现在早就不兴这类老规矩了？我们就几个老朋友老同事一起吃吃糖、说说笑就完成任务了！""真是新式结婚！"我说。但我从心底里祝福我的老大哥拥有了这位容貌出众、心地纯洁的新娘，也真情赞美新娘高尚的情操和识别真善美的能力！

这无疑是一对真正意义上的恩爱夫妻，但你从日常生活中却几乎看不到卿卿我我的恩爱现象，说实在的，我这位朋友根本就不习惯那些亲昵的举止。有一次，我和乌皮家的几个人与乌皮夫妇一起从村子去杜泽镇（相距10里地），乌皮总是与妻子保持着约20步的距离。这使我惊讶与不解。最后我不得不把憋在肚子里的一句话说了出来："乌皮，你走路时为什么与雪影姐隔得这么老远呢？"他回答得很干脆："谁不知道我们是夫妻？有必要挨得那么近吗？"但他的这种脾气徐雪影能理解吗？于是我又悄悄地问她："乌皮的这个风格你能适应吗？"她说："这没啥！结婚前我们彼此方方面面都了解过的。我就喜欢他的实在。"哈，他的看法与我的完全一致！这下我放心了。

苦命与读书运

1953年初，乌皮的第一个儿子呱呱坠地。同时浙江大学附属工农速成中学的录取通知书亦从天而降。这是乌皮做梦也没有想到的：被迫中断了那么多年的读书生涯居然又接上了！"我连高小都没有读过，就要直接进中学了，只要读满四年就等于高中毕业！而且可以直接报考大学。"这可能是我看到的他有生以来最高兴的一次！徐雪影也高兴得流泪，说："没有和他一起生活过的人，不可能理解他对读书有那么强烈的渴望！如今我虽然有了孩子，我也要无条件地支持他去读书！"去了杭州读书后，乌皮先后给我来过几封信。最初他承认自己毕竟年龄较大，接受能力不如较年轻的人。但表示自己有信心赶上大家。从第三封信开始，他就信心满满地说，他已经赶上了全班的进度，并表示有决心取得全班中上的水平。这年暑假，一个初一生，一个初二生，我们每天傍晚都沐浴在村外芝溪的清流里，迟迟不肯上岸，因为双方都觉得有更加多的说不完的关于读书生活的话题！尤其是乌皮，他已经依稀看到，一所比工农速中更高的学府，甚至是全省最高的学府在向他招手。

真是学运亨通！在我高二的那年暑假，乌皮真的又顺利地考取了浙江大学水电系。从一个职业的长工，成为国家重点大学里的学子，这真是从以往小说里也难以找到的内容！每天夕阳正灿烂的时候，我们沐浴在清流里，津津有味地听他讲述着他所旁观到的大学生们的生活风采，尤其是当时许多大学生爱穿的一种把牛皮翻过来的皮鞋，加上一条西裤，他竟也啧啧赞赏！可惜我当时没有注意，他后来自己成为大学生时有没有这样穿戴过。

两年以后，我自己也要去北京上大学了。乌皮知道我父亲死后家里经济不宽裕。他自己没有工资了！但他特地嘱咐妻子徐雪影，为我准备一笔钱，以备路上之需。后来当我动身前向徐告别的时候，她神情凝重地看着我，同时递给我一个信封，说："拿着路上用。"那是20元人民币。入学后，经申请学校给我的每月生活费是3元，可见这20元在当时是相当管用的。后来，乌皮第一次回家探亲，过寒假，乌皮送我两本书，两本从苏联翻译过来的长篇小说《钢铁是怎样炼成的》和《总农艺师》。每每在我的阅读间息时间，我常常想到，这书是乌皮在很有限的生活费中节约下来的钱为我买的，我除了认真阅读以外，将怎样报答他呢？

人情与初心

在我大学毕业以后，口袋里多少有点钱了。首先想到的是那些在我失去经济来源的年代里以各种方式帮助过我的人。乌皮夫妇无疑是其中之一。于是毕业后第一次回家探亲就想给他们带点什么。但我知道乌皮是不讲这些的，而且倔强得很。于是就给雪影姐买了双雨天穿的套鞋送给她。经过一番推让后，她只好勉强地收下了。谁知后来乌皮知道了，狠狠地把妻子批评了一顿。雪影姐为此专门写了一封信给我，百般地劝我此后再也不要给家里任何人送礼物了！

多少年后，他的一个儿子与我聊起他的一段经历和一种脾气，说有一次他被调任为金华市农林局办公室主任时，有不少熟人先后带着礼物来看他。事后他将这些礼物统统带到单位，并召开大会宣布：以后谁若带礼物来见我，我将公开点他的名！他儿子在谈到父亲的这种做法时，感觉不免有点过分：那些送礼的人不一定都是出于贿赂吧？直到后来，随着我国反腐的深入，他的这位儿子看到，许多政坛上的腐败分子的堕落，正是从接受礼物开始的。这时他的这位儿子终于认识到，他一开始就给下属来个下马威，从而阻断了今后贿赂的渠道，真正体现了一个"不忘初心"的共产党员的精神风貌。

决胜在本行！

乌皮由于在学校里表现优秀，毕业后做了许多行政工作。这使他的专业一度受到相当程度的荒疏，从而使他内心产生越来越大的矛盾：党领导工人、农民翻了身，又把我从一个半文盲培养成一个大学毕业生，这是一件不容易的事情。但如今我却有可能沦为一个专业半文盲的危险！我的行政工作，周围许多人也会干，而我的专业工作却需要多年培养。领导听了他的陈述，认为他的要求是合情合理的，于是同意他的请求，把他调到了水电设计部门。他抱着从头再来的决心，急起直追，不耻下问。因此他经常要我为他在北京买各种有关的书籍。记得有一次他要我给他买一本《结构力学》，要得很急。我跑了好几家书店，最后终于在甘家口的建工出版社门市部买到了。他高兴得不得了！

大约在20世纪90年代中期，与他一个儿子的交谈中方知，他已升为高级工程师了！我立即打电话给他。欣喜之余也不无责备地说："这么好的消息为什么不主动告诉我？"他说："哎呀，老弟，我年龄比你们大好多岁，同等的职称却比你们晚好几年！还好意思奔走相告？"我说："从长工到高工，这本身就是个奇迹！早几年晚几年算什么？"又过了一两年吧，接到他的一封来信，兴奋地告诉我：经领导批准，他接受了一项独立负责一座大中型水电站的施工任务。他将全力以赴投入这项工作，实现报效祖国的求学初衷！五年以后，我回衢州。他特地让老二接我去金华，备了一辆车，陪我去参观他亲自督造的沙畈水电站。当我站在大坝上望着水库中那粼粼的水波和四周旖旎的群山，又回过头来观赏着那从坝心喷出的猛力的瀑布，我的眼睛湿润了。回想起当年睡在同一张床上的时候，虽也畅想过许多美好的未来，却何曾想到过这样壮丽的今天！

乌皮毕竟大我几岁，先我几年走了！据说病重期间，他怎么也不让他的家属通知我，怕我老远跑到南方，影响我的身体和工作。如今我在乌皮的坟前，一句话也说不出来，只凭眼泪哗哗地洒落……

逃家上学记

1949年1月，春节还没有来临，但我从峡口（现峡川）中心小学毕业了！同学们熙熙攘攘，互相为学校向各家长喜送毕业证书，一种约二尺长、一尺半宽的挂轴。大家都在谈论考什么中学，问我，但我答不出来。因为我根本就没有考虑过上中学的事，就像后来上大学后根本就没有考虑过留学的事一样。因为当时的公立中学是不接受我这样的残疾人的，而且由于自卑心理，自己并不认为这样的规定有什么不合理。所以虽然几个月后就解放了，仍没有考虑过升学的事，仿佛这是命里已注定了的事，加上家里也没有人操心这件事。而我自己也做了自食其力的长期打算，除了给家里放牛、看田水、打猪草等杂活外，还与一位邻居的穷孩子一起在好几块山坡上开垦荒地，学会了使用锄头，种出了绿油油的麦苗，收获了好几筐大红薯，从而建立起了一种信心，觉得在水田里犁地、插秧、割稻等自己确实不便，但凭锄头在旱地上作业还是养得活自己的。于是更淡忘了升学的事了。

那时学校招生每年分春、秋两次。那年冬天，衢州两所中学（衢州中学和衢县县中）的春季班即将招生了，同村的一位准备考高中的学生告诉我："现在共产党跟国民党不一样了，像你这样的身体情况我想也可以上中学了，你不妨去试试。"但这需要父亲的准许。而自从我失去左臂以来，已成了家庭的累赘、父亲的出气筒，不再敢向他提任何要求。后经这位准高中生的辗转探询，父亲说：上半年经济不行了，下半年再说吧。于是我目送着与我同庚的堂兄在他父亲的护送下去县城投考。但可惜这次他只获得县中的"备取"。过了年，两校宣称：录取的人数不够，需再补招一次。堂兄父子觉得第一次考的"备取"不放心，决心再去应试一次。正当他仍在他父亲陪同下跨出大门那一刹那，我父亲动摇了一下，他嘱咐叔父："向学校问一下：若这次考取了，等下半年有钱了再去读行不行？"叔父不以为然地说："明天就开始考了，人家还能为了你再招考一次?! 干脆让廷芳今天一起跟我们走吧，考完了再说嘛！"于是父亲赶紧让我收拾行李，与他们一起走。

衢州中学位于衢城的"制高点"——府山上。坐在报名处的是一位胖胖的戴玳瑁眼镜的老师（后知是校医叶元灿），我首先问他，像我这样的身体情况能不能报名？他对我上下打量了一下，显出一脸惊讶，然后严肃地摇摇头说："不行不行！"随即把窗门关上了（为了防冷）。这个出乎意外的答复使我顿时脑子里一片空白。我在走廊里来回转了几圈以后，心里渐渐产生一种不服气，也可以说一种抗议情绪。于是又走到报名处，敲开了窗门。我带点质问的口气说："不是都说共产党跟国民党不一样了，怎么对待我还是一样的呢？"叶元灿听了一愣。他停了停，然后说："你等一等，我们需要讨论一下。"就马上进里面去了。不到五分钟他又出来了，说："共产党和国民党是不一样，你可以考，可以考。"接着就让我填表。填好后我交给叶老师一看，他说你相片还没有交，要贴在准考证上。这下我又傻眼了！我强调我从来都没有照过相。对方说："没有相片怎么能参加考试？监考老师会把你赶出来的！"说完他又不慌不忙地把窗门关上了！当时照相馆没有快照业务，照张相起码一个礼拜，而明天就要考试了！为了一张小小的相片而坏了事！这是多么令人丧气的事。于是我灰溜溜地回到住处，那位考高中的老大哥也住在那里。他听了后给我出了个主意，说："你请求他给你手背或手心上盖个戳，监考老师查你准考证时，你就伸手给他看。"我带着一线希望回到府山。结果这一计策倒成功了！叶元灿老师在我正面手腕上盖了个戳。第二天监考老师来核对准考证时，他看了我手上的红戳时，果然笑了笑表示默许。

结果两所学校都考取了，我选择了衢州中学。但临开学时，父亲仍然强调经济拮据，读不了书。他反问我："我全年就收了7000多斤粮食，光农业税就交了5200斤，你还吃不吃？"但我心里有点不以为然：一学期的学费也就70斤大米（当时货币没有信誉，多以实物交换）。你每年都要做一回季节性生意，能赚一些钱，难道就那么在乎70斤大米？再说我两次逃难荒了一年，手跌伤荒了半年，最近又误了一年，若再误下去，你不觉得心慌吗？但这些内心抵触哪敢跟父亲讲！于是，开学的时候，我只能含着眼泪，默默地目送同龄的堂兄在父亲护送下，跨出家门，朝城里走去……

于是我又回到麦地，给麦苗松土，给它施肥、浇水。真的，一旦去上学，离开这葱绿葱绿的麦苗，我还真舍不得呢！另外还有两个亲密的朋友，就是我家与叔父、祖父三家共有的两头大水牛。它们一般由我们三家合雇的一个牧童看管。但有时家人为了让他去干点别的活，就让我替他放牧。牛的慈厚大度、只顾付出、所需简单，使我十分敬重和喜爱。离开它们，我也会很想念的。但许多人都规劝我：干体力活，毕竟对你要困难些，不能当作长久之计。还是去读书吧，将来教教书，糊糊口是不成问题的，何况你也很会读书。是的，求知欲和好奇心都令我向往学校。但父亲这头"拦路虎"谁能搬得开呢？

开学的日期到了，想象着新生们正喜气洋洋地走进课堂，心里不禁一阵酸楚。日期一天天过去，心里一天比一天焦急。有时也幻想着再出现一次奇迹，就像报考的最后一天，在堂兄和叔父刚跨出门的那一刹那，父亲终于心软了一下。但这一意外的惊喜，迟迟没有再现。希望随着时间的飞跑而日渐渺茫。到第二周的最后一个晚上，我几乎完全绝望了：即使父亲准许我去，功课也跟不上了！想到这里，眼泪夺眶而出，怕被人听见，就躲进房间，一头钻进被窝抽泣起来。

第二天上午，天空下着雪。家里叫我喂牛（即用浸泡过的豆粒裹上稻草，然后送进牛的嘴里）。不久发现，父亲不在家，出去串门了！我知道他的规律，一旦离开家，起码中午才会回来吃饭。这给了我一个灵感：能否趁他不在，擅自进城，从堂兄那里借出40斤大米（堂兄寄住在一个同学家，叔父已为他挑去了200多斤大米），先交一半学费，注了册，父亲肯定会大怒一场，但生米已煮成熟饭，他只好接受事实。等我暑假回去时，估计他气已消了一半，硬着头皮让他骂一顿好了！时间不停地往前走着，我心里的计划越来越具体。11：30左右，我发现嫂嫂（也是我的表姐）已进厨房开始做饭。我立刻振作起来，想：要走就在今天，就在此刻！不然，等父亲一回来，就走不成了！于是我将刚包好的一个稻草粽子往地上一甩，摸了摸牛的嘴巴："对不起，老朋友，没有让你吃饱，再见了！"匆匆跨进屋里，找了两个大麻袋，一袋装进十几斤大米，一袋装进两串挂在楼板下的粽子，用一件破衣包了几件常穿的衣服、袜子等，选了一根叫"两头弯"的扁担，穿戴好蓑衣、笠帽和草鞋（未穿袜子），然后挑起两只麻袋，走到厨房门口对嫂嫂说："我去上学了，爸爸回来请你跟他说一声！"她马上跑过来想劝阻我："那怎么行！你要走也得吃了饭再走呀，饭马上就熟了！"我说："不行，等爸爸回来我就走不了了！"话声刚落我已跨出了门槛，脚步飞快。走了一两百步后，有点气喘吁吁。回头看了看，没有发现有人追上来，才开始放慢了脚步。这趟路一共45华里。走了7里地，来到樟树底村，已汗流浃背，只得在村边一棵濒河的大樟树底下歇了下来，上次去缸窑来回都在这里歇过脚。这时想起同龄的堂兄两次赴考和上学走的也是这条路，但他每次都有亲人护送着，而我却必须像贼一样逃跑着走！想到这里，眼泪哗哗而下，不禁哭出声来。伤感过去后，肚子觉得饿了，便剥开又冷又硬的粽子啃了起来。肚子吃饱后，口却感到渴了，听见河里哗哗的水声，感到很大的诱惑。但附近却找不到下去的地方，只好忍着吧。

过河需要走过一条木头支架的长长的木桥，不停的雪使得桥面很滑，我一再提醒自己必须千万小心，每一步都得拿着劲。好容易过了这座百十来米的长桥后又出了一身汗，觉得比走那7里地还要吃力，便又歇了一会儿。下午4：30左右到达这趟路程的中间站——云溪镇。见第一家小饭馆我就进去了。一个中年妇女问我想吃什么？我说不吃什么，我只想喝一碗茶，给你一个粽子（上面说了，当时实物交换已成常规）。对方一笑："你的粽子很好吃？"我说："你试试就知道了！"等脱掉蓑衣，摘掉笠帽，去拿粽子时，她惊讶地发现："哟，去年热天有一个受伤的孩子从这里抬过去，是不是就是你呀？"我一怔，糟了，被人认出来了！未等我回答，她又接着说："上次好几个人抬着你走，今儿个怎么让你一个人走哇？"我说："上回我去很远的地方看伤，今天是去城里上学，近多了！""上回好些人都说：你准是个有钱人家的少爷，看来大家猜得不对，要不你少了一只手，还让你冒这样的坏天气，挑那么重的担子一个人进城上学呀!？"这时心被她触动了，有点酸楚起来，无可奈何地回答了一句："咳，大概命不好吧！"赶紧挑起担子继续走了。

　　大部分路段都从田垄里通过，又窄又泥泞，草鞋与脚丫子早就合而为一了，脚也麻了，已感觉不到冷了。暮色开始降临的时候，才到达浩浩荡荡的衢江埠头，有名的"浮石潭"。这里需要上木船摆渡。这是第三次经过了，所以船老大很快就看出我来了！他非常疑惑地问："你这么点年纪，身体又不便，你家里怎么能忍心让你一个人出远门呀，还挑那么重的担子！"他的话又勾起我的辛酸，我默然不语，怕哭出声来。待情绪有所恢复以后，我替父亲开脱说："我父亲有吐血的毛病（那时农村里还没有听到过'肺结核'这个病名），冷天出门容易刺激咳嗽。"船老大再也没有说什么。

上岸后，离城里只有 5 里地了！而且路面又宽，又不泥泞。我一口气就进了北城门，只拐一个弯就到了堂兄住的地方。他见我到来十分高兴，但他很惊讶："你靠一个肩挑，怎么能把那么重的担子挑到城里！"他赶忙给我弄了半脸盆热水给我洗脚。洗完脚，我一边穿鞋袜，一边提出向他借 40 斤大米交学费的问题。想不到他一听脸色顿时阴沉下来，停了一会儿，他终于说："这大米是我爸爸专门挑选出来的好米，拿去交学费太可惜了！"他的回答使我十分意外，惊愕地看了他半天，然后转过身去说："这 40 斤米对我是关键啊，交不了学费，我就上不了学。可除了你就没有别的人能借给我了！"当我再转过身来的时候，见他牙齿咬着嘴唇，说明他很为难。这时一种自尊和悲愤情绪控制了我，从内心深处发出了抗议："我这么千辛万苦跑到这里来，你却在乎大米的好坏！15 年的手足情到哪里去了！?"但我没有让这些话爆发出来，只默默地坐到椅子上去，把鞋袜脱了下来，重新把草鞋穿上。这时堂兄紧张了："你要干什么？"我平静地说："你不必为难，这个学我不上了！我这就回去！"他说："都入夜了怎么能回去！算了算了，你别生气了，我借给你，借给你！咱们毕竟是一起长大的嘛，我没有别的亲兄弟，一直把你当作亲兄弟，这个忙怎么能不帮呢！我刚才在考虑，还有别的办法没有。"堂兄毕竟是个善良人，他还答应让我跟他住在一起走读，这样可省一些钱。

第二天就去学校上课了。第一堂课是英语课，但对别的同学已是第三个礼拜的课了。我曾经在一个远亲那里学会了 26 个字母的读法。但当老师领着大家读 good morning 的时候，我傻眼了：26个字母中哪有"格""得"等等这些音呀？结果一堂课下来完全坐了"飞机"！于是我开始焦急甚至懊悔起来：这样违抗父命、忍饥受冻跑了出来，如果最后却落得个不及格甚至留级的结局，父亲怎能饶得了我！在无奈之下，我又去求教那位同村的、如今已经上高中的老大哥。我说晚到了，英文连门都摸不着，能否每晚抽点时间帮助我一下？他想了一下说："帮助可以，但必须跟你订个协定：每晚不得超过一小时。"我一听，怎么这么不给面子，还要订协定？但再一想，一个小时也不算短了，人家自己还得做功课。于是就断然接受了这个条件。这才知道，英语还有"拼音"的事情。我一连来过三天，每天实际不到半小时。第四天我就自己上路，而且成绩在班上一直遥遥领先，尤其是英语，每年都是班上的"课代表"！

最是难忘家乡情

人爱家乡一如人爱母亲。自己的母亲都是亲切的；自己的家乡都是美丽的，称心的。这大概就是所谓人的天性吧。

记得头一次进县城读初中时，第一天夜里我就流泪了！虽然那时我的母亲早已不在人世，而那次上学是我背着父亲跑出来的。但我总是忘不了村子里那些熟悉的面容和山川。初中几年，几乎每天晚饭后我都要到城门附近旅店去转悠，看有没有村里来的乡亲们。我还经常登上当时衢州的最高建筑物——天宁寺（那时已被用作母校的宿舍）的最上一层楼，用自制的土式"望远镜"眺望县北 25 公里外的"笔架山"——一座正对着我的家门、离我村约有 2.5 公里的形同笔架的大山。

每逢暑寒假，是我最愉快的日子。我回到农村，白天做点家里的农活，晚上去夜校教唱歌，或配合农村中心工作搞宣传。此外我还在村里组织了一个土剧团，写戏、当"导演"，于是和那些种地的"演员"们打成一片。每每学校开学时，他们敲锣打鼓地把我送出村口。这些活动以及与乡亲们的这种关系，对我一生的人生观和世界观都起着决定性的作用，使我第一次看到了自己在农村里是个有用的人（自从 10 岁时因游玩失去了左臂，家人和社会上许多人都把我看作"废人")。他们乐观的天性和纯朴的气质，对我的性格形成产生过积极的影响。

来北京大学后，尽管学校里浓郁的学习气氛和丰富的文化生活使我称心如意，但青少年时代在家乡度过的那些岁月仍是我梦游的主要世界。我经常回味着村前那条叫芝溪的溪流，呆呆地看着那鱼贯而下的一拨拨竹筏的载重漂流和竹筏上竹镐击水时发出的清脆的响声，暑天每日在那里脱光衣服游泳、嬉戏，比后来吃冰激凌还要畅意；我经常惋惜着村后那一大片浓浓密密、远近罕见的古老森林，在那里捉迷藏、拾柴火、采杜鹃、吃野果……这片我童年的天然游乐场，却在"大炼钢铁"的年代，毁于外村人那"非理性"的刀斧；我常常怀想着村外那冈峦起伏的丘陵，山坳间孕育过我与那些牧牛的野孩子们多么纯真的友情；我尤其怀念那生意盎然的田野，在那里看田水（即灌溉）、送饭、牵牛、捕鱼……为谋生，也是为游戏——我穿过的那些草鞋，就是穿行在纵横交错的阡陌间的梭子，织就过一方阔大而无形的彩布。

在外地，家乡的观念也就自然而然地扩大了，常常以"浙江人"的身份出现。于是无形中要为作为浙江人的自豪感而寻找事实根据。结果越来越发现我们浙江的"全国之最"之多。就说自然景色吧，国内、国外（欧洲）就我到过的地方说，哪里也不能比！钱江潮的壮观，雁荡山的险拔，瑶琳仙境、灵栖洞的奇幻，西湖的妩媚，千岛湖的秀丽与神秘，富春江的旖旎……真是"造化钟神秀"。如果不是上天的特别赐予，一个大陆上较小的省，怎么会偏偏集中了如此多的奇观？再说土特产品，龙井茶叶、金华火腿、黄岩蜜橘……哪样不遐迩闻名？至于文化名人，只要提一下绍兴，就足以让人惊叹不已了！

因此，我对家乡从村、乡到市、县直到全省，我都有特殊的感情。这几年来差不多每两年回市县一次，根据有关部门的需要做点力所能及的工作。

在花木繁茂的 5 月天，沐浴着橘花余香的我同衢州市文友，到我乡下老家探望。一路上，我兴致勃勃，追忆起洞山源里和故乡下叶村一样都有一片郁郁葱葱的原始森林。一个朋友轻轻地哼了两句黄梅戏："小女子本姓陶，呀子伊子呀，今天要赶早噢，依呼儿呀……"我一听，高兴地说："对对对，小时候我们还在树林子里排演过黄梅戏《打猪草》，我还是导演呢！那时演《打猪草》的少年朋友呢？"

回到老家，热情而好客的嫂子端出了肥鸡、鲢鱼、茶叶蛋……于是我们寻来了少年时的朋友，摘来了刚上市的枇杷，回忆着孩提时代的顽皮。按我们山乡的风俗对远方来客要献上一碗乡色酒，于是我的嫂子又端出人参酒、桂花酒及黄河大曲。但我不善饮酒只会饮茶，我们于是以茶代酒，我呷一口家乡新茶明前绿，这茶比家乡米酒还要醇厚。

就要驱车回城了，我同乡亲们依依告辞。但嫂子却要大家再"团圆"一下，她说我少时最爱吃"团肠"，于是又端出了猪肠灌糯米的美食香团肠！在我们家乡"团肠"又叫"断肠"，意思来自马致远的散曲："断肠人在天涯。"以往朋友远去或是家人离别，总要煮一些猪肠灌糯米的香团肠相送，以志不忘。现在是亲朋好友来了，以示大家欢乐团聚，像维吾尔族人围坐撕吃烤全羊一样，大家要吃一通香团肠。我夹着莹莹泪花，品尝着这一席难忘的"团肠"。

　　临行时，我们有意让车子沿着洞山源水库的边沿驶过。一潭深情遗落在这边远的山间，看去水波是那样滑腻腻、软绵绵的，几千年的古松阴影积蓄在这危岩之间，沉淀成水库的一泓碧绿。山风似一种莫名的野火，吹热了一个枇杷黄麦子熟的季节。此时我看见水库的船上银鲢正在蹦跳着，给人一片银辉。

回流的缓波

第二辑

青春有摇篮

我的诸多爱好中最主要的是文学。

青春的摇篮

——衢州中学

进入"少年时代"的标志是开始进城上初中了；也可以说，开始放弃毛笔，采用钢笔即自来水笔写字了；更可以说，开始告别农耕文明，接受工业文明的洗礼了！对我来说，这是一个重大的转折！而这个转折是从我逃脱父亲的阻拦，擅自进城上初中开始的。那是1950年初的事。

我所读的"衢州中学"是一所浙江省最古老的现代中学之一（始建于1902年），曾称"浙江第八中学"，是当时衢州地区唯一的完全中学（县城里还有一所"衢县县中"，是初级中学；城外还有一所私立中学，叫汪村中学，中华人民共和国成立后改为公立师范学校）。衢州中学校址分两处：府山和天宁寺。府山位于城东，在孔府对面，那是一座纯高不足百米的美丽小丘峦，在那里可以总览全城。山脊上耸立着一幢高高的现代式的二层楼容纳了高中三个年级和初三一个年级共八个班，叫本部；天宁寺只容纳初一和初二两个年级四个班及其学生宿舍，是为分部。但随着衢州机场建设的迅速进展，没过多久，府山就划归机场使用。衢州中学本部搬到了县学街东端的北侧。

天宁寺是当时衢州地区一座最宏伟的寺庙，也是全城的天际线。其入口有四大金刚；中殿观世音菩萨和韦陀；后殿是主殿，最高大，连阁楼有四层。其中心位置耸立着一尊高大的"千手观音"，直穿三个楼层。但新来的执政者是不信教的。当时学校有600多名学生和80来名教职员，但没有一个集会的场所，即一座大礼堂。当时学校决定（是否经过上级批准不得而知）推倒这尊佛像！由初一的一位班主任负责指挥。我从小就是个好奇者，对于这样的场面我不会放弃机会，而且好像我是唯一的旁观者。可能为此我逃课了。只见五六条拇指粗的麻绳一起拴在千手观音的脖子上，好像不仅要把它拉倒，而且首先要把它绞死！好开心的三四十个十三四岁的学生，分成五六拨，每拨分别握住一根绳子。然后听从指挥者一二三、一二三的节奏使力，在六七个回合以后，佛像终于动摇了！大家一片欢呼！然后让它有节奏地前后晃动，又是五六个回合，曾经接受了多少人跪拜的千手观音，如今却随着"轰"的一声巨响趴倒在地！

　　校礼堂建立起来了，前后我享用过多少次已记不清。但至少有三次被我记住了！第一次是1950年秋的镇压反革命高潮时期，选择了十个反革命放在这座大礼堂公审。这样的热闹我也是不肯放过的！于是挤在人群中观看，大家都没有座位。十人中最有影响的当推中华人民共和国成立前衢县警察局局长（名字忘了），他的态度也最顽固，在押赴刑场途中他居然还喊口号！当然其嘴巴立即被堵上。刑场就设在衢城东门外偏右的一块荒地上，离城墙300米左右。看客几乎全挤在城墙上。十个人五花大绑，一排跪在地上，随着一阵枪声，像十个木桩似的滚倒在地！第二次享用校礼堂记得是在1951年的春夏之交。学校邀请了红军史或党史上有名的"二十八个半"中的那"半个"英豪来校作演讲。他是本地人，而且是衢中的校友，叫徐以新。当年 15 岁就参加红军，尚未成人，所以戏称"半个"。他当时是外交部的领导，所以他演讲的题目是"目前形势和我们的任务"。这也是当时共产党的高级干部在各地演讲时经常采用的题目。无论是他的身份，还是他的报告内容，对于一个小县城的中学生来说都是很有吸引力的。第三次享用校礼堂的深刻记忆也是那年的春夏，在徐以新报告之后不久，学校举办演讲比赛。恰好我们班有个口才很好的同学获得了施展的机会。他演讲的内容是有关现实政治的。印象最深刻的是他的开篇第一句："我真不愿提及蒋介石这个肮脏的名字！"人们骂蒋介石的时候，往往习惯于利用浙东话的发音，把蒋介石念成"将该死"。在政治领域，一个该死的人，未必名字就肮脏。但如果一个人连名字都是肮脏的，那么这个人真的是"死有余辜"了！所以这篇演讲一开始就抓住人心。可见演讲是一门艺术。

但这座礼堂与我们的生活太密切了：首先它是我们的饭厅。那时的饭厅相当简易：只有饭桌，没有凳子。需要开会时，把饭桌往两旁叠加就是。最令我难忘的还在于它的三个楼层充当了我们的宿舍。我的床位被安排在四层楼的北边，我的床铺贴着窗沿。这个位置对我太有价值了：我的家乡峡口镇下叶村恰好位于衢北方向，附近的笔架山是它的标志。每当想家的时候，我就举起自制的筒式望远镜朝那个方向观望。尽管很难辨得清目的地的真实性，却多少能减轻些许的乡愁。

但一年以后我们班的那个宿舍就搬到中殿来了。一道不足两米高的木质栅栏将我们与观世音菩萨隔开。我的床位恰好在门边，与韦陀佛仅 1.5 米的距离。大殿的前后门和我们宿舍的门昼夜都是敞开着的——那个年代学生都比较穷，有谁会去理会那些简单的衣物呢！但事实证明这个判断有误：就在 1951 年秋季，好不容易我父亲给我买了一只简易的皮箱，里面装着过冬衣物，放在我睡的双层床的上层最外边。一天晚上睡觉前，不知怎的我突然想到：我这只乳白色的新皮箱放在床头未免太醒目、太外露了！万一小偷进来，岂不成为他首选的目标？当时想挪个地方，但又一想，明天再说吧。想不到等我第二天早晨起来，果然箱子不见了！后发现，小偷是从男厕所的围墙爬出去的！但我不敢告诉家里。那个冬天我是穿着夹衣熬过冬天的。

过去一般的大型寺庙往往都有一口水量丰富、水质较好的水井。可能由于这个缘故吧，衢州中学的食堂不设在本部，而设在分部天宁寺。每天三餐由厨师们把饭菜挑过去，穿街走巷，不下两里路吧。本部有个教师食堂和饭厅。但有一部分教师为了节约，愿意吃学生的伙食。他们每次将学校会议室临时收拾一下作为饭桌。后来我搬往本部以后，由于身体原因在大食堂吃饭不大方便，就要求和这些老师一起吃，他们没有意见。时间长了，跟这些老师混很熟，可惜他们没有一个直接教我的。

初中阶段有两位老师跟我关系比较好，一位是英语老师刘泽武，不是本地人。他个儿中等，偏瘦，皮肤白皙，尖形脸；说话慢条斯理，害羞，颇有些女人味道。但他说话口齿清楚，英语讲得颇标准，故我爱上他的课，英语成绩也班上最好，每年都被选为英语课代表。可惜后来他调到衢州二中去了。另一位是地理老师叶味真。她亭亭玉立，皮肤白净、细腻，品貌出众。与此相适应，她性格温和，为人善良。在一堂课上我做小动作。她发现后，不是简单的训斥，而是以幽默的口吻起到善意批评的效果。后来这门课我也是班上学得最好的，而且学会了画地图，画得很精致。看来，要教好学生，除了老师的知识基础和授课技巧，善良的暖意也是很重要的。

我的初中前三个学期都是在天宁寺分部度过的。第四个学期起，即1951年的下半年即搬到了县学街本部。这里原是旧政府的办公用地，有不少平房，用作教室；还有较大的空地辟为操场，甚至还划出一大块空地盖起了一个偌大的、四面无墙的大草棚，作为全校的"大礼堂"。别看它简陋，却是全县党政机关争着借用的热门场所。例如1952年的衢县"三反五反"运动就是在这里进行的。只见几百人分成几十个团体，检举揭发，达一周之久，让我们青少年上了第一堂阶级斗争的课。

在初二下学期学校举行过一次奖励全校优秀生活动，选拔的依据完全凭考试成绩。一共是5名还是几名已记不得了。我的成绩是97分，这在本部是最高的，所以在获奖者之列。但我没有勇气像其他人那样上台去领奖，只得在台下接过教导主任何英鹗递过来的奖品（一本厚厚的笔记本）。因为当时对自己的身体残疾还有心理障碍，而那是由于童年致残后家庭和社会的歧视引起的，尤其是进中学后听了两个很熟的高年级同乡的议论——甲："你看叶廷芳还来读书，即使读出来了又有什么用！"乙："嗯——将来到共产主义可能还是有用的吧。"我听了非常震惊和伤心，想不到人家是这么看我的?! 而在这以前，我自己从来没有怀疑过我读了书以后会没有用场。

第二天突然接到通知，叫我马上去校长办公室，说吴良校长要跟我谈话。我以为他可能对我昨天没有上台去领奖有意见，要批评我。去了后方知是吴良校长要表扬我，说我在身体不便情况下，顽强战胜困难，刻苦学习，取得了比别人更优异的成绩，这是为校争光，为国争光。最后希望我不要自满，要戒骄戒躁，永远做个新中国的好学生！离开校长办公室以后，心里热乎乎的，觉得自己的学习价值，还是得到学校正式承认和肯定的。但那两个同学的谈话有时仍闯进我的内心，成为我的情绪的一个"不谐和音"，直到高一时。

中华人民共和国成立头一两年的学制沿袭中华人民共和国成立前的做法：每个学期都招生。但自1952年起改制了：每年只招一次，每次在秋季招考。本来我们春季班须1952年下半年才毕业，这样一来我们就得在上半年提前毕业，以便参加下半年的升学考试。

考入同校的高中后，高一年级分甲、乙两个班，我被分配在乙班。两个班同时搬入了我所欣赏的那幢别致的"凹"字形的平房新教室（那是物理老师何英鹗——即叶味真老师的爱人——亲自设计的，为国家节约了许多资金）。这时校园也有了明显的扩大，主要的是校北马路与城墙之间的那一大片荒草地划归学校所有，恰好够建一个正规的足球场！

高中阶段也有两位我最喜爱的老师，一位还是英语老师，但不再是刘泽武，而是魏其庚。他浓眉深眼，面部严峻，对同学要求也严，但心里很热，对同学的学习充满爱心，帮助有困难的同学很诚恳，让人觉得有这样的老师没有理由不好好地学。但一旦发现同学有不当之处，他也毫不客气地给你指出来，对此我有两次教训。我由于担任英语课代表，经常出入他的办公室兼卧室。但开始阶段很不懂礼貌，带着农村习惯，直推而入。他对此非常在意，马上批评我："你怎么不敲门就进来？你是高中生了，这点基本常识都不懂？"我马上表示："下次改正！"但过了许久，一次从操场上回来，带着兴奋，又直冲而入！这次他显然有点火了，眼睛直瞪着我，半天才说："上次我怎么对你说的？"面对他的怒容，我战战兢兢地说："先，先敲门。"又过了许久，他才心平气和地说："这虽然是小事，但至少反映了你的两个问题：第一，你把老师的话当作耳旁风；第二，你不注意生活小节。尽管你其他方面也有许多优点，学习也很好。"我听了很是感动，觉得老师讲的是肺腑之言，完全为了学生好，没有理由当作耳旁风。以后再也没有听到他的批评了，而他也成了我最敬重的老师之一。

另一位是语文老师张鼎熙。他刚从杭州的一所大学文学系毕业，看面相不免有点"老气"，却带着青年一代的朝气和大量的文坛信息，使我们大开眼界，提高了我们对文学的兴趣。此外他颇有个性，说话直率。有一堂课上的是毛泽东在第一届第一次全国人民代表大会上的开幕词，抬头是"各位代表们"。他说："这句话多了一个字：有'各位'就不必加'们'了。"课后同学们窃窃私语：这位老师真够大胆，敢对毛主席的发言稿进行批改！但又觉得他讲的不无道理。他的这种耿直的秉性我个人也领教过一次，且大受裨益。一次，他讲授了课文《我的一天》（奥斯特洛夫斯基）以后，也让我们以《我的一天》为题写一篇作文。于是我将前面讲的那两位同学对我的议论也写了进去。我以为，张老师批改作文时会从正面把我鼓励一番。但当我打开发回的作文本时，见到的却是这样几行批语：（大意）依一般仪貌说，人家对你的议论是正常的，并无恶意。如果你总是这样对待人家的议论，你将会失去很多朋友。读后我大受震动：是啊，只要我自己有自信心，将来能够为国家出力，只顾勇往直前就是了，何必计较别人的看法，作茧自缚呢?！从此我的精神面貌发生了根本性的飞跃，并提出两点自己必须时刻防止的地方：第一，自己出身农民，在始终保持农民勤劳朴实的一面以外，必须随时防止农民常言的褊狭、自私的一面；第二，作为残疾人必须随时防止性格往孤僻甚至怪癖一方倾斜。

从此以后，我像换了个人，精神振奋，决心做一个向各方面奋发图强，最后成为一个对祖国作出尽可能多的贡献的人。

首先我决心锻炼坚强的意志和强健的体魄。为此我每天早晨练习长跑，冬天也不间断，而且只穿一件衬衫和短裤衩儿。下午运动时间我练习铅球、手榴弹、羽毛球、排球等，对，我还成了班上的排球队员，经常参加班际比赛！此外我先后学会了骑牛、骑车（后来在大学期间我学会了滑冰，并每天早晨洗冷水澡）。

其次我着意培养自己尽可能良好的审美情操。为此我利用自己的天然嗓音较好，决心练出一副较好的嗓子，以期有朝一日能唱出优美的歌声。于是我取得音乐老师严筝的支持，他用了一个月的时间，每天起早来到钢琴室教我练习五个基本音型的发音方法：MA—ME—MI—MO—MU。掌握以后，我就脱离老师，每天早起半小时，爬上城墙去练习。在寒暑假，我每天早晨爬上村边百十来米高的山岗"吊嗓子"。在班上我发起组织合唱团，练习《英雄们战胜了大渡河》、部分《黄河大合唱》等歌曲。就这样，在大学期间我顺利地参加了北京大学合唱团并考取了北京市大学生合唱团。最后我作为业余爱好者能演唱难度较大的独唱歌曲，诸如《赞歌》《克拉玛依之歌》《走上这高高的兴安岭》等，以致在中国社科院的"五七干校"文工团有资格充当"独唱演员"。

最后，我把文学作为学业的主攻方向，积极练习写作，以致用一篇小说交了作文，受到语文老师的夸奖，成了最后那个学年的语文课代表。由于外语基础比较好，故在大学年代我选择了外国文学专业，最后它成为我的职业生涯的终身专业方向。

以上这些成长过程都是在衢州中学即现在的衢州一中完成的。这里当之无愧的是我青春的摇篮。

怀念我的两位老师

　　人越上年岁，便越喜欢追忆"似水年华"。在被追忆的人中，那些不同时期先后在自己身上倾注过心血的老师们总是在脑海中出现得最频繁，其中最使我怀念的是一对中学老师——何英鹗和叶昧真夫妇。

　　那是 50 年代前期，我就读于衢州一中，当时何老师主要教物理，叶老师始终教地理。俗话说，"不打不相识"，我与这两位老师的特殊感情，是从一次课堂上的"遭遇战"开始的。上初一不久，有一次上课时，叶老师的声音戛然而止，瞪大两眼逼视着我，这时我才发现自己走神了，自得其乐地在抛一个球玩耍，因此顿觉紧张起来，准备在众目睽睽之下接受老师的一顿训斥，甚至被赶出教室罚站。但想不到叶老师很快恢复了原来的表情，并和颜悦色但不无挖苦地说："我以为你们班上要算叶廷芳最老实了，想不到今天也看到他玩起来啦。"我被老师批评了！但是我丝毫没有感觉受到伤害，相反，我感到老师的批评里，包容着善意和爱护，一种温暖的感觉油然而生。从此我对叶老师由衷地尊敬，上课时再也不开小差了。结果，地理课成了我成绩最好的功课之一。不仅如此，在叶老师的鼓励和指导下，我学会了绘地图，而且怀着浓厚的兴趣，画得又大又精致，自己裱好后当作作业交给叶老师，老师总是爱惜地把它们保存在图书馆里，作为教学挂图，以尽可能节省教学经费。这样我自然成了叶老师比较满意的学生之一。也因此，我与何老师的接触也就比较多了。

何、叶这一对青年伉俪，一个仪表堂堂，一个白皙娟秀，彼此恩恩爱爱，人们常以赞叹的口吻议论说：这真是"天造地设的一对"。但他俩都端庄大方，穿着朴素，教学认真负责，这是我和许多同学一样，对这两位老师的印象格外深刻的原因之一。

何英鹗老师政治上一贯要求进步，还在中学时代就是一个热血青年，曾参加党领导的进步学生运动。何老师是个多面手，他原来是学航空的，但他完全服从教学需要，叫他教哪一门，他就教哪一门。中华人民共和国成立后学校兴建一排教室，由于经费不足，他毅然承担起设计并指导施工的任务，使这幢有六个教室的房屋节省了30%的造价。虽然这只是一座单层的平房，但设计者却赋予了它别致的造型，既实用，又美观大方。如果说我后来对建筑美学发生了一点兴趣，那么何老师的这个作品，便是对我最早的启蒙。上高二以后，我就很少见到他了，原来他又无偿地担负起兴建衢州二中的勘测、规划和施工的任务。在衢江畔一百余亩荒地上，只见他戴着一顶草帽，敞着一件灰布中山装，挥洒着汗水。不到两年工夫，几十幢二三层楼房在这里拔地而起，其中有何老师的一份不可磨灭的功劳。那是他一生中的黄金时代，他的才能得到了充分的发挥，他获得了报效祖国的机会，他从来没有像当时那样意气风发过。但他从来不炫耀自己。

在我上大学以前，何老师就调到建德去了，他在那里担任严州中学物理教研室主任。教学之余，他先后设计了严中科学馆、新安江中学、白沙电影院等建筑，被评为先进工作者。"文革"后我打听两位老师的消息，却得到不幸的噩耗：英鄂老师在"文革"中被活活迫害死了！这样一位卓越的英才、忠心耿耿的灵魂工程师，正当风华正茂之年，便永远与我们诀别了！叶味真老师精神上受到的打击可想而知，她的健康受到了摧残，还一人艰难地拉扯着四个孩子。她退休后一度回衢州，我曾看望过她几次。三年前她由一个女儿陪着来北京观光，我们又聚首一堂，前后几次相见，令人可慰的是，她已经坚强地战胜了自己，仍像以前那么乐观，话题总围绕着过去那些愉快的岁月，不停地打听何老师和她过去教过的那些学生的近况。当她听到他俩的学生几乎遍布全国各地，活跃在各条战线上，有的还挑了"大梁"，她欣慰地笑了，笑得那么幸福，仿佛一个辛勤的园丁，看到自己30多年如一日所精心浇灌的满园桃李正郁郁葱葱、喷芳吐艳而受到最珍贵的回报一样！叶老师说："当了一辈子的人民教师，除了看到自己的学生成才，还有什么比这更值得喜悦的呢？"

哦，尊敬的老师，您的崇高愿望将永远鞭策学生们努力奋进，以报效祖国的一个个新成绩向您汇报，并以之告慰何老师的在天之灵！

年少问戏剧

　　小时候我们村有 300 来户人家，1300 来号人口。每逢十冬腊月的农闲季节，都要热闹一番，即请某地的"戏班子"来演三天的古装戏。那几天全村就像过节似的熙熙攘攘。因为周围的村民白天也赶来做点小买卖，自然形成赶集的气氛。这几乎成了一种传统，一种未起名的节日。

　　也就是这种娱乐形式最初培养了我对戏剧的兴趣。首先是旦角们那高亢嘹亮的唱腔最能吸引我用童声去模仿，常常博得同学们的喝彩。可是没过多久，刚到小学毕业，家乡就解放了！虽然新的人民政府没有任何人宣布过古装戏不许演！但人人心里似乎都明白：随着共产党领导的革命的胜利，多少旧风俗、旧习惯都在被扫荡之列，这类帝王将相耀武扬威的现象还能继续占领农村的舞台吗？于是那些戏班子似乎都很知趣地自行销声匿迹了。

　　1950 年起我开始上初中了！我想：广大农民是很需要娱乐的，尤其是翻身了的农民。中华人民共和国成立前尚且有古装戏来适应他们这方面的需要，新社会更应该使他们得到这方面的满足。实际上问题不在于戏曲这种形式本身，而在于戏曲的内容。只要我们把内容更新了，利用传统戏曲的曲调和唱腔，群众不仅能得到娱乐，而且还能得到新的时代气息和思潮的洗礼。于是我开始产生组织"农村剧团"的想法。由于我经常在农民扫盲班或夜校自动教唱歌，很受学员们的欢迎。我想可以把他们中比较活跃的那些青年男女组织起来，成立一个"土剧团"，给他们编一些个简单的剧本，利用当地流行的越剧唱腔进行表演，相信会受到群众的欢迎。跟部分人聊及，他们都很感兴趣。

　　1951年夏即初二的暑假，我即着手组建本村的业余剧团。哪些人可作为骨干或主要演员，心中早就有数了！很快组织起十来个演员，外加四五个敲锣打鼓拉胡琴的，共十五六个人，就叫"农村剧团"，后觉得太笼统，又改名为"下叶越剧团"。他们的年龄一般都在16—23岁。只有一个44岁。当时农村的中心任务是宣传刚颁布的新的婚姻法。我就利用当时报纸上一篇童养媳勇敢抗婚，追求婚姻自由的新闻，匆匆写成一出越剧小戏，叫《还我青春》。剧情大意是：一个名叫天香的女青年从小就卖给人家当童养媳，长到15岁即被迫与男方结婚。但婚后与丈夫感情不和，经常遭打骂。加上婆婆偏袒男方，日子更是暗无天日。但中华人民共和国成立了！随着新《婚姻法》的颁布，她的思想很快受到启蒙，受到打骂时，敢于进行抗辩，但遭到更残酷的毒打甚至关押。最后在亲属们的帮助下她逃出了牢狱般的家庭，跑到乡政府要求支持。乡政府经过调查了解，同意她的离婚要求，并说服男方尊重《婚姻法》的权威性。天香离婚后很快被同村一个暗恋她的男青年追求。结果两人成了村里第一对自由恋爱的婚姻，建立了幸福美满的新家庭。剧团里恰好有一个女演员叫叶银香，她刚挣脱了童养媳的命运，而且中华人民共和国成立前还在一个古装戏剧团里当过演员，嗓子受过训练，高亢嘹亮，是个很理想的戏曲演员，成了这个新建的土剧团的台柱子。

我们村的中心位置有一座三进两天井的"大厅"，其第一进的中间一直有一个舞台，比城里的舞台要高出一倍。演出前先敲一阵开台锣鼓，观众很快从四面八方涌来。最先我作为自命的"报幕员"上台给大家唱一首歌，然后告诉大家今天演什么戏，什么内容。演出时，那位当过童养媳的演员感同身受，声情并茂、声泪俱下，非常震撼。我注意了一下，看见台下许多人在抹眼泪，有几个甚至放声大哭起来！这个开头戏可谓一炮打响。当天没有看过的人都要求再演。周围村子闻讯后纷纷前来要求去他们村子演出。结果除了在本村加演一场外，又去远近五个村子进行了无偿的巡回演出，不仅使这个初出茅庐的土剧团远近闻名，而且获得了意想不到的宣传效果，使自由恋爱的新观念有力地冲破千百年来包办婚姻的封建传统，让新的《婚姻法》更加深入人心。如果说，人们不能要求文艺处处为政治服务，但在彼时彼地它确实为政治完成了一项使命。

有趣的是，这一宣传效果很快在剧团内部发酵，并很快酿成浓酒：女主角叶银香借舞台上通过多少次呼天抢地的"咏叹调"倾诉了自己不幸的婚姻遭遇以后，很快被扮演男主角的叶乃斤爱上，成了名副其实的"假戏真演"！只是中间发生了一段有趣的插曲！原来叶乃斤的母亲当时是村里的妇女主任，自从《中华人民共和国婚姻法》颁布以来，她一直在热情地宣传《婚姻法》，强调婚姻自由、两相情愿，反对包办婚姻等等。如今她那么热情宣传的真理就发生在自己跟前，落实在自己亲生儿子身上了，她却想不通了，竟然公开出来阻挠！这岂不让人笑话?! 于是她自己成了被宣传的对象！不过，最终还是被说服了，银香与乃斤成了村里第一对自由恋爱的婚姻，两年内得到一双儿女，成了村里令人羡慕的幸福家庭和被宣传的对象。

然而，天不从人愿：银香生了第二胎后不久，患上了当时的不治之症肺结核，几个月工夫就告别人世！这对剧团是个沉重的打击。当时我很着急，想：谁来替补她呢？俗话说：天无绝人之路！情急中我想到了离我家不远有个女孩，15岁，长得很水灵，人也聪明活泼，排起辈分是我的远房堂妹，初小文化。我马上去她家试探。出乎意料，她本人马上表示同意，家长也不阻拦。她的嗓音不如银香那样高亢嘹亮，但有一种柔美的韵味。当时的政府中心工作是宣传农业合作化和歌颂劳动模范。于是我写了个以劳动模范为主角的戏。他原本是战斗英雄，因负伤而退役，在农村处处起带头作用：积极参加农业合作化、带头卖公粮、交余粮，帮助困难户……他妻子是村里团支书，热情支持丈夫的工作。根英扮演妻子。经过化妆大了10岁。由于演唱的音色好听，脸蛋漂亮，也博得观众的喝彩。此后叶根英成了剧团里的三根"台柱子"之一。

那么还有一根"台柱子"是谁呢？这是剧团里年龄最大的一个，44岁，叫徐水古。他性格活泼，足智多谋，点子最多，此外还会拉胡琴，是土剧团里的"智多星"和多面手。我把他看作我的副手，常与他一起构思和修改剧本、挑选演员、舞台调度等。我曾专门为他写了一个三幕剧，题为《人定胜天》，写一位基层干部的模范事迹，一位抗旱抗洪的英雄，名曰雷天宇。起初，他作为村长与当地的村民一样，相信迷信。在一个大旱时节，他发动群众，每人打上绑腿，扛起"竹叶枪"即长矛；他则威武地骑在一条"独龙杠"上，吹着豪迈的牛角，带领后面的队伍雄赳赳地向深山里的一个"龙洞"即溶洞进发。进入"龙洞"后，摸到那"龙"卧伏着的暗河，马上舀上一杯水赶紧逃出"龙洞"往回跑。那龙发现自己的神水被盗后，立刻钻出龙洞，腾上天空，兴风播雨，以示对下面偷盗者的惩罚！而龙王爷的这一蠢举恰恰满足了偷盗者的渴望！当然用科学的镜子一照，两者都是蠢举！雷氏的这一法宝破灭后，又祭起另一戏法：兴师动众地让大家将本村佛庙里的那座最有威望的观世音菩萨搬出广场上暴晒。据说当它被晒得难受时，就会答应信众的恳求，向上天求雨。这一着当然又一次以绝望告终。这时县里派人下来检查工作。他在全村群众大会上善意地批评了村长的迷信思想，指出：共产党人是无神论者，我们不信神，不信鬼，只相信广大群众的力量。私下他又启发村长：你浪费了那么多群众的劳动力，何不发动群众，干一两件切实有用的大事，如挖一条渠，或修一座坝。雷村长受到启发，想到本村的鸡窝垄的"鸡窝脖子"有一眼较大的泉水，三面是山，若在此造一道堤坝，暴雨天将洪水拦住，平时将泉水蓄起，则大旱天它不就成了"龙水"了！于是他召集村干部开会，大家赞成他的想法，当即决定：在全村动员一百个劳力，每冬干一个半月，两年完成。两年后，一座底宽20米、高30米、宽200米的小水坝应运而生！雷村长的事迹立即受到区政府的表扬，火线入了党，并被提拔为本地龙口乡的副乡长。在此岗位上，针对乡政府附近那条屡遭龙溪冲击、屡修屡溃的 150 米路段，发动全乡村民，调集 200 名自愿劳力，苦战一个寒冬，筑成一条 5 米宽的坚固的石砌大道！雷副乡长因此受到县政府表扬，光荣地参加了首届县劳模大会。村民们锣鼓喧天欢迎这位善于为民办事的乡干部的光荣归来。由于徐水古以朴实的语言和得体的举止相当准确地刻画了这个人物形象，赢得了观众的热烈欢迎。这出戏巡回演出的时间最长，使我不得不一再向班主任请假，最后整整迟到了一个月才去上学，班主任对我既批评又表扬。

1956 年我报考了北大。不管是否录取，这将是我搞农村剧团的最后一个暑假了！我决心搞一次"大手笔"：排一出上档次的小歌剧《王秀鸾》！这是延安时期的保留剧目，一旦排成，那将是对下叶村最好的告别礼，也是留给剧团的最有意义的纪念。为此我刻写并油印了 20 册剧本连曲谱，并将峡口中心小学的那台暑假闲着的风琴借了来。我知道，教会这些歌，是最大的难事。但我想：用半个月专攻这些歌曲，总可以吧？但实践起来却出乎意料：几乎都"五音不全"！我说你们唱越剧那么利索，唱歌怎么就不得劲了呢？他们说：唱戏从小就跟着大人哼，可唱歌从来就没有人教过。我一想，哦，对了，本村只有初小，没有音乐老师！整整一个礼拜，两支歌都没有攻下来！我一算，时间来不及了，不得不宣布收兵！

至此，这个"下叶剧团"热热闹闹存在了五年，随着我去了北方，从此销声匿迹！

这个每年热闹两度的土剧团，不仅给下叶村增添了几分热气，对我本人更是一种锻炼。首先，它坚定了我的生活信念，使我确立了积极向上的人生观。由于童年致残，不仅家庭把我看作前途堪忧的包袱，社会上也把我看作人生废品。经过这几年我在农村创办土剧团的实践，说明我不是社会废品，而是对社会有用的人。君不见每次离村回校的时候，剧团的伙伴们都敲锣打鼓地把我送到村口，这无疑鼓舞了我对自我价值的肯定。其次，成天混迹于农民群众中，不仅体验到农民的勤劳朴实，而且感染到他们的豪爽乐观。尽管他们劳动艰辛，生活困苦，但他们始终性格开朗、乐观。曾有一男青年，一定邀我去他家过夜，而且同床共枕，说笑不止。他妻子骂他："明天就没米下锅了，你还开心？"他却回答说："明天的事明天再说！"若无其事。这类事例加深了我对中国农民的理解和情感上的联系，使我后来每次上山下乡或去工厂，均能与农民、工人群众打成一片。最后，培育了我对戏剧感兴趣的根苗，使我后来对德语剧坛的两位现代戏剧大家布莱希特和迪伦马特发生浓厚兴趣，进而把他们引进中国，从而与中国戏剧界打成一片，成为中国剧协的一员和公认的"戏剧评论家"，对推动中国戏剧的改革作出一定的贡献。

湖光塔影下的青春岁月

——纪念北大母校百岁华诞

北京大学向来以"全国最高学府"的称誉在国内外享有崇高的威望，使我在高中年代起就向往不已。高中毕业后，虽然道路曲折，但 1956 年终于考入北大，并且如愿以偿地就读于西方语言文学系德语专业。并且在秀丽的湖光塔影下一共生活了八年：前五年学习，后三年助教，可以说，最美好的一段青春年华都是与这处全国唯一的"湖光塔影"相依相伴中度过的。

民族精英云集，撼动黑暗中国

母校最令我崇敬的是她的时代意识和先驱地位。学生时代，每当我想起她刚刚在新世纪的曙光中诞生，很快就在东方这块黑暗如磐的大地上，首先高举起科学与民主的大旗，点燃"五四"反帝反封建的火把，使北大成为中国新文化运动的开拓者和大本营，肩负起现在所有的高等院校全部加在一起都肩负不动的历史和时代赋予的使命，这就是为什么北大能在每一个重要的历史关头都能发出正义的声音，甚至是震撼世界的声音，尽管有时也会"喇叭声咽"！但从长远看，北大总是向前的，无可阻挡的！

之所以如此，因为这里聚集了一批最精锐的、代表时代前进方向的民族精英：陈独秀、李大钊、毛泽东、鲁迅、胡适、蔡元培……他们代表了一股民族的精气神，撼动了几千年的沉沉的积习，给人们以"可变"的信心。作为校长，蔡元培"兼容并包"的先进教育理念，为母校奠定了最坚实的根基，尽管后来经历曲折，但这一理念的精神是不死的。因为巨人们的思想和声音必将在一代一代的青年学子中不断响起并凝聚成力量！

师长名而有实，育人不知疲倦

母校令我崇敬的是她的博大精深。全校文、理科都有，共14个系，专业广泛，人才济济，仅教授、副教授就有200名，这个数目当时在全国首屈一指，而且其中有相当一部分国内外声名卓著。就以我所在的西语系来说，像朱光潜、冯至、闻家驷、杨周翰、赵萝蕤、田德望、杨业治、吴达元……都是我中学生年代就仰慕着的，如今竟有幸亲聆他们的教诲。尤其从三年级起，我们"文学专门化班"（这是西语系历史上唯一有过的一个这样的专门化班）十来人由系主任冯至亲自担任班主任，他学贯中西，精通古今，又是诗人，听他讲德国文学史课真是莫大的享受。此外他还把着手指导我们训练翻译，其认真、细致和耐心，实在堪称"谆谆教导"。我的毕业论文是田德望教授指导的，这对我又是一大幸运。田先生早年曾先后留学意大利和德国，不但外语功底扎实，中文水平过硬，而且对学生和蔼亲切，充满爱心，直到今天都是我最爱戴的恩师。长辈中除提及者外，最使我难忘的是两位先生：朱光潜和赵萝蕤。朱先生的治学之严谨、教学之认真我深有领教：有一次他给西语系和哲学系的青年教员讲西方美学课，我走神了，只听他突然一声"叶廷芳！"叫我把刚才他讲的内容复述一遍。我站了起来，在众目睽睽之下，羞愧难当。但情绪平静以后，我心里却十分钦佩他的严厉，决心要虚心向他求教。于是，事后去他燕东园的家里拜访他。交谈中发现他的生活极有规律：上午写东西，下午阅读报刊和书籍，傍晚做体操，晚上浏览轻松读物；知道他先后学过的五六门外语中，德语才学了一年，而且已是20年前的事了。谁料，正是这门他最生疏而且觉得"最笨"的外语，后来使他翻译了黑格尔的《美学》这部四卷本的巨著，而那已经是耄耋之年了，且在"文革"动乱年头！每当我治学松懈的时候，想到这位学界泰斗的那种顽强毅力，不禁重新振作起来。赵萝蕤是教研室唯一的一位女教授，年龄最小，当时50来岁，风度雍容，仪态端庄，曾在美国深造多年，极富学者风范。她谙熟美国诗歌，对狄更斯、惠特曼等作家造诣尤深。她是全国仅有的两位二级女教授之一。但她一点也不锋芒毕露，开会时只见她静静地专心听别人的发言，自己却很少说话，表现出一种与世无争的恬淡情怀。我们第一次接触，她就发现我是个"典型的浙江人"。原来她也是浙江人，并认为富春江是世界上最美的地方。可能由于"同饮一江水"吧，使我们意气相投，很快成了忘年之交（当时我的年龄恰好是她的一半）。我经常出入她在均斋（后来迁备斋）的临时宿舍和东四钱粮胡同的住家（因此我有幸认识了她的丈夫、著名诗人和考古学家陈梦家先生），聆听她谈美国文学、英国文学，尤其是诗歌（当时这也是我的爱好），还常用英文朗诵给我听。有时我也尝试着用德文朗诵歌德和海涅的诗请她指教。她是我真正的良师益友。可惜近十几年来因忙，去看望她的机会越来越少。今年元旦她突然与世长辞，当时我在上海出差，未能为她送行！悲痛之余，深感内疚。

除了自己专业所属的固定的师长外，学生会还经常邀请一些有影响的校内外社会名流来校做报告，满足学生们对专业外的某些知识的渴望。那些被请来的专家学者不仅有丰富的知识，而且讲得很有趣味性，美妙动听。其中侯仁之的北京地理故事、吴小如的京剧讲座、吴祖光的《风雪夜归人》等莫不令我久久难忘。尤其是吴祖光那一次，他是带着刚结婚不久的美丽娇妻新凤霞同来的。新凤霞美丽而妩媚，作为评剧名角正在走红，却仍害羞。她坐在讲台一侧，丈夫不时赞美这位爱妻，让腼腆的新凤霞多次掩面而躲。那情绪，真有"小乔初嫁了，雄姿英发，羽扇纶巾"的味道。难怪，报告厅很快就挤不下了，不得不临时换了楼上的更大的报告厅。尽管这样，还是有不少人被挤出门外，真可谓"盛况空前"！连我也一下成了他们的"粉丝"，结束后硬挤出门去，握着他们的手，说了些赞扬的话，还一再叮咛他们"再来"云云。想不到几天后吴祖光一下就成了"大右派"，令我暗暗唏嘘。

学校朝气蓬勃——学生思想活跃

北大除了学习气氛浓郁外，最突出的特点是学生的思想活跃。同学们好像都有一种天生的时代意识和"舍我其谁"的社会担当意识，仿佛五四运动的精神成了他们血液中的基因。我清楚记得，在我入学的第二年初夏，当同学们听到中央号召"助党整风"，立即行动起来，从 5 月 19 日贴出第一张大字报起，很快大字报贴满了校园，批评国家政治生活中的各种缺点和问题。有的通过朗诵诗歌表达自己的政治诉求，有的则通过演讲阐述自己的思想观点，也有的散发油印刊物等等。

有一个学生叫谭天荣，我很佩服：他是学物理的，却对马恩著作读得很多，而且许多段落背得很熟。他站在板凳上演讲，头头是道，经常整段整段地凭记忆引用马恩著作。许多人不赞成他的观点，把他拉下来，他却不急不躁，又爬上去，继续讲下去。他的博学强记的能力、慢条斯理的口才和不怨不怒的气度都令人钦佩！

文体生活丰富多彩

北大的朝气勃勃，还有一点体现在学生业余文化体育生活十分活跃。当时以学生会名义建立的文化娱乐社团就有14个，如"红楼"诗社、音乐创作组、交响乐队、民族乐队、合唱团、京剧社、越剧社，等等。最初吸引我的是周末的唱片音乐欣赏会和交谊舞会。舞我不会跳，但常被同宿舍的同学们拽着去助兴，看他们和着四三拍或八六拍的音乐节奏翩翩起舞，有一种悠然陶然的感觉。但开始时看到一男一女搂在一起，还真有些不习惯呢，毕竟来自小县城，而且是在农村长大的，还不免带着一股"土"的气息。

但这个通常在小饭厅里举行的舞会我待的时间不会太长，待他们已经投入了，我就溜走，去附近哲学楼的大教室去接受唱片音乐欣赏。主持者显然很在行，每张唱片播放前都要作一番介绍。自己中学时期的爱好是声乐，小地方欣赏器乐那时可没有条件，主要缺乏唱机——那时通常叫"留声机"。所以开始阶段听交响乐领略不出味道，不像有的人那样摇头摆尾。但我提醒自己：这是补课，必须耐心听。果然，一个学期以后感觉就不一样了。就在这个过程中，我熟悉了贝多芬、巴赫、莫扎特、勃拉姆斯、柴可夫斯基等人的名字，且对浪漫派的乐曲产生更强烈的爱好。而贝多芬遭受耳聋打击后发出的怒吼："我要扼住命运的咽喉，不让它毁灭我!"犹如洪钟在我心中久久鸣响，给了我这个同样受到命运打击的人以巨大而持久的鼓舞。

对于我的声乐爱好，当时的北京有足够的条件来满足我的要求：不仅北京大学有合唱队，校外还有个"北京市大学生合唱团"，这是根据当时中央音乐学院的苏联指挥家杜马舍夫的意见创立的，他在莫斯科也建立了这么一个合唱团。它分男声合唱团、女声合唱团、混声合唱团和民歌合唱团。我报考了男声合唱团。执考者让我唱两首歌。我先后唱了时乐濛作曲的《歌唱二郎山》和罗宗贤作曲的《桂花开放幸福来》。执考者是一个来自武汉的指挥。他说你适合于独唱，为什么没有考音乐学院？我说我的更大爱好是外语和文学。

男声合唱团每周日下午在钢铁学院活动。排练的第一首歌曲是苏联作曲家谱写的《黑龙江的波涛》，旋律优美抒情。第一次听到纯粹由男人发出的声音，觉得太美了，真是喜不自禁。第二次活动杜马舍夫亲临现场，只见他一脸的络腮胡子，但修剪得很整洁。他没有示范指挥，而是讲了一些鼓励的话。而大家最感兴趣的是这番话：你们要好好地练唱，准备参加下一届的世界青年联欢节。为了证实他的话的可靠性，他还特地请来一位民歌合唱团的女生，一位朴实而美丽的姑娘与大家见面，她穿着一身镶边的、带有民族风味的淡蓝服装，演出的打扮，说她已经参加过上一届的联欢节了，这让大家很羡慕，因而对我们起了鼓舞士气的作用。合唱团也常安排到外面演出活动。中山公园、劳动人民文化宫和某些工厂都去过。去工厂还可以享受到一顿丰盛的晚餐。

第二个学期即1957年的上半年，四个团统统合并成一个混声合唱团。活动地点在清华，与北大仅一路之隔，我不胜开心。不久遇到了一个机会，即苏联的苏维埃主席团主席伏罗希洛夫访华，毛泽东陪他参加在中山公园举行的联欢晚会，我们合唱团奉命去表演节目。舞会开始时，队伍里两位女生不知是事先安排还是自己主动，快活地跑上去分别与两位主席翩翩起舞，令大家好不羡慕。

1958年全国范围的"大跃进"开始了！上头号召全国人民敢想敢干。于是合唱团领导就向大家强调作曲并不神秘，你们既然爱唱歌，也应该会写词，会谱曲，从今天起就干起来吧！并当场规定每人必须创作两首，最后由中央音乐学院作曲系老师替大家讲解和修改。回校后我奉命试着创作了两首，词和曲都是自己写的，其中一首叫《我是个快乐的歌手》。交上去后，约过了三个礼拜，果然来了一位中央音乐学院的作曲系老师来跟大家讲作曲法，想不到唯独选了我的上述那一首作为范例，说如何如何合乎作曲法（其实我一天作曲法都没有学过，可谓"瞎猫碰到了死老鼠"）。可惜恰恰那一天我没有参加活动！这过程是由该合唱团的北大小组的组长徐本美同学告诉我的。她还把这首歌曲送到《北大青年》编辑部建议发表，后该刊发表了，还要我写了一篇

"心得"之类的短文一起刊登。

从此学校的有关部门就以为我真的会作曲了。团委会任命我为音乐创作组的组长。创作组里倒有一个比我懂得创作的人，他叫戴羌平。在这之前他曾自发创作了一首叫《干干干》的歌曲，成为那一年全国推广的五首歌曲之一。他的音乐天赋看来有家庭血统：他的一个哥哥曾考入中央音乐学院，成为专业作曲家。创作组里还有一位酷爱指挥的音乐爱好者叫洪希刚，他也是一位跟血统有关的音乐爱好者，因为他的一位姐姐是中央广播合唱团的专业团员。他后来与上述徐本美成了夫妻。我和戴、洪三人自称"岁寒三友"，在开夜车成风的"大跃进"年代，经常开夜车，总想琢磨一首成功的歌曲出来，可惜总也没有能成功。可见艺术这东西，光凭信心和意志是不行的，天赋和才情是少不得的！

当时西语系有几个同学，也受了"敢想敢干"的鼓动，自发组织起来，创作了一组《毛主席诗词大合唱》，排练后反映不错，甚至还受到著名作曲家李焕之的肯定。系里还花钱印了一批豪华的册子。我当了音乐创作组组长以后，团委会要求我们介入西语系这个创作项目，以便把它提高一步，争取正式出版发行。于是我们又与西语系的这几位同学———记得是法语专业的张裕禾、英语专业的王世仁、德语专业的胡其鼎和英语专业的钢琴爱好者郑启吟———一起开夜车，一起讨论如何突破这部大合唱的现有水平，使之再提高一步的问题。但具体行动起来却很难：原来的几位作者都不愿意把他们花了多少个日日夜夜思索出来的旋律否定掉！没过多久我们只得退出来了事。但我名义上仍是西语系创作组的兼管者。该创作组唯一要求我做的事是：说服校领导出一笔钱，把这部大合唱正式出版。我说，校领导提出的前提是：首先把这组曲子修改、提高，而你们又舍不得。这就矛盾了！此事就这样不了了之。

前面说过，我的诸多爱好中最主要的是文学。北大当时14个业余社团中，对我来说最醒目的社团是以北大原校舍"红楼"命名的同名诗社，它有一个16开的油印刊物发表社员们的诗作。其中1955级的中文系学生尤为活跃，像现在驰名于文坛的谢冕、孙绍振、张炯、任彦芳以及已故才女温小钰等都是"红楼"的明星，令人羡慕。按照规定，要加入这个诗社必须交两首诗作为考试。但我那时基本上还没有写过诗。到了1957年春夏之交，我终于写了自己比较满意的两首诗拿去报名。不久获得批准。但来不逢时：还没有来得及参加一次活动，"轰轰烈烈"的反"右"斗争开始了！"红楼社"里有的成员落了难，这个社团从此一蹶不振，再也没有开展过活动。直到1958年的"大跃进"年代，一天，中文系的袁良骏同学突然召集五个成员开会，说是根据团委会的决定，"红楼社"不准备恢复了，成立一个"文学创作组"来取代它。今天我们在座的五个人就是经过团委会批准的这个创作组的核心成员。从今天起开始开展活动。但这个"活动"内容比较笼统，是写诗歌呢，还是写戏剧呢？五个人也没有分工。在这之前，学校曾演过一出学生自创的话剧《时代的芳香》，名噪一时。当时团委会提出要创作一出超过《时代的芳香》的话剧，并由一位当时已小有名气的女生执笔。写出后团委会颇不满意，说是"小资产阶级情调"，显然与当时大轰大嗡的"大跃进"气氛不协调。于是让中文系的诗人任彦芳和我来重写。我和任第一次见面就私下窃笑:"我们俩就能写出无产阶级情调来?"结果我和他闭门造车憋了好几个晚上也没有构思出一个提纲来。可能团委会也看出了我和任并不比那位女同学有更多的无产阶级情怀,所以也没有怎么催我们,最后不了了之。

既然在创作组搞"遵命文学"搞不出什么名堂,而且也不可能有个人情感的活动空间,于是我就利用音乐创作组的名义,成立一个"优秀歌曲推广站",从每个系抽调一个人,每周确定一首优秀歌曲,各人回系里推广。同时我自己亲自刻钢板,油印歌片,每晚在大饭厅门口发售,每页收成本费一分钱,买的人还不少。由于在文艺活动中表现积极,不止一次受到过团委会和学生会的表扬,接受过鲜花。

参加"红楼"诗社的梦虽然破灭,但由它所激起的写诗激情却久久不能消退。那时正患神经衰弱,加上臭虫骚扰,经常失眠。我便利用那许多不眠之夜进行诗的构思。从气质上说,我是属于浪漫主义的,热情澎湃、浩浩荡荡,所以特别喜欢阅读惠特曼、拜伦、雪莱、海涅、屠格涅夫等人的诗;国内的则喜欢郭沫若早期的诗、闻一多的诗以及郭小川、贺敬之这些人的诗风。现在回想起来,那时不过有一些诗的激情,却并没有找到诗的美学奥秘。难怪被这股诗情燃烧了七八年之后,从"文革"开始直到现在,诗的缪斯就再也没有光顾过我。

湖光塔影永远是个梦境

众所周知,北大的现校址在1952年"院校调整"以前是燕京大学的校园,它是以清代的两家王家花园即北边的朗润园和镜春园为基础的。它是帝都时代北京西郊以"三山五园"命名的最佳风景区和湿地的一部分。因"未名"而得名的"未名湖"像一块碧玉恰到好处地镶嵌在这锦绣园林之中。原燕京大学的校园景观设计者极为巧妙地在湖的东南侧竖起一座密檐古塔式的水塔，使实用性与观赏性合二为一，尤使塔身与湖面连成一体，从而创造出了一幅绝妙的图画，让燕京—北大拥有了最美的华服与顶戴。

未名湖的西侧有一座小岛，一座10来米长的宽阔石桥与它相接。岛上树木葱茏，掩映着位于中间的一座亭式古建筑。岛的东边与其毗连的是一座灰白色的石坊。因此，若把未名湖看作一位古典美人，那么这座带亭子的小岛便是她头上的发髻，而石坊便是她的玉簪了！

岛上的那个亭子是封闭式的，实际上是个书店，可以看作是北大图书馆——全国第三大图书馆的一个"活动窗口"。每天下午体育锻炼以后，都要去这爿书店看看翻翻，就像爱喝咖啡的人进咖啡馆那样惬意。有时能买上一两本中意的书就更兴奋了！走出书店，总要顺便跨上石坊走走，仰望一番对面浓荫簇拥着的高塔。它那几十层间隔整齐的密檐生发出一种韵律，好像一位痴情的情种伴随在未名湖这位美人的身边不停地弹唱……

不要以为以上写的只是天气暖和的一两个季节。不，未名湖的魅力是不分季节的！固然，春天柳条依依，夏天繁花盛开，秋天红叶绚丽，冬天呢？却别有一番景象：在它厚厚的冰面上，每天都有几十上百的男女青年穿梭滑行。他们脱去了笨重且色彩单调的棉衣，穿着色彩丰富的紧身毛衣、毛裤，显得格外精神而飘逸，晚上在探照灯的照射下更增加一层诗意。我一边欣赏着这番景象，却又不免内心黯然，觉得这样美好的运动，自己此生恐怕无缘了！但同宿舍的同学却并不这么看。他们说，既然你自行车都学会了，相信你溜冰也学得会，我们扶着你学好了！于是我鼓起了勇气，在他们的搀扶下在未名湖的冰场上练了起来。头一次不免摔了许多跤，臀部痛了好几天。但第二次再练，就好多了！到下半场我就可以摆脱他们自行练滑了。当我能自由地围着未名湖冰场一圈又一圈速滑时，我感到莫大的痛快。我把这看作与未名湖零距离的接触和拥抱。

真是天意的成全：在我大学毕业后留校当助教的几年里，我的宿舍恰好被安排在民主楼附近的德斋；德、才、兼、备四幢二层大屋顶单身宿舍楼在未名湖畔一字排开，仿佛为未名湖站岗。我每天睡前都有散步的习惯。于是每晚 11 点左右，离开沉重的案桌，沿着未名湖的小路放松地踽踽独行，感受着未名湖独有的宁静，它真像个温婉的睡美人在甜甜地安睡着，我尽情地吸吮着它静态的美，工作中没了断的思虑与烦心被熨平了。回到宿舍门口时，转过身来再望一眼未名湖，心里道一声"晚安"！这时我仿佛洗了个热水澡，一天的疲劳和压力统统烟消云散。于是我很轻松地走进梦乡。

未名湖在燕园并不孤单，往北百十来步即有好几个姐妹湖，它们都在镜春园和朗润园的位置，大小不等。那里也是浓荫密布，但曲径通幽，所以湖身婀娜多姿。如果说，未名湖是大家闺秀，它们就是小家碧玉了！但是它们有一个未名湖所没有的华丽的季节，那就是夏季的荷叶飘香、荷花绽放！那时它们招蜂引蝶、游人如织，是骚人墨客最醉心的地方。想必朱自清那篇不朽的《荷塘月色》就是从这里获得灵感的吧。

除了荷花，这块小家碧玉还有它的格外诱人之处，就是它的幽闭和僻静，真好比是一位藏在深闺的美人！北大的一位老外教温德教授，他住在镜春园的一幢隐蔽的中式硬三间里，从中华人民共和国成立前的燕京大学直到"文革"期间去世，始终不肯搬离。我的一位德文老师赵琳克蒂教授，也住在朗润园湖边的一幢平面直角形的旧平房里，"文革"前曾一度被动员搬进了楼房。但"文革"后她又搬回来了，直到去世。从西语系所在的民主楼到这处"深闺"有一条小径相通，它曲曲弯弯，是典型的"蛇形曲线"，走在这条小径上，悠然陶然，真是一种难得的享受。而因为有几位老师住在那一带，走这条小径便成了我的家常便饭。现在想起来恍如梦境。

母校是培养我精神人格成长的母亲，它温柔的性情与丰富的涵养对我一生的精神气质起着极其重要的作用。无怪乎，1964年当我离开母校时，我内心经受着离妻别子似的争斗；科学院的殿堂不断将我呼唤，母校的柔情蜜意拼命把我挽留。最后我把青春的魂魄留下，带走了大半生的牵挂……

感谢电影

人的青少年时期，正是他一生的基本精神人格和思想情操的形成时期。这时，健康的文学、艺术作品会起积极的陶冶作用。

最早与我发生缘分的有价值的艺术品种当推电影了！但它对我不免有点姗姗来迟，因我整个在农村度过的小学年代，压根儿就不知道电影为何物。直到中华人民共和国成立后的第二年进城上初中，才第一次接触到电影，真是说不出的兴奋和好奇，比今天的克隆技术还要让我惊叹！于是电影一下就成了我在这一领域的主要爱好，几乎有影必看（那时我国影片出产量很低）。

第一部令我难忘的影片是《白毛女》。它有两点动我心魄：一是它的题材，杨白劳的命运正是我在农村饱览的众多乡村父老的命运。在农村，我虽然物质上没有体尝过杨白劳那样的悲惨生活，但命运也从另一个方面把我打入社会的底层，使我与那些被侮辱被损害的不幸者产生某些共鸣。二是电影中那动人的歌曲，这与我当时的另一爱好——歌咏正好合拍。我一连看了三遍，每遍都热泪盈眶。这部片子堪称我的电影启蒙者。上大学后，我还带着杨白劳唱的那首"漫天风雪"的歌通过了"北京市大学生合唱团"入团测试。后来《白毛女》被改编成芭蕾舞和电影，又不知先后看了多少遍，每当朱逢博伴唱的那一声"雾时间天昏地又暗"，泪水马上夺眶而出。

我国是个多民族国家，那时对其他兄弟民族的生活风情颇感兴趣，在 50 年代前期，至少有三部这方面题材的影片曾吸引过我的眼球：《芦笙恋歌》《山间铃响马帮来》和《草原上的人们》。前两部都出自当年云南的两位军旅作家之手。《芦笙恋歌》的男女主人公对唱的那首"恋歌"，深深触动着一个青春正勃发的青年人的情怀，以致 40 多年后，一次我与该剧的作者彭荆风先生恰巧相聚在青岛的一座宾馆，一天晚上几个熟人一起在会客室聊天，突然电视机里传来了《芦笙恋歌》的歌声，我与彭先生立刻不约而同地跟着忘我地唱了起来，唱完后老彭兴奋而惊讶地说："隔了那么多年，我都记不全了，你怎么还能背下来!?"我说："恋情会随着时间消失，但恋歌，只要写得好，都会随着时间传下来。"《马帮》吸引我，固然跟云南边疆的生活情调与紧张的反特情节有关，但它的旋律优美的主题歌确实也占领了我很长时间的歌唱兴趣。难怪，80 年代后期，当这部电影的作者白桦在衢州听我哼唱这首歌时，也不禁惊问："这么老的电影你还能记住?"我说："那是你的电影成名作，若忘了，今天我们还有缘在我的家乡相聚吗?"《草原上的人们》的情节现在印象不深了，但它留下的那首《敖包相会》将会不朽。如果要我举出五首我的"保留节目"的话，其中就有它！那时还有一部国产电影也让我难以忘怀：《柳堡的故事》，虽是战争题材，但那生动风趣的故事、真挚动人的爱情和朗朗上口的主题歌，给人以强烈的感染和愉悦。"文革"后我开始结识它的作者黄宗江，现今已是忘年交。每次一起开会都享受着他的幽默谈吐和他带给会议的轻松。

说来也怪，五六十年代吸引过我的一些电影，多半都与其中的歌有关。我真不知道，是歌使影生辉，还是影让歌增寿。比如五六十年代之交有两部这样的影片也使我久久难忘，一部也是以云南为背景的喜剧片《五朵金花》，一部是反映西北边防生活的反特片《冰山上的来客》。这两部片子的主题歌均出自我所敬佩的已故电影作曲家雷振邦先生，直到今天都是我偶尔试嗓的"保留节目"之一。90年代后期，一次我随已故李凖、唐达成以及李瑛诸学长应邀前往云南昭通地区"文化扶贫"，云南省作协主席、著名诗人晓雪也携夫人前来陪同。这时我意外得知：晓雪夫人就是《五朵金花》的演唱者赵履珠！我喜出望外，竟不揣冒昧，在一次参观休息时，与她一起欢唱了这首歌。两年后我随全国政协视察团又去云南，在大理的一次宴会上，团长张克辉副主席因年事已高，有些疲倦，有时让一般团员替他致答词，这次他临时点了我。我一时手足无措，就灵机一动，对着麦克风说："云南是块有名的风水宝地，而大理堪称'宝地的宝地'：苍山、洱海、蝴蝶泉……天下闻名，而这些名山胜水孕育出来的文化瑰宝更是人人称道，例如贵市的'文化特产'《蝴蝶泉边》就是一首脍炙人口的名歌，40年来它始终没有从我记忆中消失！现在就让我通过这支歌的演唱，代表全体委员对大理市政府和人民的盛情款待表示衷心的谢忱！"结果果然获得一片掌声。

那个年代我看外国电影的价值取向也是这样，所以印度的《流浪者》不止看了一遍，因为其中的《拉兹之歌》那来自南亚特有的美妙旋律让我感到特别新鲜。那时看过许多苏联电影，除了班代拉丘克主演的《奥赛罗》之外，最让我动情的是《心儿在歌唱》：一位盲人用他发自内心的生命之歌抗衡命运，世界上还有什么比这来自地狱深处的歌声更美妙，更有力量的吗？

回流的缓波

我接受了他"偷"来的"天火"

终于盼到了《萧乾全集》的首发式!

当我捧回那七大卷沉甸甸的全集时,别的事就什么都不想干了,如饥似渴地翻读着全集中那些平时没有读到的作品。结果,已经发誓不再开夜车的我,还是破禁开了夜车,可谓饱尝了一顿文学审美大餐!

阅读文学作品,尤其是散文作品,常常有这么两种感觉:有的作者似刻意要写一篇(部)得意之作,因而感觉到他的呕心沥血,绞尽脑汁,读者在钦佩他的精神之余,也一同体尝他的艰辛;另一类作家则不同:信手拈来皆文章,写来毫不费工夫。前一种是刻苦型的作家,后一种则是才子型作家。萧乾即属于后者。你看他:小说、散文、随笔、游记、杂文、通讯、小品文、论说文……哦,还有翻译,可谓"十八盘武艺件件皆能"!而且他的文笔或凝重或轻快,或讥讽或诙谐,或粗犷或细腻……真是多姿多彩。难怪巴老把他与沈从文、曹禺并立在一起,视为他的朋友中三位最有才华的作家。

由于他的文采的魅力,我从中学起就开始仰慕萧乾了!可惜很不巧,我来北京上学不久,他就落了难!他的落难,个人固然付出了重大的代价，但却向无数同胞首先是青年传播了真理。凡经历过 1957 年那场"整风""阳谋"的人都还记得，导致萧乾先生中计的是因为他传达了现为大家所熟知的那位欧洲启蒙运动时期思想家的这句名言："我反对你的意见，但是我愿意用我的生命保卫你说出你的意见的权利！"当时我才第一次听到这一豪言，真如醍醐灌顶，深受启悟，成为我一生中受用不尽的座右铭，可以说，它启蒙了我的民主意识的最初觉醒，以致后来在"文革"中，在那个群众斗群众的混乱年代，虽然我对本单位一些引起争论的问题的观点是十分鲜明的，但我从来没有跟哪位本单位的争论对象结过怨！正是因为有萧乾传达的这句名言在指导着我，铸造着我的精神人格。因此我在心中一直默默地感谢着萧乾，一直暗暗地把他看作"偷天火"给同胞的中国普罗米修斯！

对这样一位思想启蒙者，我自然盼望着有朝一日能见到他，说出我隐藏了多年的感谢，并继续从他那里吸取精神营养。苍天不负有心人：20 年后他终于在文坛复出了，我也如愿以偿。那是 20 世纪 70 年代末，当时《世界文学》发表了他翻译的易卜生的剧作《培尔·金特》片段。我趁此机会以该刊编辑的身份去拜访他，以实现我的久蓄之愿。他当时住在天坛东街一套小二居室里，他的书房是一间不到 9 平方米的斗室，不消说，被书堆得满满当当。我们的交谈就是在这间斗室里进行的。他始终笑容可掬，和蔼可亲，使我一开始就消除了由于辈分不同、身份悬殊而产生的拘谨，很快处于无拘无束、谈天说地的自由气氛中。他对别人没有心理设防，对年轻人也不存"忘年"障碍。听不到他对以往自己遭遇不公的诅咒，只在我把"文革"中的众生相与鲁迅挖掘"国民性的弱点"相联系时，他才报以会心的一笑。他显然经历了太多，达到大彻大悟，超越生死恩怨，似乎进入了"佛性"的境界。

但当话题一回到文学的时候，他立刻就又兴奋起来。他在这方面的言论对我最有教益也最难忘记的是这样一席话：编辑一本杂志与编辑一本书是不一样的；编杂志要求有前瞻性，因为杂志是引导文学前进的。他的这番话使我在日后的编辑工作中注意从宏观上去把握当代文学的基本走向，以致直到今天我有时被邀请去外面讲课时，还有诸如《现代西方文学的大走向》之类的题目。

聆听了萧老这半天的谈话，加强了我的这样一个观点，即在我们当下的社会里，一个一帆风顺的人是很难有完善的人格的。但这样的人格在那些经历过痛苦磨难的人身上，倒容易见到，这正如尼采说的：只有经历过地狱磨难的人才有建造天堂的力量。如今当我捧读这七大卷《萧乾全集》时，切切实实地感觉到作者的这种力量。也因此萧乾先生的形象成了我记忆中的一道重影，无论多长的岁月都冲淡不了。

贝多芬：从低吟到咆哮

——贝多芬故居感怀

海利根施塔特，维也纳外城西北角的一个小区，200年前这里还只是一个村庄，位于维也纳森林起点的卡伦山麓的丘陵地带。胸怀伟大艺术志向的贝多芬，久慕维也纳这个音乐之乡，1796年，在他快要进入而立之年，也就是即将进入他的创作旺盛期的时候，他干脆长期离开德国故乡波恩，定居维也纳，他自己选择的居住地就是这个充满幽静、质朴的乡间风味的海利根施塔特。他先后搬迁过多次，但基本上没有离开过这个范围。现在这一带能找到的他的故居就有六处之多。但其中作为纪念馆保存的只有一处，这是坐落在普鲁布斯巷内的一幢二层小楼。走进大门，是一个四合院式的简易楼结构，贝多芬住在南房楼上的两间木地板套房，窗下是一座草木繁盛的小花园，约200米外是一座丘峦，浓荫覆盖，现叫海利根施塔特公园。越过山峦，是当地一座教堂的尖塔，正高高地俯视着这里。两个房间都不大，窗子也较小。这样的住宅用现在的标准去看，是很简陋的。但它却是贝多芬生平史上一段不平凡经历的历史见证：他在这里经历了一生中最大的精神危机，在死亡边缘写下了动人的遗嘱，在这里掀起了内心风暴，顶住了命运的袭击；在这里带着"涅槃"后的崭新精神风貌，写下了宏伟的"英雄"乐章，同时孕育了"命运"与"田园"的动机。总之，这里是贝多芬一生的关键性转折点，是使平民贝多芬开始成为"乐圣"贝多芬的圣地！

贝多芬的精神危机是与他的耳疾的发生直接相关的。从1796年起，贝多芬就发现自己的耳朵开始失聪。此后情况不仅没有好转，反而每况愈下！而这时，1800年前后，正是贝多芬在音乐艺术上走向成熟与辉煌的时候，耳疾的捣乱使一个"比任何人都更需要完美的听觉能力"的人失去了听觉。一种几乎绝望的心情，使他不止一次萌发起自杀的念头。鉴于自己随时可能离开人世，1802年10月6日，贝多芬不得不给他两个兄弟立下了遗嘱。这便是欧洲音乐史上有名的"海利根施塔特遗言"。

但贝多芬终于没有自杀。这是因为在他内心，与他的绝望情绪并存的还有一个声音始终怒吼着：你的伟大艺术抱负尚未实现，你不能就此甘休！这一内心矛盾，在他的上述遗嘱中也不难看得出来："好几次，我想了结自己的生命。只是它，艺术，才又把我拽了回来。啊，在我完成我的使命之前，我觉得我不能更早地离开这个世界。"对于他来说，就像一年前他在给他的一位朋友魏格勒的信中所说的，"除了演奏和表现艺术，没有比这更愉快的了"。那么他所说的"使命"是什么呢？可以用他此后创作的一系列杰出的乐曲来回答，其中尤其那首他当时正在酝酿的，一个以拿破仑——不，普罗米修斯那样的英雄为题材的交响乐，即后来的《英雄交响曲》。这首宏伟乐曲的诞生，可以说是贝多芬精神再生的产物；与其说它在歌颂一位英雄，毋宁说它是一位"现代普罗米修斯"式的英雄内心历险的生命体验，是作者自己的化身。

《英雄》在美学上也是一次再生：它大胆地突破了古典主义的规范，取得了浪漫主义的品格。这一革新是一次质的飞跃，是音乐发展史上的一块里程碑。从此贝多芬成为集古典派之大成，开浪漫派之先河的大师，登上音乐奥林匹克的峰顶。

因此，贝多芬在经历"置之死地而后生"之后创作的这部《英雄交响曲》堪称真正的生命力作。它对于人类的贡献既是艺术上、美学上的，更是精神上的。尤其对于那些同样遭到过命运袭击的人来说，更具有启示意义。任何人一生中随时都有可能遭受挫折或不幸，随时都有可能面临像一支歌曲里唱的"战，还是降？"的抉择，而无数成功先例的回答都是前者。贝多芬尤其是我们的典范。

在我即将离开维也纳的 5 月 14 日上午，尽管天公不作美，我一个人依然撑着雨伞，再次来到海利根施塔特，在贝多芬的故里流连忘返。最后我坐在贝多芬的塑像旁，一口气读完刚从贝多芬纪念馆买来的那份遗嘱和所附的当时他给至友的有关的几封信。后者我第一次读到，这时我才知道，贝多芬之所以想到了死，除了考虑到他的艺术前途受到打击外，还有一个很大的苦衷，即唯恐他的这一不幸被世人，尤其被他的"为数不少的敌人"所知道。因此他先后于 1800 年 6 月 1 日、29 日和 1801 年 11 月 16 日分别写信给他的维也纳和波恩的两位笃友，要他们把他的耳聋的消息"当作一个很大的秘密"保守住，任何人都不能透露。为此，他"两年来几乎回避一切社交活动"。一个伟大灵魂的这种磨难，可惜在有的贝多芬传记作家的笔下未能得到足够的描写，也许在一个常人看来，贝多芬的上述心理是不可思议的，殊不知对于一个生理失常的人来说，却是完全真实的。不妨回想一下卡夫卡笔下那个年轻人格里高尔·萨姆沙，当他发现自己生理变态后的第一个反应是：要是公司来人如何好去见他！应当说作者对他的主人公在特殊情境下的难堪心理把握得是非常准确的。正是在这里，当我回忆起被命运鞭打的最初那些年月时，"感觉"与贝多芬相遇了。

温馨忘年交

——忆赵萝蕤先生

赵萝蕤教授生前是我的师长，也是我的朋友。与她诀别已经十余年了！但她的音容笑貌仍不时闯进我的脑海和梦境，它们令我温馨，也让我悲伤。如再不写点什么，它们就会在我心中形成块垒，难以排遣。

一

我与赵萝蕤先生的认识始于 1960 年初秋。

那一年的新学期开始，北大西语系主任冯至先生根据中宣部要求加强外国文学教学的指示，对西方文学教研室进行调整和扩充，为此我和英、德、法专业的个别同学被提前一年毕业，留在这个教研室当助教。

那时外国文学教研室的中心工作除教学外，是编写《欧洲文学史》，分别由杨周翰、吴达元和赵萝蕤三位教授担任主编，冯至则受中宣部委托同时主管《欧洲文学史》和《中国文学史》这两项编写工作。赵萝蕤先生当年不到五十，她在不惑之年就已是二级教授（当时的正教授分三级），这个级别的女教授当时全国只有两名（另一名是山东大学的冯沅君，冯友兰的妹妹）。处于初创阶段，当时教研室务虚会很多。这时我发现，在教授行列中，一位面貌端正、仪态雍容、举止优雅的唯一女性总是静静地听着，很少说话。那时我对她一无所知，连她的名字都不知道。于是一次会后就主动去向她自我介绍，以便慢慢认识她。没想到，她第一句话就是："我一看你就是个浙江人！"口气中带点赞扬的味道。于是我就趁势说："看来您也是浙江人啰？""当然嘛，不然我怎么会一猜就中呢！"我的心情很快轻松起来。在知道了她是湖州人以后，我说："那就是说，'我住江之头，君住江之尾'"。她抛出"哈哈哈哈……"一串笑声，说："原来我们'同饮一江水'啊！"于是我们一下子俨然成了"同乡"了！赵先生很为浙江自豪，说："国内外就我到过的地方而言，浙江作为一条江是最美的，而富春江则是浙江最美的身段！"我就问："看来，你爱人也肯定是浙江人吧？"她说："你猜对了！"接着我很快知道，她爱人就是大名鼎鼎的诗人和考古学家陈梦家先生。

我原本只想寒暄一下，没想到第一次接触就谈得那么投机，那么愉快。听说她年青时曾是燕京大学的有名才女，而且是校花。但一点也看不出一般漂亮女人常见的骄矜。那年她48岁，正好大我一倍。我们的忘年交就这样开始了。那时她在学校的宿舍是未名湖畔一字排开的德、才、均、备四座教师楼的均斋（后迁备斋），我住德斋，相距很近。她希望我有空就去聊聊，我也高兴那样做。因为作为师辈，无论学问，还是生活阅历，她都比我丰富得多，这是多么好的学习机会！此外，我们还有两个共同业余爱好：诗歌和音乐。而这两方面她也是我理想的师长。我经常写一些不像样的诗请她指教，每次她都和我一起推敲和修改，并告诫我：不要只顾写，也要多看别人的作品。但不要步人家的后尘，要有自己独到的思考和个性化的语言；与别人雷同就是失败。我想，她的经验自然也包括了部分梦家的经验，格外珍视。可惜我只有诗情，而缺乏诗才，故最终成不了气候。但赵先生年青时就是诗人，现在是英美诗歌的研究专家，不但善于翻译，也喜欢朗诵。而且，由于家教，她的中国古典文学的功底也扎实。在彼此感兴趣的话题谈完的时候，她就朗诵英文诗歌给我听。她那么讲究诗的音步、音调和音韵，即使你听不懂内容，也感觉得到那种音乐的美。通过她的朗诵，进一步激发了我阅读英美诗歌的欲望，尤其是拜伦、雪莱、朗佛罗、惠特曼等等。自然，她也经常让我用德文朗诵她熟悉的那些德国名诗给她听，比如歌德的《野玫瑰》、海涅的《萝蕤莱》和《菩提树》等都是她指名的。正好这些诗都被谱上了名曲，便一一唱给她听。唱《菩提树》的时候，她是跟着我摇头摆尾一起哼的。然后她说：这些曲子久经考验，最大限度地挖掘出了诗歌中的美；但朗诵本身也是一门艺术，成功的朗诵也能增添诗歌中蕴含的美。接着她在朗诵雪莱《解放了的普罗米修斯》的一个片段后，让我用原文朗诵歌德的名作《普罗米修斯》。听完后，她连连说："好听，好听——包括你的嗓音也好听！"我说："赵先生，您得给我指点呀！"她说："指点？我哪敢！你的导师是冯至啊！"周围的人都知道赵萝蕤先生的英文诗朗诵得好，虽然当时在一片批判资产阶级学术思想的声浪中老教师（按年龄她还是中年；但按留过洋的知识背景她已被划入"老教师"的队伍了）已不那么吃香了，但西语系的青年教师还是以团支部生活扩大会的名义举办过一次晚会，专门请赵萝蕤先生讲诗并朗诵。她的演讲和示范表演获得一片掌声。

在音乐方面我们也是谈得比较多的。但我的爱好主要是声乐，而她则侧重于器乐，尤其是西方的交响乐和钢琴曲。因她弹得一手好钢琴，所以经常谈起肖邦，认为肖邦的魅力是"忧郁与欢乐相交织"。对于德奥两大巨头，莫扎特和贝多芬，她更喜欢后者。她认为莫扎特的乐曲固然很典雅，很优美，但"多少带点孩子气"。而贝多芬的作品"既有柔美、轻快，更有雄浑、沉郁，有时如万马奔腾"。其他如勃拉姆斯、李斯特、舒曼和柴可夫斯基也在她的兴趣范围。啊，我想，这位表面宁静、端庄的女性，内心里装的却是浪漫主义激情。难怪她在文学研究和翻译中多半都跟浪漫主义诗人打交道。

北大校园很大，赵先生发现我没有自行车，就说："我借给你一辆自行车吧！这是我从英国买的一辆女车，很好骑的，很轻。"我说那你自己呢？她说："我年纪大了，不喜欢骑车。"当她知道我没有无线电收音机时，又说："把我这台拿去用吧，一个音乐爱好者没有收音机怎么行！"我说："那怎么行，你自己没有了！"她说："我家里有呀！而且我本来就想买一台新的，体积更小，技术更先进。"她一开始就直呼我的名字，我仿佛听到儿时我母亲喊我的声音。但母亲在我7岁时就去世了，那久久失去了的母爱，如今仿佛在这位师辈面前得到某种补偿，感到无比温馨！

二

经常谈诗论诗，却从不提及她身边的大诗人陈梦家。有一天我问："陈先生近来诗写得多吗？"她淡淡地说："早就不写了！解放以来不是一直在搞考古嘛。"便不想多谈了。我赶紧把话题岔开。后来我带着疑惑向别人打听。原来陈先生1957年也上了"阳谋"的当，倒了霉！而且赵先生也因此精神受到严重的刺激，住过院。我的心情一下沉重起来，想：原来她心里装的不只是浪漫主义激情，更有不堪流露的隐痛。那么我往来于均斋、备斋的走动就不应该单纯为了学习，还有义不容辞的义务哩。

有一天我煞有介事地说："人们经常批评'新月派'不革命，搞'为艺术而艺术'，但是，一个社会如果只有'重音乐'而没有'轻音乐'，人们受得了吗？"赵先生带着揶揄的口气说："看来你还想替他们翻案？"我说："我哪有这个能耐！但'新月派'有那么多才子型诗人，是值得重视的，所以我很想见见陈先生。"她说："那好啊，我本来想请你去我家里坐坐，我请你吃我们浙江人爱吃的霉干菜煮红烧肉。"接着她马上告诉我她家的地址：东四附近的钱粮胡同19号。

钱粮胡同19号不是四合院，而是名副其实的深宅大院：进门后一位中年保姆领我穿过一条长长的甬道，往左拐几步则是横向长方形天井，再往右走十几步才进入大门（这是很少见的旧式住宅结构）。进屋后又很深……只见一个50来岁的男子，侧身坐在一张四方桌旁的条凳上，左腿勾起，光脚板搁在凳子上：他在抠脚丫子。见我进去，他把脸转向我，只见他眼睛大大，两腮塌陷，直咧着嘴笑。我心想：莫非这就是陈梦家？怪不得有"不修边幅"之说。我问了声"陈先生好"！他只是点了点头，仍不停止他那个不雅的动作，直到赵先生出来向他介绍后，他才开始跟我寒暄。赵先生领我大致看了看他们的整个住宅，除了"深"和"大"，还应加上"古"：古旧的梁柱，古式的家具，古雅的字画。可惜当时太缺乏文物意识，没有向陈先生请教一下这座房子和其中的陈列品的年代与故事。后来知道陈先生也是明代文物专家，收藏了大量贵重的明代家具，想必我那时所见的就是他的收藏的一部分吧。吃饭时，赵先生兑现了她的霉干菜炖红烧肉，说这道菜是她特地让阿姨为我烧的，务必多吃。陈先生非常随和、亲切，是个典型的"性情中人"。但他对什么话题都轻轻一笑，表情淡然。我看出，他的心是悲凉的，而我这个陌生的年轻人显然不可能使他得到抚慰。幸好他问到一些无关紧要的有关我的家乡衢州的逸事，才使我们有了较多的话题。

后来至少还去了一趟钱粮胡同 19 号。但再后来就无缘了：它被公家征用，赵先生则搬到更近市中心的美术馆后街 22 号，和她父母与弟弟住在一起。那是一座典型的北京大型四合院，宽大的院子，花木扶疏，还有一座很气派的朝南的院门和照壁。后来知道，这也是陈先生用稿费购置的明代建筑。她父母住在东屋，第一次去时，赵先生先领我拜访她的父母。她父亲即享誉海内外的神学教授赵紫宸，原燕京大学神学系主任；文学造诣也很深，曾任东南大学教务长和文学院院长。那时他已八十开外，高高的个儿，一头梳理得很整齐的银发，留着花白的髭须，正坐在案头整理什么文稿。见到我时，他转过身来，微笑着点了点头，然后示意让我到客厅就座。接着她母亲近前与我寒暄。这是个显然年轻时很俊秀的老人，和蔼、亲切，而且依然耳聪目明。

正屋由她弟弟赵景心夫妇居住，萝蕤先生则住在西屋。这次去时，我已经从北大调到今天的社科院外文所，宿舍就在单位内，自行车就没有多大必要了，因而就顺便还给了赵先生。她说："自行车你不那么需要了，还给我，我就收下，正好有一个亲戚也想用。但那台收音机你就不必还我了，因为我不想去北大住了，而家里已有一台新的。不过你那台旧的也不要轻易报废，它的木质音箱共鸣效果很好。"我也久久舍不得放弃，一直使用到 80 年代末有了组合音响为止。

"文革"前还去了一趟美术馆后街 22 号，她的老母仍笑盈盈地把我引进赵先生的住处。那间仅十一二平方米的房间既是她的卧室，又是会客室。一条彩色而素雅的床罩覆盖着那张暗示主人寂寞生活的单人床，紧挨着床头右侧摆着一张五屉柜，她的宝贝新式收音机则放在枕后的床台上。剩下的有限空间真的成了主客间"促膝谈心"之所。门厅里放了几个书架和一架钢琴，她不喜欢在那里接待客人，可能她觉得在卧室里更温馨些吧，足见她待人的真诚。这也是她长期在学校单身宿舍居住养成的习惯。这段时间我们谈得较多的是当时广受欢迎的几位歌唱家：李光羲、周小燕、刘淑芳、俞淑珍、张权、楼乾贵、李双江、胡松华、马玉涛等。我们都为李光羲几年内顺利拿下《欧根·奥涅金》和《货郎与小姐》等这些世界有名的歌剧而称赞，也为楼乾贵和张权 1957 年的遭遇而惋惜。我们还谈到了吕远创作歌曲的个性特色，谈到了吕文科独唱艺术的独特魅力。这类话题我们都谈得很投合。适逢她的诗歌译作《哈依瓦撒之歌》（朗弗罗）新版问世，她签名送了我一本。她的工整、漂亮的钢笔字就像她的人那样端端正正。

回流的缓波

三

这之后我就去江西"四清"了，一年后回来时"文革"已爆发。在一片"造反"声中我很担心赵先生的处境。经打听，还好，学生们对这位与世无争的老师没有找她麻烦。但等我"大串联"几个月回来后，还是传来了令我大惊失色的消息：赵先生的终身伴侣陈梦家先生因不堪迫害，愤然辞世了！这对赵先生的精神打击可想而知：她的旧病复发了，被送进了精神病院。我很想去看她，但又不敢。我想，医院里的她肯定变成另一个赵萝蕤了，它会毁掉我心目中那个温柔敦厚的赵萝蕤！几年后等我从"五七干校"回来，听说赵先生健康已基本恢复，我赶紧又去美术馆后街22号看望她。但这座四合院已经变得不太完整了：正门已不属于它，之间被一垛墙壁拦断；在对着中医研究院那面西墙开了个入口，门临大街；她原来住的西屋已被不相识的人占住。只见赵紫宸老先生在被缩小了的院子里认真地绕步行走，据说每天要坚持走六七十圈，作为抗老的锻炼。她的母亲依然满面笑容把我引进屋里。赵先生不得不住在弟弟的家里。弟弟赵景心先生当时是北京外贸学院的教师，以好客闻名，所以碗橱里摆满了一套一套很像样的杯盘碗盏。赵先生留我吃晚饭，又让保姆做了霉干菜红烧肉，显然她自己也很爱吃这道菜。她晚饭后的第一件事就是看中央电视台的《新闻联播》，尤其是最后5分钟的国际新闻一天都不肯错过，并抱怨5分钟太短了："这么大的世界，每天有多少新闻啊！5分钟怎么够呢？"她说她现在主要是听听音乐，书看得很少。因此她对收音机的质量和性能很讲究，不在乎价钱。音乐仍是我们交谈中的话题之一。但她不谈"文革"中的遭遇，也从不提陈梦家的名字。我便当作一无所知，只字不谈"文革"，也避谈"反右"。我发现她左边的嘴角有时会微微抽动一下，说话还是容易兴奋，她自己有时也意识到了，当场打开药瓶服药。这时我赶紧接着说话，当作没有看见。

她的精神奕奕的母亲见到我总是热情寒暄，询问家常。后来赵先生向我透露一个秘密："你知道吗，我妈妈可喜欢你了，说：'要是我还有一个小女儿，我一定要把她嫁给他！'"我很感动地说："老人家的这句话让我既温馨又遗憾，会让我做很多既温馨又遗憾的梦。"后来老人家以91岁的高龄（1977）去世了，赵先生特地写信通知我，并着重嘱告："出殡那天你一定要和我们一起把她送到八宝山呀，她可真的说过那句话的啊！"于是我欣然作为他们家虚拟的家属的一员，一起向老人家最后告别，并把她送到她安息的地方。每当我想起这位慈爱的老人的时候，总是怀着敬佩之情；她一生养育的三男一女个个都那么才华出众，而又不事张扬，说明她的家教是很成功的。

四

"文革"后尤其是改革开放后，赵萝蕤先生简直判若两人：健谈。每次见到情绪都很高昂，侃侃而谈。许多她过去从未说过的话，现在也敢说了！显然，这些话她压抑得太久了，现在痛快地统统把它们宣泄出来！我终于明白，难怪她过去开会时总不爱发言，难怪我们过去交谈时她的话题从不涉及政治，也不涉及任何令她痛苦的事情。我非常高兴，庆幸她终于挣脱了精神枷锁，获得了思想解放，像是看到了一个新生的赵萝蕤。于是我们谈论文学时，再也不仅仅在现实主义、浪漫主义的范围内打转，我们谈得更多、更感兴趣的是现代主义！那时我正在研究现代主义代表性小说家卡夫卡，她非常感兴趣，问这问那，并一再嘱我如写了或译了什么，一定要告诉她，给她看。这时我才知道，她年轻时就是以研究和翻译现代主义文学开始她的学术生涯的：她的博士论文写的是美国现代主义作家亨利·詹姆斯——意识流理论创始人威廉·詹姆斯的弟弟；她早在30年代就翻译了诗歌中最具现代主义特征的T. S.艾略特的代表作《荒原》。众所周知，赵萝蕤翻译的这部难度极大的长诗成了我国现代主义诗歌的经典译作。

正是在这种昂扬情绪的支配下，一天她突然给我寄来一封信（那时一般人都没有电话），说要选个日期邀请我和夫人及孩子一起"下馆子"。结果我们在宽街的一家当时堪称是"高级饭馆"里相聚。看到我的家小，她很是开心，不时笑声朗朗。她特别喜欢我们的女孩。这时我心里不禁产生一种遗憾：赵先生没有生育过孩子！一个孤寡老人，怎么能不寂寞？于是我干脆把我的心里话说了出来：赵先生那么喜欢孩子，就领一个婴儿养养吧；俗话说：有奶便是娘，长大了一样亲。她听了马上说："那算我的儿子还是孙子呀——哈哈哈哈。"停了一会儿她又说："这年头，想养也养不起啰：过去我每月拿280元工资（这是中华人民共和国成立后资深教授的薪酬），总觉得怎么花也花不完。可现在呢，还是这么多钱，很快就花完了，老觉得捉襟见肘！"

"文革"后过了好多年，占住她西屋的那户人家终于搬走了！

赵先生又搬回了老地方，并按原来的模样恢复。她被驱逐了那么多年，却对"入侵者"没有说过任何怨言，而当聊天偶尔涉及这方面话题时，她则带着同情的口气说："人家毕竟比我们还困难嘛！这又算不上大房子！"过了几年，赵景心先生让姐姐拿出两万块钱，替她请人把房子简单装修了一下，尤其是厕所里终于有了点现代气息。从此门厅也变成客厅了。就是在这里，我第一次见到赵先生在美国的低班老同学巫宁坤教授。巫教授是中华人民共和国成立初赵先生担任燕大系主任期间把他从美国请回来的，不料院系调整时被调到了天津，而且1957年倒了霉，为此赵先生久久内疚不已，甚至痛哭过。

不久，她在美国的弟弟赵景德携家眷回国探亲，她特地把她的弟弟介绍给我：只见他穿着一件束腰的咖啡色皮夹克，右手挟着一摞书，至少一米八五的魁梧身材，显得格外健康、精神，声音洪亮。但没有说上几句他就匆匆走了！这时赵先生自豪地对我说：她弟弟是当前美国航天技术四大专家之一，所以忙得很。接着她拿出一部厚厚的新版英文字典，说这是刚随父亲回国探亲的侄子送的。但她很过意不去，说他还没有就业啊，必定是拿自己的零花钱买的。我说：这您就不必心疼了，他父亲总还宽裕的吧。她马上说："哦，你错了！美国人对子女是非常严格的，对成年的孩子是不随便给钱的，像两家人一样！"

由于梦家跟徐志摩的关系，赵先生与徐志摩后来的夫人陆小曼也有来往。她认为陆小曼对徐志摩的评价不太公允："陆小曼说在中国，诗写得最好的是徐志摩。这个评价我认为不够客观，我相信很多人都不会赞同。徐志摩是个被写进文学史的人物，评价应该冷静、科学，不能让感情淹没观点。"她对陆小曼在生活方面也有所批评，认为她不应该常和徐志摩吵架，而且还抽大烟。

五

大概是 80 年代后期了吧，她征求我意见："现在一家出版社约我翻译惠特曼，但我很犯难，因为李光鉴（我的同事）已经在译了。"我说："文学翻译和科技翻译是不一样的，各有各的水平和风貌，是不怕重译的。您和李各有各的优势，是值得译的。"后来出乎我意料：她一口气竟然把惠特曼全集也译完了！而且受到广泛好评，成为她翻译事业的又一座丰碑。而这期间她从未放松教学，她几乎每年都有两名博士生。难怪，《惠特曼全集》出版后，《纽约时报》在头版发表了长篇报道，高度赞扬她对中国教育和翻译事业的贡献。

又过了一些时候，已经是 90 年代初了吧，我刚从德国回来，谈到一些德国和欧洲的见闻与感想。她很感兴趣，并颇为感慨地说："现在时代过得真快啊！"于是我赶紧劝她："现在我国学术界对外交流很频繁，赵先生美国回来那么多年了，您应该去美国或英国看看呀！"她说："咳，我这人向来喜欢平静，何况我现在已经老了！"过了一两年，她来信说"果然去了一趟美国，感想良多"。我立即去看她。我一进门（这次她也是在门厅里接待我的），她就拿出一张英文报纸，说："你看，像我这样普通的学者去美国访问，他们竟然在《纽约时报》的头版来报道我，而且用了那么大的篇幅！"我一看，真的占了右边的整个半版！我说："这才叫'尊重知识，尊重人才'呀！我还听叶君健讲过：他去瑞典访问，瑞典的报纸也在头版头条用大量篇幅、照片报道他。"她说："可在我头脑里，只有国家总统或政府首脑才有资格享有这样的新闻待遇呀！"我说："可是久而久之我们自己也异化了，我们自己都看不起自己，总觉得政治家天经地义要高过学者一头！"她"哈哈哈哈……"一阵笑声，说："你用'异化'研究卡夫卡，怎么研究到我们自己头上来了！"

她急于想告诉我的另一条重要新闻是："时代真的进步了！"她说："我从美国回来时最大的担心是要经过日本和中国香港转两趟飞机。尽管我弟弟一再强调：'姐姐，你放心走吧，转机的一切手续我都给你办好了。'可是我心里总是不踏实。想不到在日本刚走出飞机，真的有一张轮椅等在门口，问：'您是赵太太吗？'但我仍担心，到中国香港还会不会有这个待遇呢？结果仍然是这句亲切的问话迎接我。但我又担心：北京恐怕还做不到这一步吧？我们跟世界接轨还没有这么快吧？结果依然是'您是赵太太吗？'呵呵，时代进步得真快啊！"

想不到这最后一句话成了赵萝蕤先生与我深交近40年的诀别语。因为此后一连几年，虽然我时时都想去看她，但由于种种原因越来越忙，一再抽不出时间，而且总以为她是长寿型的身体，见她的机会还会有很多。想不到1998年的一天，突然传来噩耗！而那时偏偏我正在上海出差！等我赶回北京时，她的后事已经办完了！留下永久的内疚和遗憾。但她生前的音容笑貌会永远留在我心中，相信也会留在很多人的心中。

第三辑

精神寓家园

爬城墙曾经是我的一种习惯甚至爱好。

圆明园吊古

我与圆明园有着非同寻常的情结。它在我心中的形成，已有 50 多个春秋了！这可以说是上天赐予的缘分。青年时代，我在北大生活了八年。由于圆明园与北大仅一墙之隔，她成了我经常光顾的"近水楼台"：那时爱好歌咏，常常在清晨跑着步来到这里，来到这空旷而寂寞的田野，扯开喉咙"吊嗓门"，一声一声的重复，好像一心要把这片沉睡的大地唤醒，有时好像还能听到西洋楼残躯返回的隐隐回声。每有外校的中学老同学来访，陪他们围着未名湖转一圈后，一般都要领他们来这里转转，半是吊古，半是闲逛。通常都在园的东部，常在水稻田的田埂上穿行，一不小心，就会踩进水里，啼笑皆非。每次走进西洋楼废墟，总要在那里坐一坐，看着那满地乱石，仿佛在阅读一部宏大的史书，眼前浮现出一幅幅惊心动魄的图像：忙碌的匠师们描图挥尺，精雕细刻；兴致勃勃的帝王们在前呼后拥中闲步；兴高采烈的侵略军们手持火把满园奔跑；八国联军的入侵，圆明园残余再次遭劫；清王朝轰然垮塌，内战硝烟四起，圆明园不停地遭国人劫掠……当我再睁开眼睛，周围的圆明园"荒地"变成了巨大的墓碑，而眼前的这些乱石则成了这碑上的铮铮墓志铭！

离开学校后，去圆明园的机会就很少了。但随着关于圆明园保留遗址还是重建或部分复建的争论日益升温，为了起草反对重建、复建的政协提案，自90年代中期以来，前前后后去了十来次，看得比较仔细的有四次，其中有两次去了尚未开放的西区。第一次置身于西区特别震撼人心：它的僻静与苍凉与热闹的东区形成鲜明对照。只见满园是葱茏的树木和杂乱的荒草。其间浅浅的沟渠和起伏的丘峦依稀可辨。不时还可以看到一些大块的石材、石雕以及渠岸的砌石，甚至居然还看到一座塌废的庭院，它的厚重的墙壁和坚固的基脚依然可以看出当年它的强健的体格……这桩桩件件有序或无序的古园林遗存，成为历史定格在这片土地上的"雕塑"，时时向我们传递着极重要的历史文化信息。陪我来的两位年轻人中的一位说："叶先生你看，这么大片的荒地让它闲着，多可惜啊！请支持我们，让我们在这里建一座'东方大学'吧！"我回答说："你看到的是'荒地'，而我看到的是文物。你的'东方大学'是有价的，而文物，特别是像圆明园遗址这样的文物，它承载着一大段民族苦难的沉重记忆，它是无价的！"

专家陪同的有两次。一次是三年前的"两会"前夕，圆明园管理处副主任宗天亮先生陪我看了含经堂的遗址以后，又陪我来到西区的九州清晏废墟。那里的"坦坦荡荡"御园正在清理，已经展现出原来的水池和桥涵的基本轮廓及其艺术格局，这使我非常惊喜和兴奋，想不到圆明园这大片"荒地"下，还掩埋着如此壮观和丰富的石构建筑的遗存！联想到在此之前人们为复建含经堂而开挖它的遗址时，也发现了类似情况。这给了我一个重要的启示，也可以说受到极大的鼓舞，使我更加坚定地认为：保护圆明园遗址的首要任务绝不是复建，哪怕"部分"复建，而是调查、研究和发掘，让它的遗存充分展现出来！

第二次就在今年的2月下旬，陪我前往的是已经离退多年的原圆明园管理处副主任杨振铎先生和当年与他共事的纪书记以及我的老校友、文物专家朱祖希先生。杨先生凭他在圆明园20余年的丰富经验，对园内的一切了如指掌。他兴致勃勃地陪我们去了好些以前我从未去过，或去过却未引起注意的地方，考察了三园内（开放部分）一些最精彩的遗存和景点以及部分山形水系。我获得的最新鲜印象是，圆明园废墟并不像我原来想象的那样除西洋楼外"荡然无存"，虽然它历经"木劫""石劫"（据杨先生目击：仅"文革"中被农民运去"修水利""办民防"的即达580车之多），依然留有为数不少的石材、石雕，有的石堆废墟仍然保持着建筑造型的基本轮廓，具有观赏性和震撼力。如"谐奇趣"背面的基墙，全是大块的石头从渠底往上砌，至少有十来米高，夹缝中长出许多粗细不一的杂树，倍添废墟的沧桑感。泽兰堂附近的昔日有喷泉的假山，其"身材"的模样亦依然可辨。离它不远是"狮子林"的废墟，当年是一座仿苏州花园的园林，据说比它的仿建对象规模大得多。现在成了一个乱石堆。但其中却惊现两块完整的石雕，都是乾隆皇帝的御笔，一块是"狮子林"三个字，显然是当年悬在这座园林门上的匾额。可是这样宝贵的文物，却让它混杂在乱石堆里！这次见到的有艺术和文物价值的石雕最集中的无疑是西洋楼废墟。除此以外，是五孔桥侧的线法桥的石壁，那是十分精致的艺术作品。

这次考察获得的另一收获是加深了对圆明园遗址的整体艺

术感的认识。以前为了反对重建和复建，较多注重对建筑遗址的关注。其实圆明园作为一个园林艺术品，它是由建筑、园艺、山形和水系四部分构成的，可以说，整个5200亩都没有艺术"虚笔"，是一个完整的"平面雕塑品"。现建筑部分基本不存在了，但山形水系和园林格局的脉络基本看得出来，少数模糊处稍加梳理即可。当然如果地下有遗存，应在条件具备下进行发掘。看到这些，进一步加强了我对整体保护5200亩废墟的诉求——非但建筑遗址上不得重建、复建，其他地方也不应该出现大型建筑。较大的功能性用房要么引入地下，要么建在园墙之外（据说墙外还有3000多亩是属于圆明园的）。

最近不时读到或听到一种说法，说圆明园并没有什么原创性：它的园林是南方搬来的；西洋楼是外国搬来的……但据我的初步的、粗略的考察，觉得还不能说它是中外园林和建筑模式的简单拼接或杂凑，它是在精密的整体艺术构思中运用某些异地的建筑元素和符号，而不是原件的照抄或复制，比如刚才提到的狮子林。总的说，它把南方的小家碧玉，改造为北方的"大家闺秀"，再饰以皇家的华彩。又如福海，它既不像武汉的东湖、杭州的西湖和无锡的太湖等这些天然湖泊那样浩浩荡荡，也不像苏州园林那种小巧玲珑，它是皇家园林中特有的、象征更大水面的"海"。皇帝是一国之君，他想在他的"庭院"里见到各地的园林精华，亦是情理之中。再说西洋楼。作为巴洛克风格的石构建筑，在"西洋"固然屡见不鲜，而且也算不得上乘之作，但作为一个由几个不同单元组成的建筑整体，也别具一格，在欧洲很难找到它的摹本。而且它自知是个"外来户"，知趣地"靠边"站着，地盘只占全园面积的 2%，对全园只起点缀作用，而构不成对中式主体园林的"夺景"现象。在园林中适当地点缀一些异国风情，这在欧洲是普遍现象。例如在德国慕尼黑的英式公园里，就散落着中国木塔、希腊古亭和日本茶亭，在波茨坦的逍遥园里，也有中国茶亭、法国景亭等等。圆明园引进西洋楼显然是一个可取的创意。

　　圆明园山形水系的妙处，也是这次才获得初步的领略，尤其是据传雍正皇帝"炼丹"的场所——"别有洞天"，让我赞叹不已。它位于"群山"之中，三条小径蜿蜒曲折，使这个百十来平方米的"洞天"更成了难觅的小天地。但它离宽阔的福海不过咫尺之遥，皇帝炼丹炼累了，去湖边走走，方便不过。要是读书人能有这么一块弹丸之地，该是无上的幸福了！圆明园群山起伏，沟渠纵横，湖池星罗棋布。山与水的关系，都是经过匠心营造的，是一种艺术的着墨，只要细细去品味，都能品出它的"味儿"来。

　　中国古代园林建筑理论强调园林与环境的关系，所谓"得景随形""巧于因借"。圆明园这座集皇家园林之大成的建筑，在环境的选择上显然是极为讲究的。2 月 23 日那天恰逢晴空万里。上午站在绮春园天宝坞的桥上向西眺望，则青黛色的西山的秀美历历在目，让我久久舍不得离开。下午从福海南岸向北远望，则宽阔视野中的燕山山脉与圆明园群山构成三个层次，由低向高、向远层层递进，色调由深而淡，可谓妙不可言，令我流连忘返！不知那些一心想在横店"重现圆明园昔日辉煌"的人们，考虑到这个因素没有？

与古都的初次亲密接触

转眼就是中华人民共和国成立以来的第 55 个国庆了！这 55 次喜庆的重复，在我生命的记忆中有节奏地刻下了 55 道彩虹，而每一道彩虹的色彩和浓度都是不一样的，它们随着你的年龄和经历时的情绪而转移。其中，对我来说最绚丽的一道彩虹当推 1956 年。这一年我第一次来到了首都，也是第一次参加一年一度的国庆大游行和当天晚上天安门广场的大联欢。现在想来，这是十分艰辛的事情：从清晨 5 点至半夜 12 点几乎就没有停歇过，加上那天天公不作美，整个游行过程中，始终下着淅淅沥沥的秋雨。然而，对于一个来自遥远的南方的青年来说，这一天梦想了多少年了，想到到达金水桥前的情景，想到晚上天安门广场狂欢和漫天的焰火，再恶劣的天气似乎都不在话下了！

1956 年 10 月 1 日也是我第一次与北京古城的"亲密接触"。在古城受到严重破坏的今天，这一经历尤其值得记忆和怀念了。记得那天提前吃了早饭，每人提着干粮，手拿一只纸做的"美人蕉"，从北大出发，先步行到清华园车站，坐火车到西直门，再从那里列队行进。在六七个小时的行程中，不知穿越了多少条大街小巷，发现北京的街道纵横笔直，十分有序。在队伍停下来的时候，目光无处投放，只好用来观察街道两旁的市井风情和房屋建筑，觉得北京的民居建筑实在不敢恭维：它们低矮、狭小而且破旧，比起南方城市差远了！那时还不具备文物意识，只盼有朝一日它们统统被高楼大厦所取代（由此可以看出，后来北京古城的被破坏有它的必然性）。

　　与古都最"亲密"的接触还是在当天下午。由于晚上还有天安门广场的联欢，特别是不能错过的焰火，游行结束以后大家就没有回学校，就在城内随便转悠。我的一个最冲动的愿望是想爬一爬北京的城墙，因我的中学母校就在城墙脚下，爬城墙曾经是我的一种习惯甚至爱好，而北京的城墙显然比任何地方的城墙都宏伟、厚重，更值得爬一爬了！当时听说西直门旁的城墙有一条坡道可上，于是约了几位同学从那里第一次登上了北京的古城墙。那时整个北京除了皇家建筑和北京饭店几乎没有别的高大建筑，站在城墙上可以说大半个北京一览无余。从这时起，古都北京以皇家建筑为主体、以广大的民居建筑为陪衬、以完整的高大城墙和城门为环护的美学格局在我心中明确了起来，这催发了我后来对北京作为古城整体保护意识的萌生，也为我几年前在《人民日报》发表的《什么是古都风貌》一文无意当中作了最初的准备。

莱茵河上的女妖

萝蕤莱是一个地名，也是一个故事；因故事而成了名胜。

关于它的故事首先是从海涅的那首优美的同名诗篇中获得的，那还是中学年代。后来进一步知道，那故事最初根源于德国浪漫派诗人布伦塔诺的长篇小说《郭德维》中的一首同名歌谣。当时根本没有想到将来会有机会一睹其峥嵘。

80年代伊始，首次赴德国。一天从波恩去斯图加特。当火车一挤出城市，就径直沿着莱茵河逆向行驶。一过小城考普伦茨，只见对面险峻的山崖上一座接一座巍峨的古堡朝我扑面而来，一个个带着岁月的沧桑，翘望天空，又好像一一向我点头示意，犹如那穿着美丽旗袍伫立在门旁迎送进出客人的宾馆小姐，彬彬有礼。莫非我已来到了莱茵河的华彩河段，那名闻遐迩的"浪漫主义走廊"？正当我在脑子里搜索莱茵河的争宠者——浪漫主义作家的时候，突然发现一个巨大的阴影急速地向我袭来，定睛一看，是一座巨大的岩崖突现在我的眼前，崖顶上飘扬着两面黑红黄的旗帜。邻座告诉我，那是"萝蕤莱"。哦，就是那位倒霉的渔夫悲剧的策源地？他因被崖顶上一位正在梳头的金发少女的优雅姿态所感动，更对她的美妙歌声入了迷，"忘记了狰狞的巉岩"而遭灭顶之灾。我的心不由沉重起来。这时，作曲家希尔歇根据海涅那首同名诗作谱写的乐曲潜入我的内心，它那伤感而优美的旋律久久萦绕不去，不禁哼出声来，以致招来不少会心的目光。诚然，所谓"少女的歌声"也许只是诗人们——首先是浪漫派诗人布伦塔诺的魔笔创作出来的一种浪漫想象，我的默悼情绪不过是自作多情。但我相信，千百年来，在没有机动船的年代，身孤力单的船夫在萝蕤莱这里葬身鱼腹的惨剧肯定是不少的，因此在布伦塔诺以前就有民间传说流传了。你看这莱茵河的巨量河水被萝蕤莱突然挡住，不得不往一边夺路而逃，并且一绕过它，便连着"扭动"了好几下，拐了好几个90度的急转弯，从高处俯瞰，极像"金蛇狂舞"。于是江面变窄了，水流加速了，这对上述那样的渔夫自然是一种恶兆。这个美好而感伤的传说无非是诗人们为那些不幸的遇难者们制作的美丽的裹尸布，好让他们的尸体较为体面地随波而去。不然，一个传说怎么会有那么大的魔力，让人们争先恐后地为其吟诗作曲；究竟有多少人为此写了诗篇很难统计，我只知道，单是根据海涅那首诗谱成歌曲的就达300余首，这使我们的巫山神女恐怕都要黯然失色了！

为了把它的"狰狞"容颜看个究竟，我又乘游轮光顾了一趟萝蕤莱，以便把它的正面和两个侧面都扫描一番！萝蕤莱实际上是一座山，只是它的轮廓三面都是陡峭的石壁（至少有80度吧），高达132米，且"皮肤"像鳄鱼，遍体嶙峋，呈铁青色，因此像个"铁面巨人"，威严无比；拦在江中，确实令人生畏。不过现在人们成群结队，乘着有隆隆的马达壮胆的大轮船，没有人再怕它的威严和威胁了，相反，人们把它看作以往遇难者的永恒纪念碑，海涅的诗便是它的碑铭，此外还有那么一个美好的女性名字做冠戴，萝蕾莱的命运自然就改变了，变成一个自然神，一个人人朝拜的对象，或者审美的对象，好比动物园中那伤过人的老虎，人们把它的有害行为归咎于它的天性，而唯念它的珍稀和雄健一样。君不见，千千万万的过往行人，不管是乘车来的，还是坐船来的，都要提起精神，投萝蕾莱一瞥：或发出一声惊叹，或沉入默默遐想，或获得一睹为快的满足。而那两面不停飘动的小旗，成了大家目光的旗语，仿佛在说：往这儿聚焦吧，金发女郎在这儿呢！……这时我想：为什么从未有人在这上头造一座宝塔，以便把这巨怪镇住，不让它残害生灵；或盖一座神庙，好让它保佑人们经过这里安然无恙，像在我们中国常见的那样？庶几这也是所谓东西方文化的差异吧。

　　萝蕾莱既然与人的行为发生了那么密切的关系，它就具有了人文内涵，具有了文化价值，而成为不朽的文物了。它位于莱茵河最壮丽的河段，与这一河段上琳琅满目的古堡群相映成辉，与它们一起构成莱茵河上最绚丽的风景线，而且是这道风景线中最醒目的亮点。不难理解，2002年，萝蕾莱与这一河段上别的内容被联合国教科文组织确认为"自然与文化双重遗产"，作为全人类的保护对象。这样，萝蕾莱由于附丽于一篇不朽的童话而光照千古。往后萝蕾莱的粗糙皮肤仍像鳄鱼，其严峻面容依然"狰狞"，但它的形象将变得更加庄严，而在我的心目中，它永远是那位渔夫的墓碑！

两座古堡共孵一个"蛋"

——里尔克《杜伊诺哀歌》诞生记

也许是缪斯一心要成全奥地利这个音乐之乡，使它也成为文学的沃土。你看在20世纪的世界文学星空中，奥地利群星灿烂：除了卡夫卡、穆齐尔、勃洛赫这些小说家巨星外，还可以看到像里尔克、霍夫曼斯塔尔、策兰这样的诗歌中的巨星，其中尤以里尔克的光焰最为耀眼。他以他非同寻常的经历和独具品位的诗歌让人咀嚼不尽。这位卡夫卡的同乡，从20岁起就离开了家门，除一次短期探访外，就再也没有回去过。他是一位看重"此在"的诗人，试图从广泛的游历中，读懂人生和宇宙这部难懂的"奥义书"。他在不停的漫游中，一边让生命聚能，一边又让生命燃烧，并让诗歌记下这燃烧的光华。然而，正当他的创作如日中天，声名亦已远播欧洲之时，他的燃烧状态却突然失常，陷入文学史上所谓的"创作危机"之中；而这一过程差不多持续了十年之久。

危机开始的时候，他去了一趟北非。回来后想为他的压轴之作在奥、意边境的米兰附近寻找新的"孵化地"。这时他看中了一座古堡，坐落在险峻的海崖上，墙脚离海面几近百米之距；其对面是一座突出于海岸、几乎三面垂直的兀立巨岩，岩顶曾经耸立着一座建于 2000 多年前的军事碉堡，现已颓败为废墟。此岩仿佛是杜伊诺城堡的海中盆景！这座古堡出现于文艺复兴后期，即 16 世纪，为一位名叫马蒂亚斯·杜伊诺的贵族所建，故名"杜伊诺宫"。现在的主人是玛丽·封·里尔克和塔塔西斯女伯爵，曾经是一位王族公主。看她年轻时的照片，不仅容貌美丽，而且气质高贵。她大里尔克 20 岁。一年多以前，即 1909 年 12 月，两人都在巴黎，里尔克经人介绍，主动给她写信，要求结识。对方当时觉得这位青年其貌不扬。但她很快发现，他举止高雅，谈吐得体，于是几个月后，就请他去杜伊诺宫小住几天。也许就是这几天（一共 4 天）的试住，使他感觉极好。于是于 1911 年 10 月入住该堡，开始"孵化"他的最卓越的精神产儿——古体长篇组诗"哀歌"，即后来的《杜伊诺哀歌》。"我在朋友们的这座紧濒大海、好比人类此在前额的巍峨宫堡里，通过它的好几扇窗户，俯瞰无垠的海空。"

里尔克这句话的关键词是"海空"和"濒海的窗户"，它们是浩茫宇宙向诗人传递某种奥秘信息、相互进行对话的通道，是诗人灵感的来源。所谓"创作危机"对里尔克来说并不意味着江郎才尽，而是酝酿着向更高阶段的跨越。而这又不是偶然和孤立的现象。当时的整个欧洲正经历着一场剧烈的美学革命和人文观念的裂变。以德、奥为中心的表现主义和以意大利为中心的未来主义此时正在崛起，可视为这一文化现象的重要信号。现代艺术家都以重复为耻：不仅不愿重复前人和他人的，甚至也不愿重复自己有过的。经过近 20 年的创作实践，里尔克的诗歌经历了"流动的"（音乐的）到"凝固的"（雕塑的）两种美学形态，已经获得丰硕的果实，显示了他是个不断有新的美学追求和观念更新的人，在这种时代激变面前他能原地踏步吗？但里尔克又是一个把创作作为生命存在形式的人，而不是一个热衷于追求时髦、一心想戴桂冠的诗人，不达到新的高度和境界他是不肯打休止符的。所以在这座古堡里待了近8个月之久，并没有将他的十首哀歌一气呵成，而只写出了第一、二首和第三、六、九、十首的开头。但从这些开头的序差来看，整个组诗的基本轮廓他已构思好了。因此我们可以说，他的这个伟大的精神产儿肯定在杜伊诺堡"受孕"了！所以当这个产儿后来在另一座古堡里"临盆"后，它依然被命名为《杜伊诺哀歌》，而不叫"穆苏哀歌"。

里尔克从杜伊诺堡到穆苏堡中间整整间隔了十年之久！在这不短的岁月里，既没有继续他的哀歌创作，除书信外，也没有写出别的什么。而这十年内发生的人类第一次世界大战显然使他震动不小，不但他自己被征为替战争服务的战事档案馆成员，而且给他带来如此非凡灵感的杜伊诺古堡也未幸免于战火。所以战后他无论如何要寻找一方未被战祸污染过的净土，让他的伟大的精神产儿安然产下来。就这样他来到"和平的绿洲"瑞士，又经过一番寻寻觅觅，终于在瓦莱州锡勒市穆苏镇附近找到了他的理想所在，他不由得连连惊呼："太美了，太美了！"我曾亲自去穆苏验证过，亦为之惊叹不已，疑是造化特为诗人所设：只见在一片只有一两个平方公里的盆地的中央，耸立着一座孤堡；它不是像杜伊诺宫那样的建筑群，而是孤零零的一座建筑。其造型是个矩形的竖立再加个坡顶。窗户很少，也很窄，想必里面是很阴暗的，这是哥特建筑的特征。看附近牌上的介绍，印证了我

的判断；那是 13 世纪的晚期哥特式建筑。多亏周围群山十分友好，座座秀丽冈峦缓缓向后仰去，以便腾出更多的空间让给穆苏孤堡，使其不让人感到严受包围，而是备受尊崇。这样才让我们的诗人在一尘不染、万籁俱寂的绝对自由的环境中，充分地与宇宙交流，尽情地任缪斯狂舞，直至这个"十年怀胎"的产儿以完满的生命形态呱呱坠地。果然，当里尔克于 1921 年夏末接受魏尔纳·莱茵哈特先生的奉献，住进这座孤堡的时候，马上感到"顺产"在即！不久，在 1922 年 2 月，在春天还没有来得及唤醒大地的时候，里尔克就奔出孤堡，以狂涛般的气势宣告"大功告成"！此时穆苏周围的群山统统起而肃立，以雷鸣般的回响呼应着杜伊诺窗外澎湃的海涛，一起欢呼这个伟大精神生命的完成：它在彼地"受孕"，而在此地降生；播下的是龙种，产下的是龙儿。两座原来相当苍老的古堡，因此而成为了《杜伊诺哀歌》共同的"双亲"，而且变得不朽和年轻。

"强国梦"的缩影

初到南通，听接待人员介绍说：两院院士、清华大学教授吴良镛不久前考察了南通后说：此系"中国近代第一城"。乍一听，不免一怔：近代第一城怎么不是广州、上海这样的大商埠，而是小小的地级市南通？

怀着几分也许自己孤陋寡闻的自惭，同时带着对上述介绍的某种狐疑，当天晚饭后跟着大家下了船，领略南通古城的"翡翠项链"——濠河，看看它桨声灯影里的模样。但在年轻导游热情洋溢的解说词里不时出现一个人的名字：张謇。张謇？好像听说过，但不甚了了。原来他是本地的一个大人物；不好说他是中国近代的第几人，至少是南通近代的第一人！据说毛泽东在谈到中国工业化的时候曾经提到过四个人：说重工业不可忘记张之洞，轻工业不可忘记张謇……南通之所以获得"中国近代第一城"的美誉，就与张謇的名字分不开。

张謇（1853—1926）原是光绪年间的"末代状元"，却是较早看到"蔚蓝色的文明"，主张借助"西学"，以求"实业救国""教育救国"的先行者。他以天下为己任，首先奉"洋务派"首领张之洞之命，以家乡南通和长江三角洲一带为基地，从创办

"大生纱厂"开始，先后办起了运用现代工业技术的纺织厂、油脂厂、面粉厂、造纸厂、冶炼厂等几乎属于所有轻工业必不可少的企业以及陆路水路交通机构，兴办了中国第一所现代型的师范学校——南通师范学校以及农科、医科、纺科等学校以及大量的社会文化设施。可以说，张謇的救国方略是以教育为"父"，实业为"母"，"软""硬"并重，在近代概念下，对南通进行了全方位的营造。就从濠河两岸众多的景观和景点看去，许多就与他的业绩有关。例如那座掩映在秀丽园林中的"南通博物苑"就是他主张在京城创建合图书与文物收藏于一体的博物馆的建议遭到清廷拒绝后在南通建立的。按张氏的构想，它分"天然""历史"与"美术"三个部分，实际上它将动植物园、文物收藏馆与艺术陈列馆三种功能合而为一了！而且馆、园结合，馆舍则中、西式并置，是个别具特色的博物馆。1954年，时任文化部副部长的郑振铎在全国博物馆工作会议上指出：中国人自己创立的第一个公共博物馆"要算是张謇他们办的南通博物苑了"。

河岸还有一座小型博物馆也是张謇倾注了心血并见证了他的人才战略和艺术识见的，即"沈绣博物馆"。它与沈寿的名字联系在一起，而沈寿又因刺绣的成就名扬海内外。这位才女年轻时就在刺绣方面表现出了不寻常的天赋与造诣，曾受到慈禧的赏识，并获"寿"字的赐予，乃改名沈寿。张謇很早就看中了沈寿这个杰出人才，为了发展刺绣事业并提高它的艺术档次，他特地从天津"女工传习所"（培养绣织技术的学校）把她"挖"了来，请她担任南通女工传习所所长和南通绣织局局长，并给予指点。沈寿从此放眼世界，她从中西美术作品中借鉴题材，吸取艺术灵感，以她精湛的技巧和灵性，创造了别开生面的"仿真绣"概念（不是根据几个图案一再翻版，而是与美术创作合作，不断绣出新版），创作出一幅幅新颖别致、焕发着时代气息的绣织作品，先后在意大利和巴拿马等国际博览会上获得最高奖，甚至受到意大利皇帝和皇后的亲自嘉奖。我国美术大师刘海粟观赏了沈绣艺术兴奋不已，即席题写"神针"二字相赠，堪称最中肯的评价。沈寿因而使刺绣这门民间工艺超越了代代相传、不断重复的匠人作为，上升到艺术创造的境界，使之融入时代的艺术氛围，从而为南通又争得了一面"近代"的品牌。为总结她的艺术追求的历程，在张謇的鼓励下，沈寿逝世前还在病床上通过口授赶编《雪宧绣谱》，张謇则亲自为其记录，成书后英文版译成《中国刺绣术》，使沈绣这门独特的刺绣技术和艺术流传世界。

张謇一面办工厂，一面造家园——广义的家园：在他的强国梦中，既要让工业领先，又不忘国民精神素质的提升和生存环境的营造。他重视南通，不仅因为是他的家乡，主要的是这里有他更能施展他的救国方略的条件。就看这条长达6公里的千年濠河吧！在我国数以千计的护城河中，如今幸存的还有若干？而像濠河这样河面宽阔（最宽处达215米）、水量丰富、水源不竭（它来自身旁的长江）的又剩几何？它更有多条支流贯穿城市，因而更能让人想起那个遥远的威尼斯！在物质文明逼近到今天的时刻，水对于一个城市的重要性，不亚于人的血液！故濠河对于南通的近代化的价值就不言而喻了！但濠河对于南通的意义岂止这些？作为"少女脖子上的翡翠项链"，它始终浸润着南通人的精神情怀，熏陶着南通人的审美情操，塑造着南通人的文化人格。

具有远见卓识的张謇显然早已看到了这些。无论濠河的规划、保护与疏浚，还是道路的改造与桥梁的架设，特别是沿河东、西、南、北、中五座公园的建造，都消耗了他的大量心力，它们在实用与审美的双重功能上投射着他的智慧的光芒，从中可以看出，在他"强国梦"的精神文化准备中，对建筑和园林艺术也不乏功底。刚才提及的五座公园可惜没有去过，但他精心营建的私家园林，即坐落在胜地狼山下的那座他自己命名的"啬园"，我是领略过的。不愧是大家手笔：他没有步名扬中外的苏州园林的套路，而是别具匠心地运用"山重水复疑无路，柳暗花明又一村"的美学原理：当你游兴正浓，却发现已走到尽头，于是抱怨园子太小的时候，却忽遇一门，侥幸拐入，果然豁然开朗"又一村"，如此下去，"村""村"不同。四五个"村"游下来，你想获得的审美信息该饱和了，于是心满意足地步离园门。舞台上我们见识过"戏中戏"的表现手法，觉得别有情趣。如今我们又领教了"园中园"的结构艺术，也感到耳目一新。南通市所辖的如皋市（县）那座流传着冒辟疆与名妓董小宛恋情故事的名园"水绘园"也体现了张謇的园艺思想。张謇自己的住宅，即濒临濠河的那幢三层小楼，虽然是欧式的，却是根据他自己的构想设计，看起来相当雅致，别具一格。

从这些侧面来看，张謇不愧是一个具有时代意识，而且是大有作为的人物。作为"洋务派"的一员，他要的并不仅仅是"船坚炮利"，而是"软""硬"兼顾，全面发展与协调的完美社会。作为一个旧王朝出身的人，在时代急剧变换的疾风骤雨中，他跌跌撞撞地奋力前行，固然没有成为革命党，却也没有成为保皇派。这已属不易。而他在南通留下的许多遗迹却有力地反映了我国一代时代先驱者的强国梦，对今天的中国人仍有惊策力。无怪乎濠河的一段岸壁上那幅长达 70 米的巨型浮雕《强国梦》不是出于前人之手，而是今人之手。说明今天的南通人比任何时候都更加理解和怀念张謇的梦想和追求。南通不啻是近代中国人"强国梦"的缩影——吴教授的结论真是一语中的啊！

水灵的海德堡

走过一些欧洲的小城，觉得最美的是两个"堡"，除奥地利的萨尔茨堡以外，便是德国的海德堡。它位于德国西部巴登—符腾堡州。它不仅外表让人叹为观止，内里也经得起品味再三。涅卡河的伟大儿子荷尔德林曾称其为"最具农村风味的城市"，并呼它为"母亲"。国人中甚至有人将它的名字"盗"了来，作为京城某个住宅区的"门牌"，既可招揽生意，又可让一时尚未亲临其境的买主权当画饼。

真实的海德堡位于一条峡谷的当口，充沛的水流从峡谷中奔涌而出，这便是有名的涅卡河，莱茵河的一条重要支流。海德堡斜倚在河两旁的山坡上。如果我们把海德堡想象成横跨涅卡河的巨人，那么他的"上身"便在南岸，这里是古城的主体。维系南北城区的三座大桥，仿佛 X 光镜中的三根大动脉，那川流不息的车水马龙就是这个城市生命的血液循环。连接南岸前两个桥头的是海德堡古城的"主街"，一条与河道平行的长长的步行街。海德堡古城就倚在一座叫"王椅"的海拔 566 米的山坡上。放眼对岸也是一座大山，比它还高 200 来米，叫"圣山"，其"圣顶"曾被纳粹染指过，一座露天剧场便是它留下的痕迹。山脚下那鳞次栉比但并不密密匝匝的村落式的红瓦白墙的房舍，在梯级的浓荫掩映和河水的衬托下，尤其在朝阳的照射下，如画如绣，与古城相映成辉。

由于这个城市与"山"有着这样不可分割的关系，所以海德堡的正确译名是"海岱山"（Heidelberg）。由于德文"山"（berg）的英文读音与"堡"相近，加上这里确实有一座宏大的城堡，于是海德堡的译名在我国就这样似错非错地约定俗成了（曾在这里留学 5 年的著名诗人和学者冯至先生，生前曾大声疾呼要把这个译名改过来，结果也无济于事）。这座城堡就是这个城市的"石头史"和见证者。它诞生于 11 世纪，原是卡尔大帝的一处堡式行宫，15 世纪初选帝侯菲利普按文艺复兴风格扩建为王宫，规模甚为壮观，有异地移来的四根古代贵重石柱，各具特色的厅室和众多的雕像以及豪华的花园。它采用尼德兰的装修技术和艺术，又参照意大利多眺台的建筑思想，朝两个不同方向建造了凭栏大眺台，此外在建筑群中还加入一座英国式宫堡，可谓锦上添花。这座非凡宫邸在不断加固中顶住了 16 世纪的宗教改革和农民战争的威胁，却未能逃过 17 世纪末因争夺王位引起的法国的炮火，又遭 18 世纪的一次猛烈的雷击（1764），变得伤痕累累，遂渐圮废。19、20 世纪之交，人们出于痛惜与怀念，不忍将这些残垣断壁铲除重建，而是略加整修，把它永远留作废墟遗址，作为珍贵文物保护起来。因为这座城堡不仅身世坎坷，而且经历了漫长的岁月，建筑上既包含了不同时代的风格，又容纳了好几个国家的建筑特点。现在它成了海德堡最大的城标：人们远远望去，首先撞入眼帘的似乎不是海德堡，而是这位端坐在 200 米高

"椅"上的"历史老人"！这样，城堡和海德堡古城仿佛是挂在墙上的一幅画，从卡尔古桥或台奥多尔·豪斯大桥，不，从涅卡河的船上看去，可一览无余！而城堡仿佛是古城的王冠。

但城堡身为废墟，并不意味着它就一无所有了！不是的，它毕竟是石头的建筑，除了永劫不复的花园，其主要立面依然让人看出它的基本轮廓。它甚至拥有一件完好的"世界之最"，那就是名闻遐迩的"海德堡大酒桶"，它的容量达 22 万升葡萄酒！它的桶壁全由粗大的整根木头拼制而成，再加几道巨大的铁箍，造得严严实实。若想把这个庞然大物从下到上看个仔细，须爬好几道楼梯，约有三层楼那么高！从这个偌大无朋的酒桶可以见出当年宫廷生活之奢华，尽管它已是卡尔·菲利普迁都（1720）后的产物（1751）。现在它成了整个城堡的"镇堡之宝"。除此之外，遗址中的另一处建筑被用来辟为德国传统药物博物馆，细细看去，渐渐醒悟：原来西方人的祖先也像我们中国人一样，也是以草啊虫啊这些名堂来拯救自己的生命的。不过奇怪的是，这些宝贝现在几乎全成了古董，在他们的药店里很难看到了！看来，这些拥有了工业领先权的人们，痴迷于现代科技的成果，以至于都成了"忘祖"的"不肖子孙"了！

提起海德堡的这处遗址，我有一种特殊感情，因为它还是我文物意识觉醒的启蒙老师呢！那是改革开放之初，我第一次参观这处遗址。进门不久便发现右侧约 50 米处，一座杂草丛生的残破碉堡，像个伤员似的无力地斜倚在一垛同样残破的墙上。我当即悲悯起来，说：这让人多难受啊，为什么不把它扶正或干脆拆掉重建一个？陪同我的德国朋友笑了一下，说："这已是文物了，文物就应该保持它的历史原初性，这样才有历史见证价值。"我脸红了（一个中国教授竟让一个德国助教开导），但马上觉得得到报偿：深受启悟。这才有后来反对重修圆明园的大声疾呼，仿佛隐隐看到了这两位历史疯人背后那个专烧人类文化瑰宝的共同的罪魁——法兰西！这个连当年歌德都钦佩不已的文化上高度发达的民族，恰恰成了文化浩劫的制造者，如同同样拥有高度文化的德意志偏偏出了希特勒这样的元凶一样令人费解。

堪称海德堡的另一座城标的当属城堡脚下的那座多孔古桥了！它是由当地出产的红岩石筑成的，所以格外醒目。由于它的带有两个圆塔的漂亮桥门是由 18 世纪末的选帝侯卡尔·台奥多尔创建的，故由他的名字命名。据说这座桥历史上已重建过五次了！最早始于公元 1 世纪；最后一次被毁是 1945 年。这一年邪恶与正义双方的眼睛都打红了，作为罪魁祸首的法西斯德国几乎所有的城市都被炸成了一片焦土，唯有海德堡幸存了下来！但法西斯军队在溃退时，联军还是象征性地投了一阵炸弹，使大桥蒙难，后按照原样修复了。现它和城堡一起享受着联合国册封的"人类遗产"的美誉。

整个古城部分即主街两旁的区域就是一个大博物馆，其中有大量的 13 世纪以来的不同形式和风格的古建筑如教堂、旅店、剧院、图书馆、博物馆等，由于它们是"二战"的幸存者，尤其显得珍贵。如主街 178 号的"骑士之家"是一座 16 世纪的旅店建筑，那原汁原味的文艺复兴面容不时吸引来成群的游人驻足观赏。再如主街 97 号的疗养博物馆和 52 号的"巨人之家"以及鞋巷的天主教堂等都是重要的巴洛克建筑，格外受到重视和保护。

然而，海德堡最珍贵的人文资源还不在这些，而在于它是德国高等教育的发祥地。以这座城市命名的大学即海德堡大学是德国最古老的大学（建于1386年），在欧洲仅晚于布拉格大学，为选帝侯鲁普莱希特所建。它几乎与古城同时生长，它的老校舍构成古城的核心区，使海德堡成了名副其实的"大学城"。600多年来，海德堡大学历经沧桑而不衰，迄今仍然是德国最重要的几所名牌大学之一。大学图书馆是它的重要的精神富源，它收藏着大量的十六七世纪宫廷爱情诗的手稿和基督教福音书和声谱的第二稿。它因此不失为德国最重要的图书馆之一。由于这一最高学府的存在，海德堡在历史上经常成为人文主义思潮和文学艺术新思潮的活跃之地。它是德国浪漫派的重要活动场所之一：德国浪漫派的主要贡献之一、由阿宁姆和布伦塔诺收集的德国民间诗歌的瑰宝《儿童的奇异号角》即是在这里诞生的。现代主义思潮兴起以来，这里也不缺少它的弄潮儿。20世纪以来，誉满全球的哲学家雅斯贝尔斯和年逾百岁高龄而寿终的阐释学创始人伽达默尔，都是海德堡大学的哲学泰斗。

　　提到这里的哲学，人们自然会想到蜿蜒在对岸"圣山"山坡上的一条有名便道，叫"哲学家小道"。说是小道，其实并不小，足可让一辆汽车通过；也不短，要是散步，没有半天走不完，是故我曾数次半途而返。有一年的夏天，我下了个决心：乘公汽到它的另一头，再往回走，这样就没有退路了！道路显然是专修的：路面很平整，但未用沥青或水泥，而是一层沙粒，显然是为了与自然保持和谐。两旁是高大茂密的树林，不时有鸟儿鸣啭。老半天才会遇上个把人，要是你事先不知道德国没有毒蛇猛兽，不知道这里的治安让人放心，你会感到害怕。现在沉浸在这样天气晴朗、四周寂寥的天然"大氧吧"里，只觉得神清气爽，思考成了一种乐趣，不，一种享受！这时我想到，这条森林之路，不管叫它什么"道"，事实上它对于海德堡大学这座大智库是至关重要的，古往今来，它不知催发了多少思想火花，促进了多少人的功业。只是你看不见，摸不着而已。

与人文科学和社会科学相适应的是发达的自然科学。大学设有自然科学院、欧洲分子生物实验室、天文学研究所、核物理研究所、医学研究所等。此外这里还是德国最权威的科学研究基地马克斯·普兰克（简称马普）研究院和德国癌症研究中心。而与这一切"软实力"的表征构成反差的是它的"硬实力"的体征：美国驻欧军事力量的重要基地！这无疑是对应于当年法西斯军队将海德堡用于它的军事据点而存在的。

啊，水灵的海德堡，该如何来表达你的美，估价你的"宝"？

涅卡河，深沉而浪漫

涅卡河在德国西南部蜿蜒 300 余公里，最后汇入莱茵河。它的水量充沛，但流速缓慢，因而显得深沉、饱满，像个学识渊博、富有涵养的人；每次与它相遇，都令我肃然起敬，而又让我感到亲切和欣慰。在德国，像它那样大小的河流数以十计，但像它那样具有亲和力的，找不出第二例了！奇怪，它流经它所在的巴登—符腾堡州的首府斯图加特，似乎并没有给它增加什么光环，但它流经的两个小县城倒给它带来无上的声誉。这就是位于它上游的图宾根（一译蒂宾根）和下游的海德堡。这两个小城，前者不过 7 万多人口，后者的人口也不到 13 万，可两座大学的师生员工及其家属的人数分别占了全市人口的三分之二和一半以上，是名副其实的"大学城"！说来有趣，德国有数的闻名世界的五六所名牌大学，一半多都是"农村出身"。除这两所外，还有哥廷根大学和弗莱堡大学。若论历史，则海德堡大学是开山祖，1386 年即文艺复兴的早期就诞生了！在欧洲仅晚于布拉格大学。图宾根大学建于 1477 年，比我国的第一所大学还年长 500 多岁。中国的俗话说，"一方水土养一方人"。涅卡河流域能产生这样数量的最古老而且始终保持旺盛生命力的最高学府，和这一带的水土能没有关系吗？涅卡河，这股源自阿尔卑斯山的雪水，经过了多少大山深处的岩隙和沃原土层的渗透，汇集到这里，不知带来多少稀有的微量元素和神秘的生命密码。所以，我每次走过图宾根的爱伯尔哈特桥或海德堡的任何一座大桥时，都会不由自主地停下来，静静地看着那略带混浊的河水的流动，仿佛要从中寻找出孕育了无数智者大脑的那些元素，破解出那些密码；还想听一听当年天文学泰斗开普勒、哲学大师黑格尔、谢林等人在图宾根留下的话音；存在哲学大师雅斯贝尔斯、诠释学创始人伽达默尔在海德堡大学课堂上演讲时尚未消失的余响。这一切生命信息，我想都密藏在涅卡河里，由它世世代代向后人传递着，否则，这两所古老的学府何以能长盛不衰？

是的，涅卡河是沉静的，爱思考的，即使有时波涛汹涌，桀骜不驯，也不离思索，呈现德国式的浪漫。君不见，其风格与西欧浪漫派殊异的"德国浪漫派"后期的几位实力人物，都是涅卡河的伟大儿子：荷尔德林、乌兰德、布伦塔诺、阿尔尼姆！尤其是荷尔德林，图宾根人最引为骄傲：这位最具"诗人哲学家"气质的天才，以他不同凡响的诗篇和杰出的叙事作品，不仅表达了对他的时代的忧思，而且预感到未来人类的生存危机，传递了属于未来世纪的审美信息。可以说，他所隶属的流派的首领兼理论家 F. 施莱格尔通过理论阐述所做的，他也做了，而有些施莱格尔未能做的，他也做了！无怪乎，这位不被他的时代所理解的诗人，现在人们把他视为欧洲浪漫主义到达现代主义最便捷的桥梁，因而名声与日俱增！而他，从小喝涅卡河的水长大，为涅卡河唱过多少美好的歌；曾与黑格尔、谢林等杰出人物在图宾根一同求学、结交，不幸至而立之年即罹患顽疾（精神错乱）。1806迁居图宾根医治，虽然继续写诗，但没有人理解他，却成了孩子们逗乐的对象。最后没有人管他，多亏一个好心的木匠师傅的家庭接纳了他，让他住在他们家的阁楼里并照料他的生活，直至他最后结束自己的生命（1843）。1996 年一个夏日的中午，当图宾根大学的著名老诗人、荷尔德林的研究者保尔·霍夫曼教授在陪我吃饭期间讲起荷尔德林晚年落魄时的一些细节时，我不禁潸然泪下。但荷尔德林在图宾根的 37 个春秋，始终都与涅卡河相依为命！你看与他朝夕相处的那幢米黄色的三层小楼，俗称"荷尔德林塔楼"，就直接濒临于河的岸边。站在爱伯尔哈特大桥上，朝逆水方向的右前方看去，不足百步，即是塔楼之所在。它以一个弧形的立面造型，突出于岸边整齐的墙面，成为游人视线中最醒目的目标。这个"突出"的设计，正表明荷尔德林与涅卡河的突出关系。故他曾宣称，这是他的"墓茔和庙宇"。是啊，涅卡河曾经给了他多少奇妙的灵感！它像一把琴弦，日夜伴他工作、睡眠；发病，思考。事实上，他在图宾根期间，虽然离不开医院，但他那些最瑰丽的、属于 20 世纪的诗篇，好多是在这里产生的！他最后把他的许多手稿甚至自己的生命都遗留在了这里，说明他要永远与涅卡河为伴。虽然他的遗体被埋在图宾根公墓，但他的灵魂却始终留在塔楼里。无疑，这幢"荷尔德林塔楼"才是荷尔德林永恒的墓碑！与他永远相伴的是"施瓦本浪漫派"首领乌兰德。这位图宾根大学秘书的儿子也是在涅卡河土生土长的，不仅是杰出的诗人，而且是有为的民主政治家和渊博的学者，是日耳曼语言文学的奠基者之一。而且，在荷尔德林寂寞的年代就为荷尔德林编过集子，还写过他的传记。有这样一位有成就的乡亲和同人与自己为伴，荷尔德林该不会感到寂寞的吧？

在涅卡河的另一头，与荷尔德林遥相呼应的是德国后期浪漫派的"海德堡派"代表人物布伦塔诺和阿尔尼姆。他们不关心政治，也厌恶工业化气氛，而潜心于诗歌营造。在这方面涅卡河给了他们另一种灵感，使他们除了写诗和办刊物以外，把注意力转向自然，转向民间，悉心从事民歌的收集工作，完成了德国文学史上两部最有价值的民歌集之一：《儿童的奇异号角》，既有力地抵消了德国浪漫派的"消极"倾向，又为涅卡河增添了人文分量，从而无愧于海德堡的光荣后裔。

啊，无尽的涅卡河，千百年来，你就这样流淌着，涌动着；时而深沉，时而浪漫，而且还将继续这样下去。那么，你还会哺育出多少个开普勒、黑格尔、伽达默尔、布伦塔诺、荷尔德林……？我仰望着，期待着。

缪斯的宠城

　　最初听到德累斯顿这个城名，还是从中学课本上读到冯至的一篇散文：《五一前夕在德累斯顿》。从那以后，德累斯顿这个名字在脑子里怎么也挥之不去！直到近30年后的80年代初，一次在中国外文书店的样本室里，偶然发现一本厚厚的德累斯顿画廊的集子，发现其中有那么多的文艺复兴以来的大师们的名作，便如获至宝似的把它买了下来。从此萌发了有朝一日能亲临这个丰富的艺术陈列馆的欲望。随着时间的推移，对这个城市的了解日益增多，知道它整个就是一个艺术化了的城市，是个缪斯最爱光顾的地方，因而有"德国的佛罗伦萨"之称！什么时候能亲眼一睹这颗易北河上的艺术明珠呢？我日益心焦了！

　　两德统一后，这一天终于到来。我乘赴德学术考察的机会，带上我的在斯图加特学习的女儿，专程来到这里。首先找到了那座以这个城市命名的艺术陈列馆。进馆后的第一个直奔的目标便是拉斐尔的那幅杰作，那幅堪称这座艺术馆"镇馆之宝"的《西斯廷圣母》！啊，这幅265cm×196cm的巨幅画像，虽然500多年过去了，似乎依然散发着油彩的微香，它的视觉冲击力与书本里的复制品真是不可同日而语！不愧是拉斐尔所画的众多的圣母题材中最杰出的一幅。画面上天幕正向两边掀起，只见这位身为圣母的美丽而端庄的女子，领受了崇高的使命，带着庄严、肃穆的神情，怀抱着准备献给人间的圣子，从云端轻盈走来……我在画幅前目不转睛地伫立良久，最后在女儿的提醒下，不得不依依不舍地离开了它，因为馆内还有那么多的传世杰作吸引着我们去观赏：像乔尔乔纳的《微睡的维纳斯》、波提切利的《怀抱圣子的玛丽娅》、提香的《一个白衣女人的画像》、丁托莱托的《正在演奏的女人们》、鲁本斯的《迪安娜狩猎归来》以及丢勒、凡·代克、瓦托、波歇、委拉斯贵兹……哦，不可忘了，这里还有巴洛克时代最杰出的画家伦勃朗的好几幅名作，尤其是他的《与萨斯基娅在一起的自画像》，也是这个馆的最名贵画作之一。

　　走出画廊才发现，刚才我们置身其中的这座建筑就是德累斯顿最有名的古建筑"茨温格宫"的一部分。茨温格宫因其装饰华丽而独特的巴洛克风格而驰名世界。它由三个建筑单元连成一体；两旁是对称的倍高的二层楼，中间则是较小的二层"钟嬉亭"，实际上是一座堡式的门楼，其"粗壮"的形体与华美的装饰浑然一体，从而将巴洛克建筑的特征发挥得淋漓尽致。此外它由产自著名瓷都迈森的瓷料筑成，十分贵重。1728 年当时的选帝侯奥古斯特就决定把整座茨温格宫辟为综合的艺术博物馆，除刚才提及的画廊外，还有瓷器馆、雕塑馆、戏剧馆、数理馆、锡器馆、兵器馆、动物馆等。在众多的雕塑品中尤以 14 尊出浴仙女的雕像最为精致生动，美轮美奂，亦属德累斯顿的艺术瑰宝。

　　作为艺术品，德累斯顿人历史上另一个大手笔是描绘在长壁瓷砖上的"历代公侯阵"。这座离易北河岸不远的 102 米长的高墙由24000块迈森瓷砖拼贴而成，四面框架饰有精美的浮雕。墙面上绘有数以千计的自12世纪至19世纪的萨克森王国的公侯们及其吹吹打打的扈从们，另外也有杰出的艺术家和科学家，他们一律骑在马背上雄赳赳地阔步前进，场面至为壮观；画面幽默而不失庄重，极具艺术价值，是德累斯顿的重要一景。

德累斯顿是一座拥有50万人口的历史文化古城，为历代萨克森王国的首府。欧洲的统治者许多都很重视艺术收藏和建筑上的建树。德累斯顿的贵重身份就得益于这些统治者的爱好与追求。如德累斯顿画廊的2000余幅欧洲名作（展出的只是几百幅）就是这里的选帝侯奥古斯特祖孙三代不惜重金，从当时的欧洲艺术大国如意大利、西班牙、法国、德国、佛兰德斯等国收购来的。除绘画外他们也收集并让人制作了大量贵重艺术品。每代君主当朝时期都掌握着一批当时最优秀的建筑师与艺术家，充分发挥他们的才能。在建筑上他们懂得"因景设建"，充分利用与莱茵河齐名的易北河的环境优势，在其沿岸建造了一批恢宏建筑，从对岸看去非常壮观，成了城市的漂亮"门面"，其中尤以彼此相挨的宫殿和宫廷教堂最为突出；后者是萨克森地区最有名的天主教堂，系带有4个角楼、外部饰有78尊等人高的雕塑、高达83米的巴洛克建筑，与值得一提的剧院广场相邻。但在德累斯顿的诸多教堂中，从高度和历史意义上讲，当推位于"新市场"的"圣女教堂"，它以95米的塔顶夺了德累斯顿的天际线。这座带有四座塔楼的珍贵巴洛克建筑曾是德国唯一的最重要的新教教堂，是德国宗教改革的象征。可惜"二战"中它也没有免于被炸的命运。当时我看到的是它的两个塔楼的残躯。近年来人们捐钱按原样修复，并于去年即 2006 年竣工。至此，一度在战争中消失了的德累斯顿的一些主要建筑基本上都已恢复如初了。当然其价值无疑要打个折扣。折扣打得最凶的要算位于"旧市场"的"十字教堂"，它已有 800 年的历史，先后被毁过 5 次之多！另外，有的遭受轰炸的重要艺术品现在难以复原了，著名"大花园"中原来有 150 尊雕塑，如今保留下来的只有 30 来尊！再如与"大花园"中轴线平行的海勒克拉斯大街原有 12 尊海勒克拉斯雕像，现在只剩下 4 尊。

在决定德累斯顿城市景观的众多的历代建筑师中，有两位是必须提及的：一位生活于 17 世纪下半叶至 18 世纪上半叶，叫佩珀尔曼。除了德累斯顿，他在华沙也留下了重要业绩。他在德累斯顿的代表作首先应是上面已提及的茨温格宫的"钟嬉亭"，这是他与当时的著名雕刻家培尔莫瑟完美合作的产物。其次是那座横跨易北河的 25 孔的"奥古斯都大桥"。在交通不断现代化的过程中，大桥虽几经改造，但它的多孔形式始终受到尊重。佩珀尔曼还在易北河沿岸以别具一格的巴洛克建筑闻名的"皮尔尼茨宫"（又称新宫、山水宫）大显身手，在大花园设计中顺应了 18 世纪弥漫欧洲宫廷的"中国风"，根据中国园林的特点，设计了美妙的"中国亭"（可惜炸后未恢复），等等。佩珀尔曼的创作盛期是 18 世纪的前 30 年，这时盛行于 17 世纪的巴洛克风尚在它的发祥地南欧诸国已成明日黄花，但它在德累斯顿所在的东欧这里却正姗姗来迟。这决定了佩珀尔曼的设计风格，相当程度上也决定了德累斯顿的建筑风貌。

另一位不可忽视的设计师是森佩尔，他是 19 世纪仅次于勋克尔的德国最重要的建筑师。这位在英国、奥地利、瑞士等地都留下名作的建筑设计师兼理论家，其在德累斯顿的首功是以他的名字命名的"森佩尔歌剧院"以及前述德累斯顿画廊，它们是作者综合了意大利文艺复兴盛期和巴洛克的建筑特征而设计的杰作，其中歌剧院（先后两次被毁后重建）成为德累斯顿文化生活的标志性建筑，是当年瓦格纳、勃拉姆斯和 20 世纪的理查·斯特劳斯等音乐大师施展才能的地方。

啊，德累斯顿，你曾在一个河滩上崛起，又从一片废墟中涅槃，你的艺术精神不死，我知道，缪斯给了你惠顾，赋予你充沛的艺术生命的能量。我相信，你将永远以一颗璀璨的明珠镶嵌在永远不老的易北河上。

布莱希特乡间别墅即景

那是一个未了的心愿。

11 年前第一次参观布莱希特在柏林的故居及其近旁的墓碑时，惊讶与震动实在不小：一位世纪性、世界级的艺术大师，他对艺术的追求不遗余力，而对自己生活上的要求却那么俭朴。而这俭朴与他的艺术风格，特别是诗歌风格又是那么一致。于是，这位德国现代奇才在我心目中形象高大了起来。但随即又听说，他在郊区还有幢乡间别墅，心中不禁为之一惊：难道这同一个布莱希特，他在城里让人看的与乡村里"藏"的竟是另一种面貌？中国知识分子，由于早已与"别墅"这个字眼绝了缘，如今乍一听之，能不大惊小怪？殊不知，在前民主德国，知识分子本来就是一个相当有地位的阶层。君不见人家的国徽上不只有镰刀和锤子，还有两脚规呢，而且位于中心，它就是象征知识分子的！所以不只是作家、艺术家拥有乡间别墅司空见惯，就是一般的教授、学者，有这样一份财产，也是不足为奇的。

十余年来虽然又去过几趟柏林，但直到今年这趟我才终于等到了这个惊喜：布莱希特的乡间别墅对外开放了！多亏我的老朋友米勒夫妇，他俩安排了一整天时间，亲自开车陪我前往布寇。

这对年近古稀的"中国通"，不知是出于导游艺术的巧妙构思，还是无意中造成了悬念布设：到达布寇时，才11点，他们却没有立即把我带到布氏的别墅，而是先去一家饭馆的平台吃饭。我刚刚坐下，忽见一派湖光山色豁然出现在眼前，哦，那溶溶湖水在绿树掩映下展现出它无比的姿容。我忙说："你们别给我倒酒，我已经醉了！"两位东道主惊问："上次你没见过这湖？"我说："不但没见过，根本就不知道啊！我以为布寇不过因布莱希特别墅而有名。"他们仰头大笑："相反，布莱希特因布寇被吸引！这里历来就是德国东部有名的风景名胜，所以有'迈克小瑞士'之称。而这个美称主要是靠这一派湖光山色得来的。"我一边贪婪地吸饮着眼前的旖旎风光，一边让相机快快记下此刻的印象。这个叫作"薛尔缪策"的湖，长约2公里，宽不到1公里半，像个丰腴而温柔的姑娘，甜蜜地静卧在群峦的怀抱之中。这些不过百十来米的山峦披着一身葱绿的盛装，像锦缎，像翡翠，把"姑娘"映衬得更加光彩照人，又用它们的脚步曲线，把她描画得婉约多姿。阳光下，那点点游动的白帆，更使她魅力无限。我不由得放下酒杯，迅步走向湖边，望着那清澈的湖水，像刚喝下的冰镇啤酒一样感到凉爽。能在这样的湖滨拥有一幢别墅，而且在绿树掩映之下，那真是天上人间了！难怪，很少有时间休息的布莱希特，终于也被"诱惑"到这里来了。

　　不过，这件事倒应归功于他的"贤内助"海伦娜·魏格尔。这位长期与布莱希特亲密合作和患难与共的终身伴侣越来越感到"布莱希特应该有一个房间，以便能不受干扰地进行工作。而这个房间必须很大，因为他工作时总爱跑来跑去"。于是，"我进行了一切努力"。自1952年起，他们终于如愿以偿。

布莱希特别墅的最诱人之处在于它紧靠湖边。房子离湖水仅四五十步，且看不到左邻右舍——勤奋而爱思考的布莱希特，图的就是这个僻静啊。

走进这幢花园小屋，不免感到有些局促：一进门就是上阁楼的楼梯，左右两边各有一间8平方米的小房间；左间是当年的藏书室，右间则是厨房，今天作售票处。穿过右边这间斗室才让人豁然开朗：一间约30来平方米的明亮客厅直接与这两小间相通；面湖的一面，整面墙都是落地格子窗，它和墙中间的大门（不开）共融为一体。占据客厅中心位置的是一张大型长方桌，周围摆着10张椅子。其中那张靠背最高的"头把交椅"还带点民俗风情：它是当年当地的"新娘"座，后来成了布氏夫人的"银婚"座。这个空间就是当年布莱希特经常与文艺界的朋友或作者交谈的地方，也是他的餐厅。但处于中心位置的这些陈设，无论从造型、款式或色调看，均与"现代"无关。相反，它们整体中唤起我的第一个印象，倒很像我们在井冈山看到的那些老革命家们的会议室：那种简易、古朴与随便（连椅子的高低大小都不一），完全与他城里的故居风貌相呼应。但再向周围仔细瞧瞧，又似乎发现不协调了：一个是右边靠墙的一座偌大的衣橱，古色古香又精雕细刻，堪称高贵；再一个是正对大门的主墙上部有一块约4米宽、1米高的醒目墙面上，凸显着3尊洁白的女裸雕，其写实与典雅的造型显然与布莱希特的艺术风格和审美观念不协调。米勒先生很快看出了我的疑惑，告诉我：这幢房子原来属于一位德国雕塑家的工作间，大面积门窗也出于那位雕塑家的喜好，布莱希特原封不动地保留了这一切，包括外面园子里的雕塑品。至于大衣橱，可能体现了他夫人魏格尔的追求：她毕竟是女性，布氏去世后，她还生活了20来年。就像她在这段寡居期间，也曾把城里那套俭朴的住宅厨房辟为自己的空间，摆上了许多装饰品。

走出小楼，想走一趟那条从紧闭的玻璃大门直通湖边的木条小径，却遇"此路不通"。便转向离小楼二十几步之遥的一座简陋的小平房，俗称"船篷"，那是"布莱希特戏剧博物馆"。在唯一的一间20来平方米的展室里，陈列着《大胆妈妈和它的孩子们》自1949年在德意志剧院首演以来所使用的道具、服装、灯光等。其中最引人注意的是大胆妈妈像牛马般弯腰拉着的圆篷车，到1961年，这辆车已在德国和欧洲各国上了400次舞台！展室的三面墙上的大幅镜框里刊有布氏对该剧的重要导演提示。

在戏剧博物馆的西南侧，有一个小巧玲珑的亭子，坐落在一个高高的基座上。那也是布氏别墅的一部分。虽只十来步之遥，我们却可望而不可即：你看那道铁蒺藜墙和那位"铁将军"在冷冰冰看着我们，但它不让我们接近主要还不是这座亭子，而是斜对过较远一点的那座大宅子，那才是布氏别墅的主要部分，约有我们这里的五开间民房那么大，共二层；位于那幢客厅小楼西侧50来米距离，布莱希特工作和睡觉都在这里。是啊，只有这样宽大的房子，才够得上布莱希特工作时"来回跑动"的需要嘛。作为一代伟人的故居，它理应成为纪念馆的主要部分对外开放。可惜那位芭尔芭拉大小姐未免有点不识大体，她垄断了父亲的遗产，寸利不舍，现在用来对外开放的这座小楼，是国家花钱向她买下的。

布莱希特自 1952 年以后的大部分时间都在这里度过，直到去世。他在这个僻静而优美的湖畔，先后写出了诸如《猫沟》《图兰朵》《科里奥兰》以及《布寇哀歌》（6 首），这是作家的才智与大自然的赐予互相交融的产物，或者说，是这种交融使人类获得了一份艺术瑰宝。

第四辑

天高任我飞

美就是生活，是他们的艺术信条。

我与北京人艺

今年正好是我来北京上学的 50 周年，也是我开始"深陷"北京人艺的 50 周年。

我生长在浙西一个较偏僻的乡村，上中学前没有进过县城，上大学前没有去过省城，是个"小土老帽儿"。一年只能看上一次皮影戏和一次"大班"演出的地方戏——婺剧。不料就这么一点难得的娱乐却刺激了我对戏剧的兴趣。中华人民共和国成立后，"大班"无影无踪，我很不甘心，就利用寒暑假办起了"农村剧团"，来填补这个空白。在县城里看的主要是越剧，只偶尔能看到省城话剧团的巡回演出，它模仿生活的真实感让我惊喜和陶醉，从此我对话剧的兴趣超过了戏曲。

来北京后，第一次看到首都剧场时，觉得它庄严、堂皇而且新式，兴奋不已。不久，仰慕已久的《日出》在这里上演，它与我在县城里看到的话剧不可同日而语，感到领略了全国最高水平的演出。从此北京人艺与首都剧场合而为一，一座庄严神圣的艺术殿堂在我心目中耸立而起。此后，《虎符》啦、《蔡文姬》啦、《武则天》啦以及《骆驼祥子》《茶馆》《北京人》《风雪夜归人》《名优之死》《关汉卿》《带枪的人》《伊索》《悭吝人》《三姐妹》

《智者千虑必有一失》……这些中外名剧都一个一个争着去看了。尽管那时我是个穷学生，国家给的加上亲戚接济的一共每月只有6元零花钱，但买北京人艺的戏票我从来是在所不惜的。当时的交通不如现在，常常到西直门赶不上末班车（那时的戏一般都是3小时），从西直门至北大18华里，一口气徒步走到学校从来不嫌路远，不觉累，也不怕晚。

你看我多么幸运：焦菊隐先生在他的黄金时期所导的戏和郭、老、曹的经典名剧以及刁光覃、于是之、朱琳等大师的出色表演我都领略到了！这对于一个求知欲处于最旺盛时期、对戏剧有着浓厚兴趣的青年学生来说意味着什么是不言而喻的。如果说，焦菊隐的杰出导演艺术和上述名家的卓越贡献奠定了北京人艺在中国现代戏剧史上的至尊地位，那么他们的成就对我这一生的戏剧素养无疑起了决定性作用。是的，每当我想起《蔡文姬》中那种温柔敦厚、诗情洋溢的韵味，《茶馆》中那种冷峻、凝重而幽默的情致，都会唤起我的无穷的美的回味。尽管我近30年来的文学研究始终在以"表现论"为美学特征的现代主义领域，但对那个年代接受的以"模仿论"为特征的"斯坦尼体系"的戏剧美学从不厌弃。这好比饮食，一个人在青少年时期形成的口味，他一生中都难以改变。何况，"模仿论"的戏剧美学对中国戏剧的发展来说是一个必然。因为中国的传统艺术（主要包括戏曲和绘画）基本上是"表现"型的，而人类所拥有的以"模仿论"为审美特征的艺术在别的地域已经存在很长时间了！这就不奇怪，当话剧这一新的戏剧形式从西方舶来中国的时候，虽然那里以"表现论"为前导的现代主义思潮正方兴未艾，但中国的

"普罗米修斯"们，无论戏剧中的欧阳予倩，或是美术中的徐悲鸿，乃至文学中的鲁迅，都把"模仿论"作为"偷火"的首务。道理很简单：这在西方人无疑都已"吃饱"，但中国人还是"空腹"呀！这时候，"美就是生活"依然是他们的艺术信条。这就难怪，当我第一次看到北京人艺演出的话剧把生活模仿得那么"像"时，感受到的简直就是美得"极致"了！因此，北京人艺的上述扛鼎人物的历史贡献就在于他们填补了中国现代戏剧史上的这一重要空白，而这对于我这一生的戏剧观来说，也是必不可少的第一课。所以，我始终把北京人艺看作我的戏剧摇篮。

突如其来的"文革"强行阻止了焦菊隐那一代人的才情的进一步发挥，也过早结束了北京人艺那一段辉煌的历史。"文革"以后北京人艺跨入了新的阶段，一个以多元艺术为特征的阶段。如果说，在第一阶段，我作为一个青年学生，还只能以一个观众的身份与北京人艺发生间接的关系，那么在这一阶段，我就以一个参与者的身份直接与人艺发生关系了！

发生这种关系的机缘有两个：一是我的同代人开始挑起北京人艺的大梁，作为戏剧爱好者我与他们一一结谊；再一个是我的研究对象中有布莱希特和迪伦马特这样重要的戏剧家，我有义务把他们介绍给中国戏剧界，而他们正开始在中国成为热点。

最早结识的人艺人是林兆华，源起于向他推荐迪伦马特的代表作之一《老妇还乡》，借给他的译本是我在"文革"期间从一家旧书店淘得的"文革"前官方出版社作为"反面教材"出版的黄皮书。未及他的答复，我就获悉著名表演艺术家蓝天野早已盯上了这个剧，并已经剧院通过，由他来执导这出戏。1982 年初，我从德国考察回来，蓝天野正在排《贵妇还乡》，他抱怨我选编并主译的《迪伦马特喜剧选》一书到处买不到，连出版社也搜罗不出一本来，我便送了一本给他（同样也送给了林兆华），并从我在迪伦马特家做客时拍的十几张迪氏的照片中选出一张最好的，加以大幅度放大，送给了他，演出期间，它和其他有关图片一起展贴在大厅南侧的镜框里。《贵妇还乡》演出后，我在《光明日报》发表了一篇评论。尽管演出在导演思路上与原作存在美学错位（原作是表现型的，而《贵》剧则是写实型的），鉴于蓝先生的演艺经历和我国观众当时的接受习惯，鉴于演员阵容的强大，我还是对该剧作了充分的肯定。《贵》剧第一轮演完后，同年 5 月，上海戏剧学院因演出我翻译的迪伦马特的另一个代表作《物理学家》邀请我去该校讲几堂课，同时也邀请了蓝天野，于是我俩一起同行，并在上戏住了个把礼拜。这样我与蓝先生也结下了友情，后来常去史家胡同看望他和狄辛大姐，见他们的客厅里悬挂着一幅黄永玉的大型画作，才知蓝先生还是个书画爱好者，而且跟黄永玉有很深的交情。

导演是一个剧院的灵魂，创新是它的生命；导演的成败决定着剧院的兴衰，有无创新能力，决定着它的前途。正是在这个意义上，我十分看重林兆华对于新时期的北京人艺的作用和意义。1992 年在庆祝北京人艺建院 40 周年的研讨会上，我在我的不短的发言中，中心意思是强调：北京人艺的 40 年，明显地分为两个阶段。如果说，前阶段舞台上的主角是焦菊隐，那么，后阶段就是林兆华。同时认为，在开放的时代条件下，一个剧院如果只固守某一种风格，譬如"人艺风格"，那么它充其量只是个"单腿巨人"！这个观点我在去年的焦菊隐研讨会上仍然这样强调。

从90年代中期起，北京人艺又让我看到了新的亮点，这就是剧作家过时行和青年导演李六乙的崛起。过时行一走上剧坛，就炮炮打响，从"闲人三部曲"开始，几乎每出戏都被名导演搬上舞台，这在中国话剧史上恐怕是罕见的。他的主要突破是摆脱任何意识形态干扰，还戏剧以娱乐的功能，而又写得生动、有趣，甚至寓有某种哲理。作者多次跟我讲：他的创作得益于迪伦马特，尤其受迪氏的"悖谬"审美思维的启迪。他在一篇文章中甚至公开宣称："没有迪伦马特，我甚至根本不会想到写戏。"作为迪伦马特的研究者和他的"悖谬"情趣的鼓吹者，我感到欣慰，因此与过时行保持着较多的往来。

李六乙的舞台思维颇为先锋，在这点上他甚至超过了林兆华。而这是可喜的，表明人艺"江山代有才人出"。从他近十年来所导的一系列话剧和戏曲来看，觉得这是个有追求、有思想因而是个有前途的青年艺术家。虽然他的戏有时让人觉得看不懂甚或有"亵渎经典"之嫌。但先锋是探险、是付出，它触及的多半是未知领域，往往与人们的审美惰性相碰撞。因此每当有记者问及的时候，我总是为他辩护的。事实上李六乙是个值得期待的后起之秀，去年的《北京人》不是获得相当一致的好评吗？

新世纪以来青年导演任鸣也日益引起我的关注。90年代似乎还不好为他作美学定位。现在可以了：他似乎执意要在"人艺风格"的路子上继续开掘。自《油漆未干》到最近的《哗变》，他一步一个脚印，排的戏越来越经得起推敲。《人艺风格》是北京人艺在"体验"演艺学方面多年锤炼出的精华，是众多的人艺艺术家智慧和心血的结晶，需要有人来继承、丰富和升华，使之在多元格局中作为重要一元而长期存在。相信任鸣一定能在这方面不断作出新的贡献。

在人艺的老一代艺术家中，为我敬重而又有所接触的除提及者外，还有朱琳、于是之、苏民和林连昆。朱琳在《蔡文姬》《武则天》《贵妇还乡》等剧中的表演给我留下十分深刻的印象。在《贵妇还乡》上演前后开始认识她，一直想为她写篇传记，可惜始终抽不出时间来，看来要成为终身遗憾了！

于是之作为表演艺术家最使我难忘的是他在《洋麻将》中，其身心之投入，演技之高超，堪称绝响！作为改革开放以来的第一任院领导，他的开拓精神和战略眼光，使北京人艺走向多元迈出决定性的一步。他很信任我，每次开会他都很认真听取我的发言。当然我也十分敬重他。只是因为年龄关系，跟他来往就不像跟后来的锦云那样随便、有说有笑。

林连昆一如音乐界的杨洪基：身怀绝技，却出道较晚。自《绝对信号》以来的近20年精彩演出中，他的狗儿爷表演尤其让我倾倒，简直五体投地！单为这出戏我先后写了两篇赞颂文章，分别发表在《中国文化报》和《文艺研究》上，这是我看过的所有的戏中仅有的一例。我对他和于老这两位杰出的表演艺术家过早结束艺术生命感到暗暗忧伤。

苏民老先生身为老书记却毫无官架子。作为艺术家，虽年高八旬，仍不倦追求。他的《李白》的幕间吟诵，令我激动不已：那洪亮而悦耳的嗓音和歌唱般的节律，真是莫大的审美享受！在我听过的所有朗诵中，肯定地说，无人堪与媲美！是的，据我所知，在老一代的人艺艺术家中，普遍都善诗词书画。这是人艺艺术实力的最后根源。

北京人艺的宣传工作历来是强有力的，早在80年代初就建立了"人艺之友联谊会"，那时我就成了它的会员，并在王宏涛先生的热情约请下，经常为它的"机关报"《人艺之友报》写稿，尤其是"欧洲戏剧流派"系列介绍写了几十篇，深得夏淳老先生赞赏，他多次鼓励我"写下去，写下去，以便将来集成一本书"。可惜我太粗心，多半散失了，看来永远集不成一本书。人艺的有效宣传工作是人艺对内对外获得凝聚力的重要因素，希望能坚持下去。

艺术殉情人

——吴冠中重描

自 20 世纪 70 年代中期陈景润横空出世后，我就一直注意观察一种现象：那些在自己的领域里做出特殊贡献的人，除了一般讲的"天才加勤奋"外，还有没有别的过人的地方？我不久就找到答案，两个字：痴迷！并且早在 70 年代后期我就找到了个案，这就是我的第一个研究对象卡夫卡。你看他笔下那位"女歌手约瑟芬"，她为了拿到"那放在最高处的桂冠"，她把自己身上"所有不利于歌唱的一切都榨干了"，以致一阵风吹来身子都会摇摆起来。这不啻是作者的自况。卡夫卡自己为了写作不仅放弃了婚姻，牺牲了健康，甚至拒绝了"一个男子生之欢乐所要求的一切"。因此我把他视为西方现代艺术的探险者，又是它的殉难者。

近来由于悲悼吴冠中先生，我重温他送给我的几本书，发现我又在吴先生那里找到这样的个案了！在吴先生的文章或访谈中频频出现诸如"牺牲""献身""殉情""殉道"等词语，强调"搞艺术的人别想图回报，只有牺牲，要有殉道的精神"，又说："真正的从艺者应皆是殉情人。"在另一处他更是斩钉截铁地说："艺术家命定是殉道者！"与其说这里讲的是指客观规律或只是对别人的要求，毋宁说一个过来人和成功者的刻骨铭心的现身说法。事实上自吴冠中第一次撞见缪斯起，他就成了"灵台无计逃神矢"的俘虏了：原来读工科的他，因为一个偶然的机缘，"我接触到了杭州艺专，疯狂地爱上了美术。正值那感情似野马的年龄，为了爱，不听父亲的劝告，不考虑今后的出路，毅然转入了杭州艺专。下海了，从此陷入茫无边际的艺术苦海，去挣扎吧，去喝那一口一口失业和穷困的苦水吧！我不怕……"抗战爆发，与家人音信断绝！这也好，"真的成了浪子，可以尽情地、紧紧地拥抱我将为之献身的艺术了"。从此，他痴心不改、义无反顾，不惜割舍对文学的"恋情"，70余年如一日，探寻美、创造美，在"大甘大苦"的道路上追求着艺术的成功，成了个"受尽折磨"的"苦命人"！

这种人生选择无疑是一种高尚的选择，是对任何物质诱惑的摒弃和超越："花花世界的豪华生活于我如浮云，现代艺术中敏锐的感觉和强烈的刺激多么适合我的胃口啊！我狂饮暴食，一股劲地往里钻。"这股劲儿印证着他的法国老师那句话："艺术是一种疯狂的感情事业。"作为一个接受了现代艺术理念的艺术家，他不屑陈陈相因的模仿或表面的"继承"，而是强调写生和创造。为此他不辞千辛万苦，走遍天南地北，"搜尽奇峰打草稿"，在大千世界中去发现和领悟那独特的"藏在深闺"的美。"三十个寒暑春秋，我背着沉重的画具踏遍水乡、山村、丛林、雪峰，从东海之角到西藏的边城，从高昌古迹到海鸥之岛，住过大车店、渔家院子、工棚、破庙，锻炼成一种生理上的特异功能"，甚至"忘掉虎、豹、蛇、蝎的威胁"。而且经常"不吃不喝"，或者拿着干粮"边走边啃"。没有画架，就用粪筐来替代！令我最难忘的是 70 年代他在长江三峡写生期间，竟然 43 天之久顾不上换裤子！若不是陷入迷狂，谁能忍受这样的生活！而他则认为，"创造性劳动属生死搏斗"，"如猎人生涯……不获猎物，则如丧家之犬，心魂失尽依托"。寻到了"猎物"——美已属不易，画成了画更视同产儿，为了保护那些"油色未干"的成品，宁肯把火车的座位让给它们，自己则从广州两天两夜一直站到北京，不消说，"两腿肿胀"了！这使我想起了著名英国导演比得·布鲁克对演员的要求："表演是一种为之彻底献身的艺术和一种苦行僧式的、毫无保留的献身。"虽然我一时还说不出戏剧界有谁这样去做过，但美术界的吴冠中肯定堪称这一信条的楷模！

如果吴冠中先生的殉道精神仅仅表现在他对艺术的痴迷并不畏艰险为之追求，这还不足以让我们如此感动和赞美。吴冠中对艺术追求的"疯狂"是和他的伟大抱负交融在一起的。他像那个年代很多热血的中国知识精英一样，对祖国的贫弱痛心疾首，也想通过出国留学，掌握现代知识，然后报效祖国。不然他满可以像他的朋友朱德群、熊秉明和赵无极那样，长期留在巴黎这个现代艺术的策源地，安稳地享受着这里良好的艺术氛围和创作环境。同样是洋人的歧视，别人并不那么在乎，唯独他在乎了，就是说他的民族自尊心被刺痛了！但恰恰这种民族受辱感激发了他的爱国之志：他毅然回国，决心在绘画方面做出点像样的事情来，让中国绘画"以独特的面貌屹立于世界艺术之林"。从他后来的实践看，他的方向是两个，即：在油画中探索民族化；在水墨中寻求现代化。值得庆幸的是，他最后如愿以偿地实现了自己的目标，从而扎扎实实更新了中国艺术的理念和面貌，当之无愧地被请进了法兰西艺术学院，并受到国际权威人士的高度评价："凝视着吴冠中一幅幅的画作，人们必须承认这位中国大师的作品是近数十年来现代画坛上最令人惊喜的不寻常的发现"（英国大不列颠博物馆艺术主管梅利科恩语）。吴冠中发生在英法的这两件事，窃以为是中国现代艺术走向世界的重要标志。

结局无疑是辉煌的，但过程却是五味杂陈的：就在他如痴如醉地探寻着美的奥秘的时候，一个"不谐和音"始终尾随着、威慑着他，那就是"形式主义堡垒"这个恶谥！自 50 年代开始长达 30 年之久，它始终像西西弗斯背负的那块巨石，压在吴冠中的背上，使吴冠中的每一追求都带着悲壮感。直到晚年提起那些事时，仍听得出他的伤痛："冒着被轻视与嘲笑。这种艺术生涯是殉道生涯。"本来他也是满可以（又是一个"满可以"）像大多数海归派和土著现代派那样，放弃自己的初衷，以随大流的态度说些当局爱听的话，画些应景的"现实主义"的画，得过且过。然而吴冠中是个性情中人，更是个有理想的雅士，他宁可忍辱负重去面对，也不愿戴上面具，自欺欺人。就像当年他被西方人气回国，却并不拒绝学习有益的西方油画那样，当他被国人误解、批判，甚至被赶出最高美术学府，他也依然认真对待批判中那些并非荒谬的部分，如"油画民族化""艺术来源于生活"等问题，他不仅完全认同，而且不遗余力地身体力行，成就已如上述。正是这种出于对真理的忠诚，到了晚年，考虑到时日不多了，他毅然拿起如椽之笔，针对国人在艺术与文化方面存在的许多糊涂观念，诸如形式美的规律问题，传统、叛逆与创新问题，中西文化的交流问题，等等，痛快淋漓又简明扼要，屡屡一针见血，振聋发聩，拨亮了人们的许多文化与艺术"盲点"，矫正了人们不少的惯性思维。可以说，他让生命放出了最后的强光！

吴冠中先生认为，一个艺术家的成功"除了勤奋之外，最主要的是苦难"。难怪吴先生直到晚年仍不让他的后嗣学艺术！想想看，没有对艺术的"疯狂"，焉能有承受苦难的"殉道精神"？何况吴先生所经历的苦难还包含着特殊年代民族歧视和政治压力所激起的义愤！而这种特殊年代是不常有的。因此这位长辈的后尘之不可步，就可想而知了！须知，吴先生的审美观的基础不是"技"，而是"义"。

斯人已去，风范长存

——痛悼杨宪益先生

又一位文坛耆宿走了！这是今秋以来继季羡林、任继愈、贝时璋和钱学森的第五位！这样密集的群星陨落自我有生以来遇到的还是第一次。唯一可以欣慰的是，这五位学界泰斗都是奔百的老寿星，他们均按自然法则的要求走到了天年的尽头，顺利地回归自然。五位长者中令我最痛惜的当推杨老了！不仅因为比起其他几位（仅贝老未见过）我和他有较多的来往，而且他是我的"准同事"（外国文学研究所的特约研究员）和"准同行"（他也懂德语），而作为翻译家他几乎成为我国译坛的绝响了！

作为翻译家杨宪益不仅精通英文，而且掌握古希腊文、拉丁文、法文、德文等。他不仅在我国最早把难度极大的《离骚》翻译成英文，而且最早把古希腊的荷马史诗和古希腊的喜剧翻译成中文。在中译英方面，他是真正称得上"大师"的翻译家。我也终身跟外文打交道，深知中译外之难。有诸多得天独厚的条件的综合才使他登上了译坛的高峰。首先，他是天赋很高的学人，一旦涉足哪个领域，就会"得来全不费工夫"，很快就会获得不凡的成就，如上述《离骚》的翻译，那是他 24 岁时的拓荒之作。其次他本来英文就学得很好，又有一位痴迷于中国文化的英国贤妻戴乃迭作为他的终身伴侣与合作者，使他的翻译如虎添翼，珠联璧合。再次，他从小就读于一位颇有古文修养的家庭教师的门下，掌握了基本的国学功底。今后的译者，天赋好的人当然不会比以前稀缺，娶一个外国得力的贤内助也不是不可能，有钱人也可以雇到一个懂古文的家庭教师，然而当年那种学古文的氛围不大可能了！又次，他的翻译与学术结缘，以研究为依托，档次必然提升。最后，杨氏夫妇是十分勤奋的工作者，其翻译的成果真正称得上"硕果累累"。他们的工作单位即外文出版局曾经向《杨宪益传》的作者提供过一份长长的书目，那是杨氏夫妇所译的共达39部译作的书目，其中包括诗歌、戏剧、散文；古典、现代、当代文学。这里不妨引录三分之一，一窥全豹：《汉魏六朝小说选》、《关汉卿杂剧选》、《儒林外史》、《鲁迅短篇小说选》、《鲁迅选集》（1—4卷）、《朱自清散文》、《太阳照在桑乾河上》、《白毛女》、《暴风骤雨》、《三里湾》、《青春之歌》、《红旗谱》、《荷花淀》、《白蛇传》、《搜书院》等以及学术著作《中国小说史略》（鲁迅）、《中国文学简史》（冯沅君、陆侃如）、《中印文化交流史》（金克木）。必须指出的是，这仅仅是杨氏伉俪自1951年至1961年出版的译作，而且还并不是全部。此后尽管夫妇均受到严重政治嫌疑，特别是1968—1972年的牢狱之灾和紧接着的丧子之痛，依然在1974年完成了他们的压轴之译作《红楼梦》，于1978年正式出版。此后又译了很多作品。以字数讲，至少在一千万字以上！这还不包括杨宪益先生所译的不少古希腊名著。我也常常被人称作"翻译家"，比起杨翁，真是"小巫见大巫"啊！

当然，一个人的翻译成就，不取决于数量，而在于翻译的水平和质量。虽然我不具备这方面的学术评价资格，但以杨先生过硬的汉语功底和国学修养以及杨氏夫妇双母语的合译方式而论，第一流的水平是无疑的。而从国内外公认的评价看，杨氏夫妇的《红楼梦》英文译作三卷本不仅国内无与伦比，在国际上也是仅有的两个权威译本之一，跟英国霍克斯与人合译的《石头记》相提并论而各有千秋。有了这一顶端坐标，则他们的其他译作的水平就可想而知。这样质高而量大的中译外之作，对于促进中国文学走向世界，增强中国的"软实力"，其贡献之大是不言而喻的。这样的人才，才是真正的"国宝"！而论其付出的劳动强度之大，经历的道路之艰，表现的胸襟之宽，有人称之为"文化英雄"，也是当之无愧的。

　　除翻译这根主线外，杨宪益还是个视野开阔的文化学者。这首先体现在他在选择翻译书目方面表现出的战略眼光，只要把他所翻译的那些作品串联起来便具有了文学史甚而文化史的价值。而他围绕他所译作品的主题、支题、故事以及相关资料所展开的论述、论辩和考证，屡屡现出他的独到见解和广博知识。例如关于《离骚》的真正作者他就敢于斩钉截铁地提出是汉代淮南王刘安，而非屈原。假如没有广博的知识支撑，谁敢对史上的定评提出这样的质疑？通读他的《译余偶拾》一书，不能不惊叹他的钻研精神、思辨能力和卓越见地。这是一般翻译家写不出来的、具有相当高文学和文化价值的学术著作。再看他的社交圈子：先后有一大批"大腕级"的人物出入他的家门。他们中不仅有著名作家、艺术家、翻译家，还有文化学者和报刊记者等等。说明他经常在高层次上进行着文化和学术上的对话。

　　再一点，杨先生也是个上档次的诗人。尽管他从来不承认自己有资格享有这一称号，只以"打油诗"自谦。但"打油诗"者，幽默之谓也！谁都知道，幽默是智慧充盈的表现。因此杨宪益的打油诗是可以与方成的漫画媲美的，都有丰富的智慧含量，有深刻的现实指向，因而是一种"有意味"的诗作形式。他时而针砭时弊，时而自我嬉戏或自浇心中块垒，常有黑色幽默之辛辣；有时令人捧腹，有时又令人感伤。限于篇幅，这里不妨录一首他自嘲式的绝句《冬蚊》：

　　　　经冬蚊子尚嗡嗡，不识时宜笑小虫。

　　　　非是讨嫌多讲话，只缘一动便招风。

　　若非诗人，岂能写出如此脍炙人口的小品诗？

　　最后一点是杨先生的人格与人品。他是个"人见人爱"的"性情中人"：治学严谨，却淡泊名利。你看他一生中和妻子呕心沥血翻译了那么多高质量的古今中外文学名著，当他走到生命尽头时，总该把它们收集起来，出版一部《译文集》，作为两人一生的心血结晶和永恒纪念吧？但他没有提出过这样的要求。他喜交天下名士，对人从不设防；家中常常高朋满座，谈笑风生，吃喝却简便得很。他对财富毫无兴趣，昔日虽豪门出身，今日却与一般平民无异。我曾扫视过他现住的房子里的全部可见家当，实在没有几件值钱的东西。有一次他让我进他的卧室，把一颗鸡蛋大小的水晶立方体拿来，说这是不久前香港大学授予他名誉博士时赠送的礼物，转送给我。我说这么有意义的纪念品怎么能送人？他的外甥女赵蘅马上接过话茬儿说："舅舅向来是很大方的，有好东西就拿来送人；他自己不留什么东西。"后来知道，他曾经将自己珍藏的 200 件珍贵文物统统捐赠给了故宫博物院。无怪乎，他曾经写下了这样的"打油诗"："有烟有酒吾愿足，无党无官一身轻。"但这绝不意味着他是个不关心世事的放浪者。不，别看他经常醉意朦胧，但在家国大事上他却是"难得糊涂"，因为他始终良知未泯。这是我对他最为敬重的地方。

斯人已去，风范长存！

性情何其芳

　　近年来，几乎每年都有幸庆祝已故或健在的上辈恩师的百年华诞，龙年伊始，掐指一算，又有两位闯入我的记忆：赵萝蕤与何其芳。关于前者已在去年写过一点缅怀文字了，这一篇的主角无疑是后者了。

　　何其芳是以诗人、散文家和学者的三重身份名世的。但他最初攫住我的是诗人！那还是在中学的语文课上，在老师讲完了他的《夜歌和白天的歌》以后，又读了他一些别的诗，觉得这是个富于梦想、感情真挚而饱满、又带点淡淡的哀愁的诗人。可能就是这点淡淡的哀愁首先拨动了我的心弦，因为那时我自己多少也有这类情绪。

　　上大学后，由于所学专业的关系，老师正好是与何其芳名望相仿的诗人冯至，在他的引导下，较多地读了一些海涅、歌德等人的诗，特别是海涅那种青春的骚动一下唤起了我青春的觉醒，开始对诗也发起烧来。说来也巧，那时听说我所仰望的中国科学院文学研究所也借驻在北大，而何其芳恰好是它的领导。于是不禁跃跃欲试，很想找个理由见见这位久仰的诗人。怎奈时运不佳，不久便开始了轰轰烈烈的"反右派"，紧接着是"大跃进"

"反右倾"……运动一个接着一个，而文学所也于这期间（1958）搬离了北大。第一次"追星"随之落空！

何其芳的作家魅力对我的第二次袭击是他的学者人格和文论风格。"反右"前夕，中科院哲学社会科学部在评审研究员级别的时候，一般人都认为，像俞平伯这样的学者，尽管学问渊博，但作为一个被最高领导点名批判的对象，要评为一级研究员肯定是没戏了！然而，作为所领导的何其芳却力排众议，认为学术思想不应该跟评级挂钩，坚持要把俞平伯评为一级研究员（当时的研究员共分六级；正、副各三级；一级即等于学部委员），而他自己则应该评为二级。当然，别人都不同意他的谦让态度。最后俞平伯和他以及钱锺书三人都实至名归地被评为文学所仅有的三位顶级研究员。那时候何其芳作为领导的果断气魄也广受称颂：60年代初，文学所调进了十几位青年研究人员，三年后何所长一看，绝大多数不合格！他当即下令，除了一两位合格的留下，其余统统调离！他认为作为国家最高研究机构，每个研究人员都应该是"国家队队员"。在学术问题和领导作风上，何其芳对上不怕乌纱帽，对下不怕得罪人，这种刚正无私的原则精神和学者人格，深深博得我的钦佩。

作为来自延安的老干部，以诗人身份当上学术机构的负责人后，不可避免地要进行角色的转换，就是说，应成为学者。为此，他首先花了一年的工夫，完成了一个重大课题——《论〈红楼梦〉》。论文发表后受到普遍的好评。我是过了好几年，在当了助教以后才下决心捧读这篇将近十万字的长文。我边读边击节赞赏，由衷惊叹：那饱满的激情，生动的辞采以及明白晓畅的理论分析，读起来有如沿着浩浩荡荡的江河顺流而下的那种痛快，感到一种巨大的审美享受，因而深深地被折服了，以致从深心中喊出："何其芳，你是何其地'芳'啊！"这种将文学的形象语言融入理论思维的写法，成为我尔后学术生涯中语言训练的目标之一，获益匪浅。

那时候，文艺界经过了"反右"和"反人性论"等运动，"左"的倾向日趋严重，像何其芳这样秉性耿直的诗人，内心的抵触情绪与日俱增，难免有时会在写作或言谈中流露出来。约在1963年前后，读到一篇批评他的文章，说他在一首诗中直抒自己像鸟一样感到"翅膀沉重"，想飞却飞不起来。这触发了我深心中的隐情，引起我的共鸣。联系他在"反右"之初断言文学所"没有右派"（后被划了一批）；"大跃进"中公开批驳亩产几万斤的谎言；反对新诗"必须以民歌为基础"的主张……觉得这是个正直、豁达且有骨气的诗人。这时可以说，他的巨大的人格魅力把我征服了！于是我怀着一种朝拜的情绪，决心拜访他一次。什么缘由呢？我想，写一篇对当前诗歌创作的评论，以批评为主，如果得到他的赞赏，也许他就愿意见我。也巧，未及我把文章写完，听说文学所要一分为二，分出一个"外国文学研究所"！科学院是我久仰的学术殿堂，这下机会来了：何其芳肯定要为这个新所招兵买马，我以要求调外国文学所工作的名义给他写信，再附上这篇文章，相信他见我的可能性该是比较大的。

但信寄出后差不多一个月了，却迟迟收不到回信。莫非他不赏识我？不料，一天冯至先生见到我，说："你给其芳同志的信他转给我了！"我一听，有戏了！但他沉着脸，停了一会儿接着说："难道你……你不知道我已经调到科学院来筹建外国文学研究所了!?"啊，糟了！我心想："他在见怪我越位了！"我一下子好像做了什么不规矩的事突然被人抓住似的，窘困不堪。不是吗？冯是我的顶头上司和老师，要调工作为什么不首先跟他谈；他也是与何其芳旗鼓相当的诗人，要谈诗，为什么舍近就远？双方默默地僵持了约十来秒钟后，到底还是雨过天晴了，他说："我已经跟文学所人事处说了：过后你去报到吧！"这是 1964 年清明节刚过的事。一个月后我终于来文学所上班了！

上班后我的第一件事就是实现我的久盼的夙愿：拜望何其芳！我先找他的秘书胡湛珍女士向何转达我的求见的愿望。两天后她答复我："何所长说下周二上午见你。"等到那天上午 8 点一到我就去他办公室了！但迟迟不见他来。于是我就问胡秘书："何所长不会忘了吧?"她说："忘是不会忘的，是你来得太早了！你不知道吧：其芳同志是个有名的'夜猫子'呢，没有急事他不会那么早来的。"说到"夜猫子"我想起来了：听说他不抽烟，夜间写作靠吃糖果来提神，以致每夜需要一斤糖果的消耗量，是吗？她笑了笑说："一斤可能夸大了吧？但他爱吃糖果是事实。"正说着，只见一个胖乎乎的戴眼镜的上岁数的男人快步走了进来，他右手挎着一个文件包，有点风风火火的样子。"你就是叶廷芳同志吧？哈，我们的名字都以一个'芳'字收尾，所以被我记住了。"他带着浓重的四川口音，招呼我和他坐在同一张灰褐色的长沙发上。"你来得正好呀！"他开门见山说，"我们正着手把本所几个外国文学研究室抽出来作为基础，单独成立一个外国文学研究所。多亏周扬同志很重视，他把作协的《世界文学》杂志和编辑部的全班人马全都拨给我们，还把北大西语系主任冯至同志——就是你的老师吧——调来当所长。""据说建立这个新所还得到毛主席的批准，是吗？"我插问。"这也得应该感谢周扬同志啰！"他又兴奋起来，"事情是这样的：去年毛泽东同志提出要加强对世界的研究，于是把周扬同志叫去商量。毛主席首先提出要有人研究宗教，要在学部（即中科院哲学社会科学部）成立世界宗教研究所。后来两个人讨论中又增加了世界经济研究所和世界历史研究所，周扬同志乘这机会把外国文学研究所也加了上去。这个机会抓得好哇！主席统统同意了！"我说："周扬同志本来跟外国文学就有缘，很早就翻译了《安娜·卡列尼娜》。""这说明他很有眼光啊！"他说，"托尔斯泰是多么了不起的伟大作家！"听了他这样的赞美我的情绪立刻活跃了起来，正好当助教那几年我系统地读了一批西方文学名著，其中就有托尔斯泰的《安娜》和《复活》，于是就大谈起这两部著作的女主人公的刻画是多么出色，多么不同凡响。他不时点头，表示赞同。但是他可能发现我的评论中迟迟没有出现他最钟情的人物，便憋不住插了进来："托尔斯泰'三女性'中最光彩照人的性格刻画是娜塔莎！她作为贵族少女那样深沉而又活泼；丰富而又天真，可以说是世界文学人物画廊中最可爱少女的典型！"这时他发现我好像唱和不上来，便问："《战争与和平》你读过了吗？"我摇摇头。他"咦！"的一声，表示意外："你把外国文学研究当职业，这样的巅峰之作怎么都不读！？"但他口气马上缓和下来，说："当然，这是托翁的最伟大作品，读这样的作品不仅需要较高的文学修养，还需要丰富的生活阅历。我第一次读这本书的时候还年轻，在晋察冀的抗日年代，在一个村子里偶然发现了一本没有译完的《战争与和平》，便如饥似渴地抢来读。但出乎意料，我是硬着头皮读下去的！可过了二十来年我再读这部书时，哦，感受完全不一样，真是气势磅礴，惊心动魄！""因为你有了丰富的战争经历了！"我插了一句。"不！托尔斯泰的手笔最吸引我的并不是战争，而是和平！那真是非同凡响：人物好几百个，主要人物也好几十，那些性格，不论男女，一个个内心丰富，形象丰满，栩栩如生。"后来知道，就在这之前几年，即 1960 年冬，他还曾应邀赴苏联高尔基世界文学研究所专门作了一次关于托尔斯泰的演讲。论及娜塔莎，他竟一连用了四个长长的排比句来赞美这个"可爱的女孩子的典型"。

毕竟我没有读过这部巨著，再谈下去恐很难投机，便赶紧"转移阵地"，谈 19 世纪的俄罗斯诗歌。那时我最感兴趣的是莱蒙托夫和涅克拉索夫。他似乎在托尔斯泰的兴奋中一时出不来，直到我谈涅克拉索夫的时候才插进来："这位诗人不愧是俄国 19 世纪革命民主主义思潮的弄潮儿，我也很喜欢。他的许多诗句如'没有痛苦成不了诗人，没有怒涛像什么海洋'，都是千古绝唱，我年轻时很受鼓舞"。接着他话锋一转，说："你们 19 世纪德国文学中的海涅也了不起啊！他的政治讽刺诗写得非常出色，像'我是剑，我是火焰'，多么明快、犀利，激动人心。海涅的爱情诗也非常动人噢，写出了少男少女那种男欢女爱的真挚的感情，那种赤子之心，真是催人泪下。"这时我补充了一句："是的，海涅的诗之所以感人，就在于作者感情的真挚。""就是嘛，诗这东西是作不了假的，没有全身心的感情投入是没有人理你的。马克思那样赞赏海涅，这是不奇怪的……"这时电话铃响了！他接完电话带点抱歉的语气说："咳，有事了——那今天就这样吧！好在你已经来了，以后总还会有机会的。"

　　天有不测风云。"机会"不是没有，但充满了戏剧性。几个月后，其芳所长率领本所大队人马赴安徽"四清"。一年后他们打道回府，我则跟着剩下的人马去了江西。1966年5月底6月初，学部"四清"工作队突然接到北京的特急电报，命令我们全体"速回"。6月3日晚我们回到北京，翌日上午就参加学部领导召开的全体大会，结果"造反派"突然上台抢过话筒揭发院领导的"反革命修正主义路线"。学部领导包括何其芳在内的八位党组成员一下子变成批判对象。尽管揭发者的调门很高，情绪也很激烈，但何所长显然还没有意识到形势的严峻性，有时挺着肚子在台上优哉游哉地走上走下。他更没有想到，几天后的一个晚上，文学所的"革命群众"就一反常态，把他揪到大饭厅，让他站到凳子上去，给他戴上高帽子，全身挂上"反革命修正主义分子"的白条子。他却完全被眼前这荒谬的现实弄糊涂了，像一个被耍的小孩子那样，一个劲地发问："你……你们怎么能这样！直到今天我还是文学所党小组的组长（相当于现在的党委书记）呢！……"这时的何其芳，让我们领教了他延安时期的"书生气"的新版。我那时对形势也摸不着头脑，在这样的"群众专政"气氛下，我只能眼睁睁地看着他像个弱智小孩似的任人摆布，任人耍弄，想笑笑不出，想哭哭不出，只让眼泪往肚子里流……

　　这以后再见到他已经是五年后的事了！那是1971年在河南

学部"五七干校"。当时干校搞了个"文工团",我被调到那里去"唱歌"。但几个爱表演的团员想演戏,让我写一出反映干校"先进事迹"的剧本。那时听说文学所"连队"何其芳对养猪很投入,颇有感受。我心中暗喜:正可借"收集素材"之名去看看这位我一向敬仰而今仍然同情的落魄者。那时正值春夏之交,其芳先生穿着一件浅灰色的旧中山装,腰间系一条长长的、污迹斑斑的蓝布围裙。身体本来就有点胖,走动起来肚子一颠一颠的,我不禁扑哧一笑。他立刻扭头来好奇地问:"你笑什么?""我看见一只刚填饱肚子的鸭子在走动。"他立刻搜寻起来:"鸭子在哪里? 鸭子在哪里?"我说:"就在眼前!"他先是嗔怪,而后开心地笑了:"哈,你怎么把我比鸭子呢,难道我不像猪倌? 来来来,我领你看看我的'部队'吧!"他把我领到他的猪圈前,"啰啰啰啰啰!"一阵呼叫后,只见六七头圆滚滚的肥猪,白里透红,一起跑向前来,站定后一个个昂着头,"嘿,他们在等待你的命令呢!"我说。"不! 明明是在列队欢迎你嘛!"他反驳说,"人们总喜欢说蠢猪蠢猪,其实猪并不蠢,它能看出你的眼神,你的脸色,能明白你的情绪,还能听懂你的话语,可见哺乳动物也是有灵性的哩……""怪不得小时候常看见母亲当人家把她养的猪抬去卖时,她一直含着泪目送她的猪被抬出村口为止。"我插进去说。"就是嘛! 现在你若把我的猪抬走,我也是要流眼泪的嘛!"回到原来的地方坐下后,他仍一发不可收,继续津津乐道他的养猪体验,说:"这就是'不入虎穴,焉得虎子'的道理。这一年多来我亲手养了猪,与这些生命朝夕相处,才能体察得出这些生命的喜怒哀乐,也才能体会得到包括你母亲在内的千千万万劳动妇女对自己劳动果实的珍爱。现在可以说——他摇头摆尾地朗诵起来：'猪喜我亦喜，猪忧我亦忧。'"接着是一串爽朗的笑声，一种返老还童似的天真。

1972 年盛夏，学部干校全体撤回北京。我立刻恢复了昔日逛旧书店的嗜好。一天在西单商场附近的"中国书店"与何其芳先生不期而遇，相见甚欢。他问我想买什么书？我说随便看看，见喜欢的就买。他说："我也是！"后来我发现一部四卷本的《基督山伯爵》，便捧在手里，准备最后去付款。他见到后乐呵呵地问："你有收获了？"我顺手把书递给他。他一看，像见到一条臭鱼似的把书一推，带着一种鄙夷的口气说："你怎么会对这种书感兴趣？"我大感意外，辩解说："现在不是街头巷尾都在热议这部书吗？"他不以为然地反驳说："那都是不懂文学的人在赶热闹！这样的书就是为了满足那些人的消遣需要而写的。"我听了像受到一种醒脑的点拨，赶紧把书放了回去。等我回来他又接着说："你是专业文学研究者，时间应集中在经典名著的阅读上。"我怀着一种感激的心情说："您说得很对，其芳同志。以后看书不能一味追求故事情节，要学会对文学的欣赏和鉴赏能力以及分析批判能力。"不久我又发现一套很厚的德文版的《迈耶大百科全书》，共 12 卷。可惜买不起。何说："这样的工具书再贵也值得买！但你不必自己买；你可以跟冯至同志说一下，让你们所的图书室买嘛。"（后冯以西方的观点不可靠为由未同意）

出了书店后他问我去过东四那家旧书店没有？我说那是"文革"前的事了，现在灯市口有一家，上次我在那里买到几本"供内部参考"的黄皮书，如赛林格的小说《麦田守望者》啦，迪伦马特的剧作《老妇还乡》啦，甚至还买到一本德文版的厚书《歌德研究》，冯至先生很高兴，说我买到一本研究歌德的名著。他立刻活跃起来："我也很想去看看，下周还是我们一起去吧，好不好？"我说："当然好！"第二周的一个下午，当我们带着新淘得的几本书走出灯市东口的中国书店时，他用手往南一指，说："我家就住在东单往南一点西裱褙胡同 34 号，过几天你若有空请你到我家坐坐。"我欣然答应了。

　　几天后的一个晚上，我应约找到了他的住处。那是一幢朝东的旧式二层小楼，带一个小院。按主人的身份说，不算气派，但有这样一座单门独院的住宅，也衬得起他作为名家的尊严了。进门后往右经过一条约三四米的狭窄过道就进入客厅了。厅室不算小，但活动的空间并不多。木地板也很旧，走起来咚咚响，而且与一台偌大的、技术尚不过关的电冰箱的嘟嘟嘟的振动声发生持久的共鸣。我第一个反应是："这不影响工作？"何用手往上一指："我工作和睡觉都在楼上。"这时刚刚陪我进屋的女主人牟决鸣补充了一句："这里只用来吃饭和见客。"我心想：这大概是特殊年代的临时措施吧。等他夫人与我寒暄完退去后，其芳先生拿出一只高高的玻璃杯，热情地亲自为我沏茶，还特别强调："这是上好的龙井茶。"接着一股浓郁的香醇扑鼻而来。我立刻端起杯来——嗬，太烫了！我就用鼻子先享受一番，马上发出一声"名不虚传"之叹："其芳同志，看来我是枉为浙江人了：这才第一次喝上家乡的第一名茶呢！"其芳先生得意地等到了这一句他预料中的赞美后才开始跟我说话。他把藤椅稍稍往前挪了挪，然后说："廷芳同志，我好高兴哩：经过几次接触，我们倒还谈得来。现在我想请你帮我一个忙。"他看了看我的脸色，想知道我什么反应。我赶紧说："您尽管说。"他喝了一口茶，继续说："这年头，现在批倒是没有人批我了，所里也没有什么需要我做的了，写东西也不好写了。但也不能老闲着吧？我想来想去，似乎只有翻译还可以搞搞。英文我会一点，过去也译过一点东西。但我偏偏对海涅情有独钟，我很想翻译海涅的诗歌。可我德文却不过关，而不根据原文翻译又做不到传神达意，这事你说挠头不挠头!?"他停下来看了我一会儿，又接着说："因此，廷芳同志：我想拜你为师哩!"我连忙说："不敢当，不敢当！其芳同志（那时不论老少尊卑都以'同志'称呼为尚），您是卓有成就的诗人，这对于译诗来说已经占了三分之二的优势了！让我拜您为师才是哩；事实上我也一直在以您为师呢。""不管怎么说，原文不过关总是不行的吧！"他强调说。"这样吧，其芳同志：您根据现有的德文水平先译起来，可以参照英文。然后我用德文给您核对一遍，这样您的德文水平也就会慢慢提高了。"他兴奋地用手在腿上拍了一下："好噻！有了德文老师我就放心了!"

没过多久，我听说北京外文书店设在东郊通县的一个仓库要清仓，约有200万册外文书籍要廉价处理。我立即通过公用电话将这一消息告诉何其芳。他喜出望外，恨不得马上就去。后我们第二天下午一起去了。那确是非常庞大的书库，绝大多数是苏联东欧国家出版的书籍，原价非常便宜，且一律打三折。德文书大多数是精装，且装帧十分精致、漂亮。几乎每位古典作家都有单卷本选集，每本打折后只需1.5元；大作家则有全集或选集，甚至还有德文翻译名著如《莎士比亚全集》、《普希金全集》、托尔斯泰和契可夫选集等。我像梦里意外挖到一个钱窖似的欣喜若狂。我赶紧把何其芳从英文书架那边拉过来，我们很快发现了一套六卷本的《海涅全集》，打折后仅 8.4 元。我俩毫不犹豫地各买了一套。最后回来时，我肩上背的，手上提的，到家时，出了一身大汗，但仍抑制不住兴奋。

两天后其芳先生又和我去了一趟外文书库。这次我又有一个意外收获：发现了两本东德出版的卡夫卡的作品，一本是《卡夫卡选集》，包括两部长篇《城堡》、《诉讼》（一译《审判》）和若干短篇小说；另一部是《美国》即《失踪者》。但当时的卡夫卡在国内是公认的"颓废派"作家，因而是"禁书"！于是我悄悄地问何其芳：这两部书值不值得买？他嘴巴一噘："当然值得买噻！"停了一会儿他又说："搞研究先不要管它进步与反动！研究以后再来下结论嘛！"这正符合我的想法，精神为之一振。两人的这一默契，创造了一个瞬间，这一瞬间决定了尔后我成为国内卡夫卡的最早正面引进者和研究者。

过了一会儿，何其芳从另一处的政治类书架上又有发现：德文版《马克思恩格斯全集》。他赶紧跑过来把我拽了去，说："这太重要了！可惜我看德文有困难，你得把它买了去！"我数了数，共 29 卷，虽不全，但仍慨叹："哪看得过来呀！"他不以为然地说："挑重要的看嘛，这是原文啊！我经常在引用或看别人引文时感到译文有疑问，很想找人核对一下。你将来也会遇到这个问题的！"我很快被他说服了。那就看看价钱吧——没有！一问——凡没有标价的，一律免费，随便拿！何其芳高兴得像个小孩似的："发洋财了！"平静下来后他说："今天搬不动了，下次你找个熟人帮你拿一下。"后来我又单独去了三次，而且每次都挖到新的"钱窖"：2角钱一张的交响乐唱片和很便宜的大型画册，直至把我所有的有限积蓄（相当于4个月的工资）扫荡一空！

1975年，我和本所几位不同专业的同事，在冯至、戈宝权等前辈的指导下，搞了个《鲁迅与外国文学》的课题，想写一本书，以便利用鲁迅的崇高威望为外国文学争一条出路。初稿写成后，分别请有关专家诸如曹靖华、李何林、何其芳先生等提意见，以求指导。其芳先生没有对书稿的具体内容提什么意见，但他对这一课题非常赞赏。他说："鲁迅与外国文学的关系可深哩，他在这个领域不仅书看得多，而且翻译也很多，甚至他本人的创作也直接受到外国文学的影响。你大概看过他那篇文章吧：《我怎么做起小说来》，这是他的创作经验谈，里面有这样一句话：'我是在读了百十来篇外国小说以后才写起小说来的'。因此他把翻译介绍外国文学当作'普罗米修斯偷天火给人类'，提得很高啊，很重要啊，因此他提出了'拿来主义'的口号！这是纲领啊，是战略思想啊！可是我们过去的鲁迅研究忽视了这一重要方面，没有充分指出鲁迅创作中的这一重要的精神渊源。我敢说：要是鲁迅没有充分吸收外国文学的丰富养料，他肯定成不了伟大的文学家！因此，不弄清鲁迅与外国文学的关系，就看不清完整的鲁迅。"其芳先生的充分肯定使我们受到很大的鼓舞。谁料好景不长，不久政坛上刮起了一股"黑旋风"——"反击右倾翻案风"。某权威出版社在天昏地暗中不得不推翻了原来的出版承诺。我在何其芳那里诉苦：两代人的一年心血就这样付之东流！他亦愤愤不平："他们说鲁迅这个伟大，那个伟大，怎么一到外国文学领域就不伟大了？都说他是马克思主义者，怎么一到这里就不是马克思主义者了？这太岂有此理了！"他那一脸的怒容就这样永远地定格在我的记忆中。

赵林克娣教授的巾帼风骨

北大未名湖往北走一二百步，即秀丽而幽静的朗润园，原是清代的皇家园林，一座狭长而宽窄不一的荷花池构成它主要的景观，从东向西延伸，有二三百米。湖的北岸相对冷清，中段百米之遥，只住着两户人家，都是终生落户于中国的有名外教，一位是来自美国的温德教授，另一位即是本文主人公、我的恩师赵林克娣教授。

20 世纪五六十年代，北大西语系德语专业自 1952 年院系调整到"文革"前通常有 7 位来自德、奥的外国教师，其中有三位在中华人民共和国成立前就来到中国，并加入了中国籍。其中，赵林克娣水平最高，她自 1954 年，即 48 岁从清华调到北大时，就获得了教授职称。三位中国籍外教中给我印象最深的也是赵林克娣。她婚前的德文姓名是 Kaethe Starkloff–Linke，按照德国的风俗，女人出嫁后是随丈夫姓的，所以她的姓名变成 Kaethe Zhao，我们一般称她 Frau Zhao，即赵太太，也可以理解为"赵先生"，却从未按德国人的习惯开口闭口称呼她"赵教授"，而她也从不在乎这些。

她有着一般德国人共有的特点：做事热情、快速，上课准时，批改作业从不拖欠。她称呼学生一律为"同志"，不论男女。大家都认为，外教中她知识最丰富，但在课堂上她却不是一味灌输，而习惯于启发式提问。她说话风趣，爱打比喻，喜欢说笑，有时插一句半句洋腔洋调的中文，因而课堂气氛始终活跃。有时你答错了，她给你指正后，再幽默一下，以消除你可能会产生的难堪。她批改作业，不是简单地判定对错，往往还要写上几句为什么错。如果你答对了，有时她还要告诉你，还有几种别的对的可能。因而上她的课，你会总感到，你真正在享受一个教授的才学和智慧。

后来渐渐知道，赵先生不愧是一位杰出的知识女性。她曾先后深造于德国的两所名牌高校：海德堡大学和哥廷根大学，分别攻读语言学和哲学，并于1935年，即29岁时获得哲学博士学位。她尤富语言天赋，一一掌握了欧洲各门古今主要语言：英文、法文、西班牙文、意大利文、拉丁文、古希腊文等，来北大以前，还教过两年俄文。她除担任北大教授外，还根据国家的需要和要求，参与我国外文出版局某些重要的德文翻译包括《毛选》的把关和定稿工作，直到1987年即81岁时才告退休，比一般人多工作了21年，能者多劳吧！

毕业以后我继续在西语系待了几年，留在文学教研室当助教。在阅读，特别是在练习翻译时，遇到较难的问题，我仍常常去请教她，总觉得她毕竟是德国人，她的回答总该比中国老师要可靠些。而她真可以说诲人不倦，每次都解释得很详细，让你获得许多相关的知识，感到有这样的老师和学习环境多值得欣慰。这时，她不再叫我"同志"，而以"先生"相称了，可能觉得已经是"同事"了吧。那时食品供应很紧张。但她这位外国出身的中国公民，仍受到一定照顾，吃用比我们要宽裕一些。所以每次除了茶水以外，还有糖果、点心相待，离开时，还要往你口袋里塞几颗，有一种童年时上外婆家的感觉。

离开北大（1964）以后，与赵先生的接触就少了，路远是主要原因。但"文革"后我们的联系很快又频繁了起来。机缘之一是她的儿子赵侠（此外还有一个漂亮的混血女儿）想练习翻译，赵先生请我帮他一把。出于师生情谊，我当然乐意，何况她儿子由于父亲的"右派"原因而耽误了上大学，更觉得义不容辞。记得她儿子译的是一篇亨利希·伯尔的短篇小说。由于译者学历较浅，又是初试译笔，故译文难免不太成熟。想到他母亲当年教我们那样满腔热情，我决心以同样的热情帮他改好这篇译作。那时正好我在《世界文学》杂志当编辑，改好后便将它在刊物上发表了。赵先生很高兴，特地让她儿子带上好吃的东西登门面谢。

从此以后我跟赵先生的关系可以说进入了一个新的阶段。除了上述原因，不可忽视的因素是这时十年噩梦已经过去，国家开始实行改革开放，她的丈夫的"右派"恶谥已得到平反，因而心情比较开朗了，所以我再去朗润园看望她时，她显得格外兴奋，不仅忙着张罗点心水果招待，还郑重地把她的亲密伴侣、钢铁学院教授赵锡麟先生介绍给我。我终于见到这位过去想打听而不敢打听的师长，格外欣喜。同时心里却感到难过：这位体格壮实，当年从德国以名教授身份回国，正踌躇满志报效祖国的时候，却被1957年那场突如其来的政治风暴掀翻在地，由于他的"死不悔改"，整整被折磨了20余年！难怪赵先生迟迟不向学生介绍她的爱人，她实在无话可说啊！虽然她本人也遭受过德国法西斯的迫害，但欧洲人一般都接受过"言论自由乃天赋的权利"的熏陶，她怎么能理解这种以言治罪的"运动"呢？因此赵先生的内心委屈比一般中国的蒙冤者还要大！正如她后来有一次坦露的：那是她丈夫"一生中最好的年华啊"！而赵锡麟教授特别令人尊敬的是，落难后他始终不屈服，不承认强加给他的"错误"！表现了中国知识阶层中少有的"硬汉子精神"。认识赵教授之后，我对赵林克悌先生更钦佩、更尊敬了：第一，她没有像有的妻子那样，在政治灾难临头的时候，在配偶正需要家庭温暖和精神安慰的时候，赶紧跟对方划清界限，甚至跑回原籍国；第二，她没有因心中的委屈而懈怠神圣的教学使命。可以说，她始终怀着对青年学生的爱，把一生的智慧和心血都贡献给了中国青年！而在政治风云中，赵先生的精神风骨其实与她丈夫一样可圈可点：就在德国法西斯专政年代，在纳粹大肆追捕犹太人正风声鹤唳的时候，赵先生毅然挺身而出，掩护犹太人逃亡，并因此而被捕入狱。后经友人多方营救才得以出狱（这段光荣经历她从来没有在学生面前提到过）。正是这种共同的政治品格和精神操守，她才会与赵锡麟教授结成伉俪，并于1947年随丈夫一起来到中国，且在危难中厮守终身。

　　1981年我初次作为访问学者去德国，赵先生知道后很高兴，一心动员我去柏林，说那里她有亲戚，可以让他们关照我。但这时我已经确定在弗莱堡和慕尼黑了。后来第二次去德国的时候，我在柏林安排了两个半月，并有熟人为我解决住处，就告诉赵先生不必为我操心了。但她仍兴致勃勃向我介绍柏林有哪些值得参观的地方，尤其是她一再叮嘱，柏林的施特格利兹小区有卡夫卡下榻过的地方，你一定得去看看。哦，这使我想起，莫非就是卡夫卡与他的第一个未婚妻谈恋爱期间所住的地方？后来我按她的提示，果然找到了那个地方。这印证了同学们昔日对她的评价：知识确实很丰富。

在电话作为奢侈品的年代，我和她联系只能通过写信，逢年过节，尤其是圣诞节、春节都要问候一番。平时去北大，有事没事都要顺便去看看她。她住的是一幢较狭小的旧式平房，一条小径与湖面相隔。鉴于她年事已高，我曾试图劝她换住楼房，和温德教授一样，她就爱这种与环境相协调的小屋，自豪地说："你看，我一开门就有粼粼波光迎接我，夏天更有荷花的笑脸！楼房哪有这般享受!?"我不甘心被说服，便半开玩笑说："万一您晚上回来，不小心掉进湖里……"她大不以为然地把头一仰："啊哈！几十年了，我都没有失足过，要是真的发生像您说的那种倒霉事，八成是上帝在召唤我了吧，那我也该走了！"

大概是新世纪初了吧，听说赵先生身体日益衰老，已经起不了床了！心情不禁黯然，慨叹自然法则的无情。于是赶紧约了一位同事一起去看望她。还是湖边那幢幽静的小屋里，只见老人躺在紧挨南窗的卧榻上，虽坐不起来，却依然精神矍铄，思维清晰，声音依旧，仍不忘让保姆张罗我们喝茶品点心。但我们宁愿坐在她的床边，与她聊天，并尽可能谈些轻松愉快的事情，除了介绍我们的日常生活和工作情况，尤其强调她过去对教学的热心，对学生的热情，对中国教育事业的贡献，等等。我说，今天您虽然年纪大了，不能再上讲坛了，但您已经桃李满天下，您的生命的热能仍然保留在您的成百上千的学生们的身上，他们不会忘记您为大家耗费的心血，他们为国家作出的贡献，也有您的一份。在这个意义上说，您并没有老，您是最幸福的。这时她脸上泛出了红光。一个多小时过去了，她始终情绪饱满，侃侃而谈。但我知道老人不宜兴奋得过久，否则容易发生意外。于是不得不向她告辞。她紧紧握着我的手，流露出依依不舍之情。于是我俯下身去，在她的脸颊上深情地吻了一下。这时我发现她的眼睛湿润了，我赶紧扭过头去，不让她看出我的感伤……

赵林克悌教授确实是幸福的，连造化都奖励她，成全她，送她到百岁的门槛，成为名副其实的"古稀"老人！可惜2005年5月她走的时候，我正忙于组织纪念席勒逝世200周年的活动，我也没有及时接到噩耗。但这并不重要，重要的是赵林克悌教授的业绩在中国教育史上，至少在北京大学的发展史上将留下抹不去的一笔，她的音容笑貌将永远铭刻在我们的心里！

追寻包豪斯的足迹

　　"包豪斯"是一座建筑学院，也是一个建筑学派，更是一种艺术精神。作为学派和学院，它存在了不到 15 年，但作为精神，它是永恒的！正因为如此，它成了现代主义建筑的奠基者，揭开了世界现代建筑史崭新的一页。无怪乎，近年来被联合国教科文组织确定的几个最年轻的建筑遗产中，就有包豪斯的丰碑、位于德国小城德梢的包豪斯教学楼。

　　"包豪斯"是德文 Bauhaus 的音译，意译为"建筑之家"；也有人认为应该把这个由 Bau（建筑）和 Haus（房屋）构成的复合词倒过来重新复合，变成 Hausbao（房屋建筑）予以理解。但作为一个术语，它是不能拆卸的。何况这个 Bauhaus 具有双重含义：它既是一个从事建筑教育的学府，又是一个建筑同人们的"家"。

　　我早在 60 年代前期即接触到"包豪斯"这个术语，但没有细究它的含义。直到 80 年代对建筑美学发生兴趣，才对它有所了解，并引起重视，很想去实地感受一番。两德统一后的 1991 年，这一愿望终于如愿以偿。

　　那年我有赴德学术考察半年的机会，其间我用了两周的时间访问了欧洲历史文化名城魏玛，这是德国两位大文豪歌德、席勒成气候的地方，也是包豪斯的滥觞。

这个滥觞的所在地就是至今仍完好无损的"魏玛建筑学院"，一幢长长的四层坡顶建筑即是它的全部教学楼。在19世纪下半叶，以美学变革为主旨的欧洲现代主义建筑思潮开始兴起，它在这个学校也引起反响。该校的前身为"魏玛实用美术学校"，系20世纪初由多才多艺的"青年风格"的领袖人物亨利·凡·得·韦尔德所创办。这位来自比利时的艺术家和理论家是一位富有革新精神的人物。他的学生中就有瓦尔特·格罗皮乌斯（Walter Gropius，1883—1969）。格罗皮乌斯是一位具有社会理想的艺术革新家。他在1915年回到这里，并于1919年当了工艺美校的校长。作为建筑设计师他追求功能的合理性与形式的新颖性；作为美术教育家，他主张建筑与工艺相结合；建筑师不仅设计房屋，还要为工业的批量生产设计生活用品；建筑师不仅会技术，还得懂艺术，以使建筑成为各门艺术的综合体现；学生必须手脑并用，既会设计，又会制作，因此教学要与生产实践相结合。为此，他于1919年把他管辖的实用美术学校与魏玛美术学院合并，成为"公立包豪斯学院"（Staatliches Bauhaus）。当时正处于德、奥表现主义运动的后期，参与这个运动的文学艺术家的大多数思想都比较激进，要求改变旧习，追求新风。因此在格罗皮乌斯周围集合起一批当时第一流的新锐艺术家，包括华西里·康丁斯基（他于1922年受聘直到最后）、里奥尼·费宁格尔、保尔·克利、密斯·凡·得·罗、奥斯卡·施莱默、希尔波斯海默、马采尔·勃劳伊尔、约瑟夫·阿尔贝斯、赫贝尔特·巴耶尔、尤斯特·施密特等大师级人物。他们中既有建筑设计家、装饰设计家，也有画家、雕塑家乃至色彩学家等等。

然而包豪斯的同人们也不是铁板一块。它的激进思潮也受到内部逐渐强大起来的右翼思潮的有力狙击，加上依靠本身的设计来维持生计的办法也难以为继，这个学院不得不于1925年3月31日宣告解散。这是包豪斯的第一阶段，即魏玛阶段，是与表现主义运动相呼应的意气风发、激情澎湃的时期。作为博物馆，现在这座教学楼通过图片和实物，展现当年"包豪斯"在这里反对复古、求新创新的追求以及学生实习的场景。看了摆满学生们设计并制作的款式不俗的家具、炊具……的工场，思绪一下闪回到当年我们这一代人经历过的"教育与生产劳动相结合"的年代，历史竟然发生了这样的"惊人相似之处"，令人惊奇，也发人深思。近年来人们又在民族剧院斜对过设立了一个新的包豪斯博物馆。

正当"包豪斯"的艺术精英们陷入困境的时候，位于易北河畔的又一个历史文化古城德梢传来了佳音：该市的社会民主党在选举中获胜，新上任的市长弗利茨·黑塞先生想必与"包豪斯"的政治倾向一致，故他表示，如果"包豪斯"同人们愿意，可以立即迁往该市，甚至可以得到一座完整的校舍包括7位大师的住宅。这岂不是正要过渡而船来？于是，格罗皮乌斯亲自设计的、划时代的"包豪斯"教学楼就这样于1926年应运而生了！天意使然也。

尽管现代型的建筑已经见得不少了，但当我走近"包豪斯"校舍的时候，还是感受到一种视觉的冲击：首先是教学楼的外部造型显得那么简洁、大方、明快。再看整个校舍楼群的各部分结构显得那么合理而别致；它们各自的不对称构图却达到大整体的统一与协调，可以说，设计者把他的功能意识和审美意识都发挥到极致。正如有关辞书上所概括的：这"是一个多方向、多立面、多体量、多轴线、多入口的建筑"，不愧是现代建筑的杰出典范，对20世纪以来的建筑产生了深远影响。

虽然"包豪斯"校舍自20世纪70年代以来就作为文物保留了，但房屋仍然作为学校使用着。我想拜访一下校长先生，请他谈谈学校的今昔和今后。可惜那一个周六的下午，校长根本没有来。一位他的秘书接待了我。互相交谈了半个多小时后，他强调，两德统一了，现在学校正面临着改革，具体方案还没有出来，前景如何，他也不知道。接着他领我参观了几个展室。在一个展室里，一台轻便的机器正伸展着它的长臂在自动描图；在另一个展室里，无人操作的机器正在做一种非常绚丽的色彩实验；在一个家具设计展室里，一张轻巧、简洁而别致的金属片椅子让我眼睛一亮，前后左右欣赏着，流连忘返。后来知道，这张椅子原来是格罗皮乌斯主政时期在工艺美术设计方面的一个标本！所见的这一切向我传递着一个共同的信息：当年的"包豪斯"确实是一群极富创意的、追求实用而美观的艺术革新家，令人肃然起敬。

原来，"包豪斯"迁往德梢后，画家兼雕塑家施莱默的建筑理念进入格罗皮乌斯的视野，即以实用为主要目标，追求功能合理而形式优美的标准化设计，学校因此改名为"设计学院"。从此开始了"包豪斯"的第二时期。照理这应该是一个稳定和繁盛时期。然而时运不佳：随着德国政治上的右翼势力在1924年选举中的获胜，美学上的表现主义运动也于这一年宣告最后结束，格罗皮乌斯等人着眼于平民的社会意识和艺术革新的努力为这一形势所不容，艰难地坚持了三年后，不得不于1928年3月31日宣告退位。随着新院长汉尼斯·迈耶尔的上任，"包豪斯"进入第三时期，即放弃艺术革新时期。这位新院长厌恶任何唯美的努力，只顾追求经济效益。经济的确上升了，但"包豪斯"从一种美学现象变成了一种社会现象。不过他在其他方面也取得了成绩：《包豪斯》期刊在匈牙利作家卡莱的主持下取得了国际影响；请来了著名建筑师希尔波斯海默，讲课备受欢迎，而且还因此创了收；期待已久的摄影厂也建了起来。然而由于迈耶尔放弃了美学追求，使得像康丁斯基、克利、施莱默这样一些大艺术家"大材小用"，只上一些基础课。原来的所谓"缪斯课""缪斯房"这类追求和口号对他们都成了嘲弄，因而人才开始流失。同时意识形态的矛盾也日益紧张。最后在康丁斯基的力促下，迈耶尔也不得不于1932年下台。根据格罗皮乌斯的推荐，又一位国际大师——密斯·凡·得·罗接替了他，"包豪斯"从此进入第四时期，也是最后一个时期。罗院长针对右翼势力对学生的煽动，首先设法使学校"非政治化"。这位"少即是多"的建筑理论的倡导者，在有关同行的支持下，力求将"包豪斯"建成为一座"纯建筑学院"。但在要不要继续坚持"缪斯课"的问题上，他与康丁斯基之间发生了冲突。但这不构成对"包豪斯"的威胁。主要威胁始终来自政治方面。由于"包豪斯"面向大众的社会倾向，他一直是右翼势力的眼中钉。1931年，法西斯色彩日益明显的右翼势力终于以多数席位控制了德梢市议会。鉴于日盛一日的政治压力，翌年即1932年夏天，"包豪斯"的中坚们不得不宣告结束在德梢的教学与研究，不久电话车间被当局接管，他们无奈地离开德梢，迁往柏林。然而这只是权宜之计。几个月后希特勒即上了台，上台后第二个月即1933年4月，盖世太保就查抄了德梢的"包豪斯"。同年7月19日教师委员会悲愤地作出决定：关闭"包豪斯"！

　　"包豪斯"作为一个团体从此解体了，但它的精神不死！"包豪斯"的同人们大多数流亡到当时比较安全的美国，包括格罗皮乌斯（在哈佛大学）、密斯·凡·得·罗（在芝加哥依利诺伊技术学院）等，他们在不同的城市、不同的部门，但仍然从事本行的工作，而且依然坚持原来的理念和革新精神，在建筑界和学生中继续传播。有的如拉兹罗·莫霍利—纳吉甚至还在芝加哥建立了"新包豪斯"（后称"设计学校"）。有的人如马克斯·比尔"二战"后甚至还在德国乌尔木作了恢复"包豪斯"的努力（1955—1969）。

　　但比尔的努力未能持久。这是不难理解的：任何学派或流派都是特定时代的产物。时代变了，必须有新的思维和模式去适应它，重复前人的老路是不会有前途的。1968年、1969年的欧洲学生运动文化上标志着"后现代"的兴起，一个世纪的现代主义突然被置于"重新审视"的"后现代"的语境之下，"包豪斯"自然不能例外。事实上20世纪70年代人们就对"包豪斯"的某些理论和实践提出质疑，主要是"包豪斯"的标准化、模式化的设计思路导致建筑的千篇一律。这个批评无疑是对的。但如果你问一问当年"包豪斯"提出这个主张的历史背景，也许你又会认为当年的"包豪斯"是对的。因为"一战"以后，欧洲经济普遍萧条和衰退，尤其是挑战国和战败国的德国，老百姓缺房现象相当严重。像"包豪斯"这样的具有社会责任意识的建筑学派自然要考虑如何更快、更便宜地满足大众的要求，而按标准化预制构件的方法建造房子，确实是达到这一目的的最佳选择。但时过境迁，半个世纪以后，经过 20 年的"经济奇迹"，那样的千篇一律的"标准房"遭到厌弃，也是合乎逻辑的。

　　无疑，"包豪斯"是值得学习的，也是可以超越的。我们看重的不应是它的具体理论和方法，而是它的基本精神，那种根据需要讲求合理追求审美的人性化精神。因此在新的时代条件下，恢复"包豪斯"是不太必要的，而完整地、妥善地保存它的遗产则更有价值。正是在这个意义上，"二战"后一些与"包豪斯"有关的有识之士做了大量努力。首先是汉·M. 温克勒于 1960 年在德国达尔姆施塔特建立了"包豪斯博物馆"，1971 年迁往柏林。1979 年按照格罗皮乌斯的生前计划，在原西柏林的动物园附近盖了新馆，称"包豪斯档案馆"，负责收集并展出"包豪斯"自 1919 年至 1933 年活动的全部资料以及 19 世纪以来的历史资料。其中除了某些建筑模型和"包豪斯"设计的工艺品、日用品等实物外，还可以看到许多"包豪斯"的建筑师和画家的绘画与建筑速写，依然能看到德梢见过的那些绚丽色彩的展示。影像馆里不停地播映着各种资料包括包豪斯缔造者们生前的活动。该馆还包括一个藏有 12000 册书籍的图书馆。档案馆的房子低矮而简洁，毫无装饰，体现了"包豪斯"的风格，其造型有如一册册卷宗排列的意象。

　　看完包豪斯的这三处遗迹以后，脑子里一直盘旋着一个问题：现在建筑界还有人像包豪斯的同人们那样把社会与美学结合起来进行追求的建筑艺术家吗？

赛珍珠的中国情结

　　尽管诺贝尔文学奖获得者的名单中只有十分之一的女性，而在这少量的女性中早就有了赛珍珠这个中国式人名，但作为一个专业的西方文学研究者和中国文学的爱好者，却从来没有把这位真正贯通中西的女文豪纳入自己的视野。每当想把目光转向她时，仿佛就听到一个有威力的声音在提醒：不值得关注！而由于这个声音的覆盖，我们几乎看不到她的作品被翻译出版，同行们写的有关史书中亦不见她的名字。于是许多人跟我一样，久久处于对她的无知状态。

　　人们都说庐山以多雾闻名，但这次恰恰是在庐山使我拨开眼前的迷雾，看到一个真实的赛珍珠。多亏庐山国际写作营的接待部门把我安排在"一号别墅"下榻。出了别墅院门，跨过马路便是一组专供游人参观的"老别墅故事"景区，其中就有赛珍珠的别墅。但头几天我不知道它的性质和内容，故未去问津。一天午饭后，我正要回宿舍休息，台湾诗人罗任玲女士问我要不要听听这里面的故事，其中还有赛珍珠的呢。这使我眼睛一亮，一种久违了的感觉，马上使我意识到：沈从文、张爱玲之后看来还有人被我们所忽略，应该赶紧把她拉近距离看一看。于是马上买了两张价格不菲的门票。

　　赛珍珠别墅位于这组别墅群的最后面，也是最高处。因此按照参观路线，我们最后才进入这幢房子。它坐南朝北，依山而建。故前面看去是二层，后面只有一层。近旁有一口水井，井下仍有水，只是废弃了。站在二层柱廊里朝北看去，发现它正好与我暂住的别墅位于同一条南北直线上，相距仅约150步之遥！原来这是身为传教士的赛珍珠父亲赛兆祥购置的一处私产。出生后三个月就被父亲带到中国的赛珍珠，从小就经常随父来庐山避暑或度假，"每年六月，当秧苗从旱地移栽到水田的时候，也就是去牯岭的时候了"。"牯岭"是庐山的主要小镇。这是刻在赛珍珠脑子里的难忘记忆。甚至她的初恋和第一次蜜月都是在这个蕴有深厚文化富藏和世界级自然景观的圣地度过的！

　　展室里最令我感动的是那尊赛珍珠的蜡像：她正坐在一架旧式打字机上打字，那种精神饱满，全身心投入的样子，立刻让人看出她正处于灵感泉涌、心潮澎湃的状态，恨不得一口气借助这架机器把它们倾泻出来！原来，在国内外她到过的名山胜水中，她尤其喜爱庐山，以致后来"我每到一个风景秀美的地方，总是不由自主地把它和庐山相比较"。1922年的夏天，她带着孩子又一次来到庐山。庐山那独有的景色和凉爽又一次撩拨着她的情怀，并在一天的下午终于冲开了她的才情的闸门，不由得郑重地向人宣布："就从今天起，我要开始写作了。我终于要动笔了！"她的处女作《也说中国》就这样在这座石砌的小楼内诞生了，此后一发不可收。其实，这尊蜡像的情状，又何尝不是她一生写作精神的写照。不然，这位天生丽质、物质优裕的女性，尽管常在中美两国间来回奔波，尽管为独女的脑残备尝痛苦和艰辛，加上战乱的侵袭，她一生中怎么能写出116部（一说85部）著作，其中包括40来部长篇小说，大量中短篇小说和散文、戏剧、诗歌、政论等作品？这说明，她一生中几乎把她可利用的全部精力都集中在精神世界的追求，而没有把它消耗在一个美貌女人容易蹈入的物质享受的浮嚣生活之中。仅凭这一点，她就足以令人肃然起敬了！罗任玲女士显然看出了我的激动，命令我"站好"！拍下了我与赛珍珠的合影。

在赛珍珠81岁的生命中，将近一半都是在中国度过的，而且都在她的前半生。这个生命阶段正是一个人形成他的精神气质、思想情操和基本人生观的决定性时期。你看，她时而安徽，时而江苏；在那里读书，在那里执教。正是这典型的江南水乡的水土，成为了滋养她成长的乳汁和才思的源泉。而传导的中介，首先是她幼年的保姆，那位来自土地的农妇。她质朴而勤劳；贫穷却充满对生活的信心，在她家一待就是18年！是她最先教会她走路，学会中国话，用一个大地"保姆"的眼光教她看土地，看社会，看世界。后来她写道："我最初的有意识的记忆，就是关于它的人民和它的大好河山。"并讲过：世界上最美的人是中国人，最美的地方是中国农村的田野和村庄。直到她回美国（1934）后的1938年，在诺贝尔奖的奖台上她依然动情地说："假如我不为中国人讲话那就是不忠实于自己。因为中国人的生活这么多年来也就是我的生活。"这就不难理解，为什么她把中国称作她的"父国"，把美国称作她的"母国"。尽管她在"母国"生活的时间略长，但纵览她一生的创作，多半是以中国为题材的，她把关注点投在农村，更见出她的战略眼光，而且基调基本是健康的。尤其那部先后给她带来普利策奖和诺奖的代表作《大地》，其男女主人公并不是被贫穷和苦难压倒的消极形象，而是勤劳、节俭、没有丧失生活信心，甚至还有奢望以致发迹为地主的进取者形象。因此该书乃至她的大部分作品对众多的国外读者了解中国和中国人的生存状况起了积极的作用。所以前总统尼克松曾称她为"沟通东西方文明的人桥"，无疑是中肯之言。

可能我们有的人太执着于粉饰性描写了，对于真实性描写总爱用"丑化现实"的贬语相加。如果是一个"丑化"中国现实的作家，她对中国和中国人如何爱得起来？但赛珍珠即使回美国后依然回忆说：长大以后"无论我住在什么地方，我与中国人相处，都亲如同胞"。她还说过："我不喜欢那些把中国人写得奇异而荒诞的著作，而我的最大愿望就是要使这个民族在我的书中，如同他们自己原来一样真实正确地出现。"而且她深信"中国是不可征服的"，尤其当她看到中国人民众志成城、团结抗日的决心，她"感到从没有像现在这样钦佩中国"。她发表演讲，强烈声援中国的抗日战争，并四处募捐。即使到了晚年，她依然重申："我一生到老，从童稚到少女到成年，都属于中国。"甚至在1972年她想以记者的身份随尼克松访华的热烈要求遭到拒绝以后，她仍然义无反顾地最后在自己设计的墓碑上只刻上"赛珍珠"三个汉字，以示她难以割舍的"父国"情结。

赛珍珠的作品被译成上百种文字，成为人类智慧的一部分。身为这样一位享誉世界的作家，她当然拥有发表独立见解的权利。她的某些声音不管我们爱听不爱听，都应得到尊重。因为我们不爱听，未必意味着人家不正确。其实我们以往"爱听"的某些事情，随着时间的推移不也一个个被我们自己否定了吗？须知，作为一个有传教士家庭背景的作家，她之所以放弃美国的优裕生活，而选择较贫穷的中国为其第二故乡，她是以"博爱"的信念为支撑的。因此她的作品有许多是为儿童写的。而她把《水浒传》译成英文后，改名为《四海之内皆兄弟》。难怪早就想为赛珍珠"翻案"的已故诗人徐迟留下这样两句铭语："她写得不比我们最好的作家差，但比我们最好的作家写得多得多。"他甚至称她为"我国的一位可敬又可亲的朋友"，并追悔我们长期以来对她的"不够朋友"。切中肯綮！

在展室里流连忘返越久，心情越沉重，越愧疚。特别是想到这位可敬可亲的老人，当年以80岁高龄想回"父国"最后见一面而四处奔走终遭拒绝的时候，她该是多么不理解和难过啊。此后只过了一年她就患上癌症而永远离开我们了，而我们却一无所知！此刻我恨不得把展室里所有能买到的她的或关于她的书籍都一股脑儿买下来，以弥补此前对她的无知，并据此写一篇短文，作为对她的追补性的悼念。可惜能买到的只有两本：刚出版不久的《大地》和别人写的《大地的女儿——赛珍珠》。当然我把它们都收入囊中了！

达沃斯之魔

  提到瑞士名镇达沃斯，人们首先会把它与世界经济论坛联系起来。但我知道这个小镇，至少早于这个论坛诞生（1987）前25年，即在20世纪60年代初读托马斯·曼的名著《魔山》的时候。小说里作为众多人物唯一活动场地的"森林疗养院"，就在达沃斯的一个山坡上，俗称"山庄宾馆"。这是一座供世界各地上流社会享用的肺病疗养院。在托马斯·曼的小说里，它是一座仿佛被某种魔力控制的"魔宫"：病人一进去多半就出不来了，但不是因为病情的原因。现实中的这座疗养院倒使不少人恢复了健康，如托马斯·曼的夫人卡齐娅就曾于1912年3月至9月间在这里疗养了半年，20年后人们仍看到她活跃在滑雪场上。小说里的人物一进入这座疗养院，就仿佛对这里的生活环境失去了抵抗的意志，而跟着一天天"烂"下去，甚至于小说主人公卡斯托洛浦原本只是想去看望一下他的一个亲戚，谁想进去后一住就是七年！

  《魔山》的写作始于1912年。这一年托马斯·曼曾于五六月间因探视妻子在达沃斯逗留了近一个月。显然，达沃斯这一段经历给了他创作《魔山》的灵感。不过当时他只是写了个中篇小说，长篇的计划因第一次世界大战而中断了。战后，面对欧洲现代主义文化思潮汹涌澎湃，社会主义运动风起云涌，这位原来政治和文化上倾向于保守，而对尼采哲学倒颇为暧昧的大文豪经过紧张思考，这时却对社会主义表示出暧昧，而对尼采哲学则要拉开距离了。仿佛他注定要充当欧洲批判现实主义最后一个浪潮的代表，来宣判资本主义世界的无可挽救，而这个灭亡的幽灵就潜伏在这座见证死亡的肺病疗养院里，长篇小说《魔山》就围绕这一主题展开了。1925年《魔山》出版。四年以后，它和名作《布登勃洛克一家》让托马斯·曼走上了诺贝尔奖的领奖台。

我后来知道小说描写的地理背景是个实有的存在，梦想就开始了：什么时候也能亲临一下这个奇妙的山庄？35年后——尽管这个过程相当长，但它还是实现了：1995年至1996年，我利用在瑞士进行学术访问的机会，几乎把它所有的名胜古迹扫荡一空，其中自然少不了达沃斯之旅。多亏了瑞士的爬山火车——我换了三趟火车，费了三个多小时，才终于来到了海拔1580米的高度——达沃斯的所在地。但不要以为这是高山之巅，不，它四周仍是群峰环抱，而且绝对高度都在1400至1800米之间，加上海拔，多半都在3000米以上！它们就是雄伟的阿尔卑斯山群峰，达沃斯镇就卧在它们的怀抱里。那是一条狭长而平坦的峡谷，镇上的房舍沿着它一字儿排开，它们或密或疏，或高或低，或新或旧，容纳着12000多幸运的"土著"，每年还要接待210万来自世界各地的游客。

我沿着中心街道东看看，西瞧瞧，徜徉了一回，但心里老惦念着那座"森林疗养院"，于是赶紧回头！经打听，它就坐落

回流的缓波

在附近一座矮山的山坡上。抬头一望，只见一座米黄色的发旧的大楼醒目地耸立在眼前，数了数，一共有六层。我走了好长一段路，才找到通向它的那条坡道的路口。坡道很平缓，我不慌不忙地走着，把这一段步行当作玩赏，心想：等了你多少年了，今天你终于跑不了啦！

我悄悄走进大门，准备被门房盘问并让我登记。但奇怪，门口没有人。我就大步走了进去，想找个人问个详细再参观。可惜到处冷冷清清，鬼都见不着。我乘着电梯，在每一层都溜达了一番，发现有的办公室或会议室的门敞开着。最后，在第六层的一头，走进一个有一排排坐椅的会议室，往右一拐，只见一扇大门连接着一个很大的露天阳台。我喜出望外，多好的观景台，难怪昔日把这座楼叫作"森林眺景宾馆"。于是我径直朝前走去，直到约一米高的屋顶护墙旁边——好美的景致呵：整个达沃斯镇尽收眼底；两旁逶迤的山峦亲切地向我微笑；那面空旷的山坡也许就是当年卡斯托洛浦常去滑雪的地方吧？我赶紧举起相机咔嚓、咔嚓……"这是我们休息的地方，不是游览的地方！"一个女人的声音直冲而来。我朝右后边扭头一看，只见一个中年女人正从床上坐了起来，两眼直盯着我。我的脸"唰"的一下红了起来，心想，一路上来都没有人，怎么突然变出个女人来，而且整个阳台只有孤零零一张床?! 仿佛见到了《聊斋》里的一个什么妖精。哦，对了，这就是小说里写的病人们沐日光浴的地方。我赶紧说："呵，对不起，我以为今天是阴天，不会有人来这里晒太阳……"这时前脚已跨出了门槛，落荒而逃。

小说毕竟是想象的产物，事实上，这座肺病疗养院非但没有把病人拖向死亡的魔窟，相反，它是最早给这一顽症病人带来康复的福音的，而且成了达沃斯发迹、繁荣的信号。原来达沃斯最初是个牧民小镇。1857年有人发现这里的空气对肺病疗养有奇效，几年后第一批疗养者来到这里，其中一个名叫雨果·李希特的迅速康复，从而很快使达沃斯作为肺病疗养胜地而遐迩闻名。李希特干脆就留在了达沃斯，创办了《达沃斯报》等传媒，更使达沃斯声名远播。随着1890年铁路的建成，疗养院、宾馆、别墅等建筑物如雨后春笋。其间，建筑师伊斯勒起了决定性作用，他的设计吸引各个州都争相来这里建疗养院，而德国人沃尔夫冈建的"高山疗养院"迄今仍是达沃斯最有名的疗养院。

达沃斯凭着它的多山优势，滑雪、滑冰运动也很快发展起来了。1906年，这里举办了第一届世界妇女滑冰比赛。后来每年圣诞节至元旦都要在这里举行世界最有名的滑冰比赛。兴旺与繁荣，成了达沃斯最大的魔力，各行各业的人纷至沓来，在旅游旺季，接待床位甚至达到16000多张，超过了本镇的居民数。光顾者中自然少不了作家、艺术家、明星大腕等等，其中值得一提的当推德国表现主义著名画家、"桥社"创始人恩斯特·路德维希·基西纳尔，他在达沃斯住了21年之久，他的许多名画都是在这里诞生的。瑞士大作家马克斯·弗里施也钟情于达沃斯，他的长篇小说代表作《施梯勒》的女主人公也以这里的一家疗养院为背景。

达沃斯，这个瑞士第二大镇，在经历了一个世纪的蓬勃发展之后，其魔力的能量一点都没有消减——自1987年起，随着七国峰会一年一度的鼓声隆隆，达沃斯的"高山进行曲"又奏出了更高的音符，让它戴上"世界名镇"的桂冠。

卡夫卡的中国"签证"

按照德国文学史家汉斯·马耶尔的说法，卡夫卡是"从文学外走到文学内"的。的确，卡夫卡的艺术世界是一个特异的世界，故在开始阶段它对于很多人（不管是东方人还是西方人）都是陌生的。因此卡夫卡从"外"到"内"的过程，就是一个"等待戈多"的过程。"戈多"是什么？就是现代的人文观念和现代的审美观念的普遍觉醒。只是这个觉醒对于生活在社会主义国家的人来说，其过程要比生活在西方文化圈的人长得多，尤其在中国。好在卡夫卡用了足够的耐心，终于在中国也等到了"戈多"，从而拿到了进入中国的"签证"。

20世纪50年代，当卡夫卡在欧美国家正在"热"起来的时候，我们中国读者对卡夫卡这个名字还一无所知。即使知道了，也不会接受。因为那时只承认苏联、东欧的社会主义文学，而对于西方资产阶级文学，如果是古典的，准许批判地接受；对于现代的，则基本拒绝。而如果是"现代派"的，则一概拒绝，让人避而远之。

60年代，苏联、东欧国家在"解冻"的文化氛围下，对现代派作家开始松动，出版了他们的某些作品，包括卡夫卡在内。

但这在当时的中国却被视为"修正主义思潮"的表现，于是来了个"反其道而行之"，干脆将这些作品作为"反面教材"翻译出版，予以"示众"，可又怕读者"中毒"，所以只许以少量印数供"内部发行"，让少数知识水平较高且具有批判能力的人读了后起来批判。这些书一律覆以单调的黄皮封面。此事发生在"文化大革命"前夕的1964—1965年。这批书里头，就有一本是卡夫卡的作品，题为《审判及其他》，收入了卡夫卡的长篇小说《诉讼》（即《审判》）和五篇卡夫卡的代表性短篇小说。

本人那时大学毕业不久，在中国科学院外国文学研究所从事一本"内部发行"的刊物《现代文艺理论译丛》的编辑工作，有条件订阅一些西方报刊，知道卡夫卡及其在西方的巨大影响。但没有接触到卡夫卡的作品。直到"文革"期间，在中国外文书店清仓时，淘得一本《卡夫卡选集》，我如饥似渴地读了其中的《美国》（现译为《失踪者》）、《城堡》和一些短篇小说，觉得他的写法确实很奇特，但不觉得有什么"毒素"，而且像《变形记》《饥饿艺术家》等写得不同凡响，惊叹不已！心想，有朝一日要将它们翻译出来！

20世纪70年代末，中国终于宣布"改革开放"。当时我在该所的机关刊物《世界文学》工作。该刊决定发表卡夫卡的《变形记》（李文俊译），作为突破外国文学"禁区"的第一步，并要我起草一篇文章，说清楚卡夫卡的真实情况。我以《卡夫卡和他的作品》为题，肯定了卡夫卡的作品突入了以往文学未曾涉及的领域，尤其他所揭示的西方世界的"异化"现象具有特殊价值（当时还不敢联系社会主义国家的现实），同时也肯定了他在艺术上的独到之处。当时自己不能肯定，发表基本肯定"颓废派"作家的文章是否会遭到责难，所以未敢署真名。那时《世界文学》的发行量是每期30万，卡夫卡的作品很快在读者中引起积极的反响，于是陆续有刊物约我继续写关于卡夫卡的文章或翻译他的其他作品。第二年即1980年，我为北京的大型期刊《十月》译了卡夫卡的另一篇重要小说《饥饿艺术家》并附一篇文章。但那时官方强调：对现代派作品，艺术上可以吸收，对其内容要慎重。于是我先着重对卡夫卡的创作进行审美分析，探索他在艺术上有哪些特点，并于1982年在北京的重要学术刊物《文艺研究》上发表了长文《西方现代艺术的探险者——论卡夫卡的艺术特征》，这在学术界引起很大反响，人们普遍认为卡夫卡是个严肃的、有成就的作家。这时，别人由英文转译的卡夫卡的两部长篇小说《城堡》和《审判》（即《诉讼》）亦已出版。

267

　　但好景不长。由于改革开放一直是有阻力的，1983年意识形态领域突然开展一场"清除精神污染运动"，思想界关于"异化"的谈论成为这一运动的主要目标之一。"异化"是卡夫卡作品中的突出主题，在这场政治运动中自然处于险境。但未见社会上有谁对我发难，领导上也没有太让我为难，只是要求我"自己清理自己的问题"，限一周内交出2000字的自我检查。我对这场运动感到不能理解，内心十分抵触与苦恼。由于多年的教训，尤其是"文革"中的经历，觉得学者应该忠于自己的科学良心，再也不能说违心话，更不能打自己的脸！于是我采取"拖"的策略。到了一周的限期时，我向领导报告说，卡夫卡的"异化"问题非常复杂，没有两个月的时间写不出文章。领导无可奈何，只好说："尽量抓紧，尽量抓紧！"幸亏上帝保佑，由于上层内部对"清污运动"态度不一致，不到一个月它就以"不了了之"告终！我侥幸地逃过了这一关。

此后政治气氛显然又宽松一些了！外国现代主义文学的翻译介绍重新活跃起来。中国文坛权威的出版社——人民文学出版社出版了由孙坤荣编的《卡夫卡短篇小说选》，有更多的报刊发表了卡夫卡的作品。我除了继续对卡夫卡的艺术特征发表见解外，开始对他作品中的思想内容进行初步探讨，并于1986年出版了我的关于卡夫卡的第一部专著《现代艺术的探险者》。接着由我编纂的收集国外卡夫卡研究成果的集子《论卡夫卡》亦由学术界权威出版社即中国社会科学出版社出版。这些年来，我除了写了第二部关于卡夫卡的专著《卡夫卡——现代文学之父》外，又分门别类编辑了几本有关卡夫卡的著作，如《卡夫卡文学书简》《卡夫卡书信日记选》《卡夫卡随笔集》等。同时还为台北一家出版社编了《卡夫卡短篇杰作选》和《卡夫卡内心独白》二书。此外，《卡夫卡致密伦娜情书》和马克斯·勃罗德的《卡夫卡传》也由我和黎奇先生合译出版。现在由我主编的《卡夫卡全集》十卷本也已交由河北教育出版社付梓，明年可以见书。现在每年都有好几家出版社争相出版卡夫卡的作品。而值得注意的是，喜欢卡夫卡的人不限于文学界，几乎各行各业都有卡夫卡的热心读者。因此可以说，卡夫卡已经稳稳地拿到了进入中国的通行证。

长期以来，中国读者主要是从社会学的观点来解读文学作品的。随着时间的推移，他们对蕴含在现代文学中的存在主义哲学的理解和了解日益加深，于是越来越发现卡夫卡作品中的存在哲学的底蕴，领悟到卡夫卡作品中涉及的不只是具体的社会现实或政治制度，而是人的根本生存境况。作者通过他的作品的平静描述，向我们尖锐地揭示了人类面临的危机，这就是人类文明的悖谬式发展和日盛一日的"异化"趋势，从而唤起我们的忧患意识与拯救愿望。难怪有人说，卡夫卡的作品对于今天的人类不啻是一部新的"启示录"。

与以往的文学相反，卡夫卡的作品给我们带来了显然不是精神上的轻松，而是生命的沉重。阅读时，我们时而仿佛感觉到克尔凯郭尔式的"战栗"，时而仿佛听到尼采的孤傲，时而感受到萨特似的"粘糍"。那种威权笼罩的不可战胜，那种障碍重重的不可克服，那种人际真情的不可沟通，那种孤独处境的不可逃避，那种明确目标的不可到达……给人心灵以巨大的震撼。作者没有想教导我们什么，他让我们去感受生命，并思考"为什么?"

卡夫卡的精神人格也吸引我们的兴趣。他的人格在我们看来是一个多重的复杂结构。在我的论文《一个掉入世界的陌生者》中，我是从下列几个精神层面来分析他的性格综合体的：他的归乡意识；他的负疚意识；他的恐惧意识；他的孤独意识；他的自审意识；他的审父意识；他的悲剧意识。后一点对于卡夫卡的个性具有本质的意义。置于这个意识核心位置的是他那个"不可摧毁的东西"。正是这个"不可摧毁的东西"，赋予他的悲剧意识以一种西绪弗斯式的悲壮性。但如果我们用一种简略的、抽象的方式来看卡夫卡的性格，也许没有那么复杂。因为卡夫卡的思维方式是悖谬：结构又解构。因此，矛盾的二重性才是他的性格的最基本的特征。

中国读者十分赞赏卡夫卡在文学创作上的艺术成就及其对于小说美学的原创性贡献。他所使用的表现方法在许多方面都是独特的，例如，那种荒诞框架下的细节的真实使荒谬的更荒谬，真实的更真实；他把逻辑范畴的悖谬概念作为表现手段用于创作，取得黑色幽默式的强烈的悲喜剧效果；象征和譬喻之类固有的表现方法经他之手使作品获得多重内涵和多种解释性；他的平静的描写中却蕴含着一种激情、一种"引起愤怒的明了性"（卢卡契）；他的梦幻手段使人"内宇宙"中的潜意识获得宣泄的渠道；他善用的怪诞的、酷烈的画面使读者获得"被击一猛掌"的惊醒效果；他的主人公的似传非传特点赋予作品以更加真实的品格；他的质朴笔法将传统文学中常见的繁枝杂叶和感情泛滥一扫而光，给人以耳目一新的感觉……中国读者和学者非常钦佩在探索小说艺术新的表现方法所表现出的严肃态度和献身精神，我在书中称之为"现代艺术的探险者和殉难者"。

中国学者在卡夫卡研究方面尝试了多种方法。最初还是沿用过去袭用的方法，即上面提及的"社会学"方法，历史唯物主义与辩证唯物主义那条思路。随着研究的深入，逐步采用西方学术界某些流行的方法，如存在哲学、悲剧美学、接受美学、诠释学、现象学、比较美学、现代心理学等，也有个别人运用过结构主义和俄国形式主义。还有人尝试运用自然科学的方法，如所谓"蝴蝶效应"。但这点我还没有弄明白。总的说来，由于我们起步较晚，在运用新的方法论方面还不太成熟。

如前所述，在对卡夫卡感兴趣的读者中，各行各业的人都有，其中自然少不了作家。于是就产生了一个不可避免的现象：

有一部分作家，主要是思想比较开放的中青年作家，在创作上直接受卡夫卡的影响。最早在创作中有所表现的资深作家王蒙，80年代初他的中篇小说《蝴蝶》和短篇小说《夜的眼》一发表，人们就看出了它们带有的某些卡夫卡的特征。著名女作家宗璞也被卡夫卡的艺术慑服了，她不但根据自己在"文革"中的荒诞经历，也用卡夫卡的荒诞笔法写了一篇短篇小说《我是谁?》。小说女主人公在"文革"的"群众运动"中突然被打成"牛鬼蛇神"，以致她自己也不知道自己是谁了! 小说让人想起卡夫卡的《变形记》。宗璞还撰文说："卡夫卡的作品完全打开了我的眼界，我完全震惊了! ……我真的很吃惊，原来小说也可以这样写!"

当时年青一代作家受卡夫卡的影响还要强烈。其中对格非、余华、残雪和陈村等人的震动最大。余华在《川端康成和卡夫卡的地震》一文中这样说："在80年代前期，我非常尊敬日本作家川端康成。但后来当我快要成为殉葬品的时候，卡夫卡把我从川端康成的屠刀下及时救了出来。我把这看作是命运的一个恩赐。"

惊喜与自勉

今年 3 月中旬，我突然接到瑞士苏黎世大学校长汉斯·威德尔教授的邀请函，说该校人文学院已经决定，授予我以"荣誉博士"学衔，为此邀请我于 4 月 26 日赴该校参加授衔仪式并接受荣誉博士证书。这令我感到意外和惊喜。因为我知道，在欧洲，至少在德语国家学术界，"荣誉博士"是一种最高学术荣誉，只有国际上声誉卓著的知识精英才有资格享受这样的殊荣，而且苏黎世大学是德语国家数一数二的名牌大学。难道我已经具有这样的国际声誉了吗？再说，我与这所大学还从未发生过正式关系。虽然我曾经在瑞士做过 4 个月的学术访问，但那不是苏黎世大学的邀请。我只是在那里访问过三两位同行教授，也在那里做过一次学术报告。仅此而已。

到了苏黎世大学后才知道，该校的人文学院很大，拥有四五十个系和 130 名教授。这次由该院遴选出的荣誉博士有两位，另一位是德国哲学家、76 岁的犹太学者图根哈特，他可早已是国际著名学者了。在 4 月 25 日晚上，即在学校授衔仪式的前夕，人文学院为我俩举行了小型的欢迎晚宴，哲学、历史、文学、外文等系的负责人参加。该院常务副院长在致辞中说：坐在我们面前的这两位客人真是不容易啊，多少人在表决中都未能获得通过，他们都失败了，唯有他们两位才获得了成功。接着他分别讲了一下我们两人的"功勋"。在讲到我的时候，说我在国内开风气之先，最早把两位欧洲现代作家卡夫卡和迪伦马特引进中国，通过有效的翻译和介绍文字，使他们走近中国读者，从而推动了中国日耳曼语言文学的发展，促进了中国当代文学和戏剧的观念更新。同时叶教授还积极参与国内文艺理论以及社会和文化热点问题的争论，经常发表独到见解。而在这方面如同他在翻译、研究工作中一样，都表现了"他的无畏精神、先锋精神和正直品格"。在饭后的自由交谈中得知，遴选荣誉博士的入围资格，首先须有同院10位以上同行的联名签字推荐，然后由全院教授投票表决，获三分之二以上票数方能通过。有人告诉我，该院联名推荐我的有13人，附带推荐的4人，公布后又有25人签名支持。有了这个基数，所以表决时就不难了。

苏黎世大学的其他学院也分别选出了他们的国际同行为荣誉博士，全校有13人。他们大多均已耄耋之年。其中有的是1981年的诺贝尔化学奖得主，有的则是在研究疯牛病方面做出特殊贡献的医学家，还有卓有成就的经济学家、法学家、神学家等，此外还有一对夫妇双双获奖，人们会下戏称他俩系"居里夫妇再世"。典礼是与该校175周年校庆同时举行的，约有800名师生代表，加上各有关大学的校长（他们都佩戴着仿佛由诸多的金元宝串起来的金项链，煞是神气）。苏黎世大学的礼堂坐落在一座山丘上。这天天公作美，阳光灿烂，人们像过节一样熙熙攘攘地走进礼堂。当我由洪安瑞教授陪同步入会场时，场上已座无虚席。我显然沾了图根哈特的光，校方把我和他安排在最前面的中间一排，因为他将要代表大家致答辞。这也说明，人文科学在这里是很受重视的。台上始终有一支乐队待命，每个节目之后就演奏一首典雅的莫扎特乐曲。校方表彰了每位荣誉博士的事迹以后，分别发给我们用长筒子装着的荣誉证书。我们在乐曲声中领取后，分别与威德尔校长和有关院长合影，这时镁光灯与掌声混合在一起。

　　仪式结束后，在与礼堂毗连的大厅里举行盛大的宴会。瑞士教育部和苏黎世政府有关官员利用这机会分别发表讲话。席间瑞士的几位作家、学者朋友前来向我祝贺，其中最令我兴奋的是我的老朋友穆施克教授夫妇突然出现在我面前。他是继迪伦马特和弗利施之后瑞士最有名的作家兼学者，也是诺奖得主格拉斯的好朋友，刚从柏林艺术科学院院长的任上退下来。饭后他请我去他在理工大学（瑞士另一所最有名的大学）的办公室小坐，并在屋顶阳台喝茶。在聊谈中我向他袒露：今天获此殊荣我有点不敢当：我们这一代中国学者仅"文革"就耽误了十年！成绩确实平平。他不以为然地说：遴选荣誉博士不仅要看成绩，更重要的是看聪明才智，看远见卓识。你首先选择卡夫卡和迪伦马特作为你翻译、研究的对象，说明你很有战略眼光。如今这两位欧洲作家在贵国均引起很大反响，这就是你的功劳。他这么一讲，使我想起了在人文学院举行的晚宴上，也曾有人提到，中国作家到瑞士访问时，常常提到我的名字，因为他们受到卡夫卡或迪伦马特的直接影响，而瑞士作家和学者访问中国时，有时也听到有的中国作家提到我，因为他们创作上也直接受到这两位作家的启发。穆施克还说到，他曾在《新苏黎世报》上看到过关于我的报道（当是若干年前该报驻京记者薛特里先生所写，他曾采访过我），说我在艺术、建筑、戏剧等领域也有发言权，而且他对我上次在他家过圣诞节时留下的歌声也有很深的印象。他认为，这一切都会对我的入选起综合作用。穆施克教授的这番话多少缓解了我多年来的一种内心不安，即由于介入某些社会、文化热点问题的讨论，影响了我的专业研究。

第二天，瑞士最有影响的报纸《新苏黎世报》报道了苏黎世大学的这一举动，对13位获得荣誉博士的学者一一作了简短的介绍。这时我发现，该报在这一天还单独发表了一篇关于我的报道，篇幅不短，而且还附有一张照片。我把全部报纸翻了一遍，未见其他人享有这个待遇，而且此后几天的报纸也没有单独报道过其他人。这使我有点受宠若惊，也不无诧异：为什么唯独报道我？是不是这家报纸，也许还有苏黎世大学突然发现，他们以往对中国关注得太少了？但这也许是我在这个季节碰上的一个运气：两天后美国的《华尔街日报》也发表了一篇该报记者关于我的采访。

然而后来我知道，我享受《新苏黎世报》的这一特殊惠顾也让我付出了代价：该报为采用一张我的最新照片，特地派了摄影记者来拍摄。开会前我一走进礼堂休息室以后，马上就被他请到室外一块草地上拍照，远近左右一口气拍了不下十来张，殊不知这时休息室里荣誉博士们的一个集体项目正在进行：全体合影。这是事先通知了大家的。后来当我在德文网上发现这张唯独没有我的合影时，遗憾之余我不禁暗自窃笑：莫非冥冥中真有一个什么神明在操纵着公平原则，在关键时刻调虎离山，让你顾此失彼，难言得失？

回来以后，我经常暗暗思忖：与国外同行相比，差距是毋庸置疑的，因为他们中谁也没有像我们这样荒废了那么长的黄金时间！因此我内心里总是把苏黎世大学的这一美意当作一种鼓励和鞭策，永远自满不得，松懈不得。

在穆施克家过圣诞

第一次去欧洲的时候（1981），对穆施克只知其名，不知其人。当时向一个为我联系与迪伦马特见面的德国教授打听：比弗利施、迪伦马特晚一辈的瑞士德语作家中，谁是佼佼者？他毫不犹豫地回答：阿道尔夫·穆施克！从此我一直关注这位作家。读了他的一些作品尤其是短篇小说以后，确实感到他名不虚传，艺术手腕出色，无怪乎70年代以来频频获奖，包括德语文学界最权威的奖项——毕希纳奖。论年龄，他比我大两岁（1934年生），出身书香名门，在同辈和父辈中，就有作家、学者。他自己则是作家兼学者，在瑞士最有名的大学，即群贤辈出的爱因斯坦母校——联邦高等技术学院当文学教授。在政治信仰上，他也倾向社会主义。不难理解，当我后来赴瑞士考察时（1995），把他排在了要访问的几位著名作家的首位。

我第一次与他联系时，他答应我到课堂上见。那是他主持的一次诗歌讨论会。但由于我记错了时间，迟到了半小时。我到达时，偌大的教室已经挤得水泄不通。一位被挤在外面的与会者马上猜到了我就是穆施克要见的客人，说："穆施克教授已经介绍过您了，说有一位中国教授光临……"旁边的一个上了年岁的人则笑嘻嘻地把我领到里面的一个座位上。穆施克看上去与他年龄相符：六十开外，头发有点儿花白，个头中等。他无疑是瞥见我的，却显得好像没有看见一样。我心想：糟了，他对我的迟到不高兴了！等讨论课一结束，我马上挤到前面，首先为迟到向他表示歉意。他紧紧握着我的手，说："我正要向您表示歉意呢，过一会儿我临时有事，没有多少时间跟您交谈——现在赶紧去喝一杯咖啡吧。"咖啡厅就在这座圆顶式宏伟大楼的顶上。喝咖啡时他谈起了70年代末曾去过中国，印象很深，使他写了一部长篇小说，因此见到我很亲切，希望我过几天去他家做客。接着给我开了他家的地址和电话号码。我们一起出了大门，便在雪花飘舞中匆匆告别了。这第一次接触，他给我留下较好的印象，至少觉得他没有名家的派头。

两天后就接到他的邀请函，邀请我去他家过圣诞夜，并告诉我几点钟乘几路车，在苏黎世郊区一个叫丹纳道儿夫的村子行车，他会开车来车站接我。这使我有些意外，因为这个节日欧洲人看得很神圣，好像它是专属于自己家庭的，除非至亲密友，一般客人是不请的，何况跟我刚认识。两天后我按时出现在他的家门口。出来迎接我的女主人是一位40来岁、中等个儿的东方人，我不觉心里一亮，以为是同胞，就脱口而出，用中文道了声"您好"！她先愣了一下，接着就哈哈大笑起来，说："您以为我是中国人吧？很遗憾，我是日本人。"我说："日本人也比欧洲人可爱呀，不然您怎么成了这块陌生土地上的女主人了呐?!"听了这话，穆施克也跟着笑了起来。

两口子领我进了紧挨着的另一幢小楼，那是个书房，几个好高的书架间，只见一个偌大的能转动的壶形书架，它与其他书架之间构成一个空间几何造型，颇具艺术意味。走出书林，忽觉豁然开朗，又见一拨女士在迎候我们。穆施克连忙指着那位个儿较大的向我介绍说：这就是马克斯·弗利施夫人——玛利娅娜女士。他显然为有这样尊贵的客人光临感到自豪，我也不觉肃然起敬。弗利施和迪伦马特曾是 20 世纪瑞士文学的一对"双子星座"，是享有国际声誉的泰斗，作为他的生活伴侣——她看起来至少比她已故丈夫年轻 30 岁——必定有较高的文化修养，说不定也是个作家呢，我想。等女主人介绍完她的一位日本女同胞和本地客人后，大家一起落座。一扇屏风把我们与书架隔开。不一会儿，一股浓浓的咖啡香味弥漫在融融的烛光中。在片刻的静穆间，我突然意识到，这是圣诞之夜，也许不宜高声说话，还是让主人先开口吧。但穆施克好像不善辞令，倒是他的妻子，这位比他年轻约 20 岁的少妇，显然比他活跃得多。她首先打破寂静，大声自我介绍说："叶教授，我叫阿子寇，原先在日本见到阿道尔夫，后来就嫁给了他，并且跟他一起到欧洲来了。您也来自亚洲，见到您格外高兴，衷心欢迎您和我们一起度过这个幸福的圣诞之夜。"我说："欧洲虽然我已来过多次，但和欧洲朋友一起过圣诞，这还是第一次，我感到十分荣幸。"这时穆施克举起葡萄酒杯，贴着我的耳朵悄悄说："在我们这里，只有贵宾或好友才能一起共度圣诞良宵。"他的这一亲切的举动让我最后消除了拘谨，便以俏皮的口气说："我宁愿不以'贵宾'，而以好友的名义和大家欢度佳节。"机灵的女主人马上接过话题，说："等我们干了这一杯，您就是双重身份了。"一阵笑声后，大家庄重地互相碰了杯，并喝下一口酒，一种友谊的温馨和着香醇的美酒走遍了我全身。

至此，那位真正的贵客，即弗利施夫人尚未启齿。我想，若能敞开她的话匣子，定能获得不少关于弗利施的第一手资料。于是我便以弗利施为题，讲弗利施在中国如何受欢迎，不仅他的为数不少的长篇小说如《能干的法贝尔》《施提拉》等以及一些短篇小说均已在中国出版，他的戏剧代表作像《毕德曼和纵火犯》《安多拉》等也已搬上中国舞台。……但这位夫人只是有礼貌地微笑着，偶尔点下头；既不表现出意外的高兴，也不想提什么问题。这使我不免有些纳闷：莫非这位女士生性冷漠，还是故作矜持，或者在摆架子？再不，也许对这样的好消息听得太多了，以致已经无动于衷了？——哦，我突然恍然大悟：我提的所有这些书的出版，戏的上演都没有付版税、上演税，而且也没有跟人打招呼，这在一个把版税视为天经地义的合法权益的西方人看来是不可思议的。这时我心里有些紧张，也有些尴尬，考虑要不要对她作点解释……这时穆施克给我解了围：他建议大家去圣诞室"热闹一下"。

宽大的圣诞室一派节日气象：右边靠里一棵高大的圣诞树张灯结彩，金光闪烁，在兴高采烈地欢迎客人；左边一架闪亮的钢琴也在静候着弹奏者；沙发上坐着一对黄皮肤的男女少年向我们微笑：男孩抱着一把六弦琴，女孩则握着一支黑管。阿子寇连忙向我介绍，这是她的孩子。我立即明白了，这是她与日本前夫所生的孩子。圣诞晚会是由这两个孩子的演奏开始的。在我的要求下，女主人弹了一首不太熟练的钢琴曲。接着是重头戏：穆施克的圣诗朗诵。这位年逾花甲的男主角，今天该展现一下他的作家本色了！果然，他不辱使命。只见他精神抖擞，站在"舞台"的中间，两手托着一部大书，朗诵得抑扬顿挫，铿锵有力，最后竟大汗淋漓，博得大家由衷的热烈掌声。最后一个节目人人有份：猜谜。猜不着要罚表演节目，不会表演就学猫叫狗叫。欧洲的猜谜方法与中国不同，自然我输得最惨。穆施克要罚我唱一首中国民歌。我说我唱一首带蒙古音调的歌，大家立刻表现出好奇，于是我即兴改了几句词，唱了一首《赞歌》：从太平洋西岸来到阿尔卑斯山旁，举起酒杯把友谊的赞歌高唱……大家也给了我热烈的掌声。这回终于看见弗利施夫人笑了，而且情绪相当活跃，马上来问我是不是受过专业训练？我说没有，她"哦——"的一声惊叹。

晚会后，大家又回到我刚到达时的那幢小屋，它有明显的昔日农舍的痕迹，除了厨房兼餐厅，没有多少余的空间；两个孩子住在楼上，通过手扶梯上下。按欧洲人的标准看，算是很拥挤了。九个人围着一张长方桌就座，只见女主人来回奔跑，不断更换带有东方特色的菜肴。玛利娅娜坐在我的旁边，她经过两个多小时的考察，现在对我显然热情多了，一边夸我歌唱得好，一边向我介绍各种菜的特点，并问长问短：什么时候到瑞士的啦，以前来过没有，对瑞士印象如何……但我心里一直嘀咕着刚才闯下的祸，唯恐她提起版税问题，让我"供出"中国哪些出版社出过弗利施的书？那将是多么难堪！因为不久前听到过这样一件传闻：两个中国进修生向瑞士朋友谈到瑞士的一本什么书在中国出版了。不久瑞士的有关出版社派人找到这两个中国人，要他们告诉那家中国出版社，他们愿意减半收取版税……为避免这样的事件重演，我琢磨着，应来个"先发制人"：控制谈话的主动权。于是我使劲夸奖弗利施的作品多么富有现代感和哲理性，多么富有社会责任感和人类良知，特别是他出于对中国的友好和改善中欧关系的愿望，70年代甚至加入德国政府代表团，随施密特总理一起访问中国，完成了一次重要的外交使命，成为中欧新关系的架桥者和开拓者之一。谈到这里，我马上把话题转到穆施克，说："穆施克先生很快步了这位前辈的后尘，也于70年代后期访问了中国，成为发展中瑞关系的使者。"这时穆施克插了进来："我认为，一个作家就应该对社会尽一定责任，以促进社会的健康发展，使它更有利于人的生存。必要时还要通过政治途径来履行这种责任。""因此您加入了社会民主党？"我说。"对！此外我还是瑞士联邦宪法修改委员会委员。""所以您把文学看作社会提问的一种形式？""没错！""我相信，您的这个观点在我们中国会受到欢迎。""我想会的，因为我也是社会主义者。""我们这里是共产党领导的社会主义，你们也认同吗？""有认同也有不完全认同。方向基本是相同的，只是方法或者道路不同。""请您说说看。""简单说来，社会民主党是温和的社会主义者，共产党是激进的社会主义者。我们主张把社会主义的有益成分逐步打入资本主义肌体中去，使其逐步替换资本主义细胞，渐渐地导致它最后死亡。而共产党则主张一下子把它打死，这很难。""你们的主张在实践中的成果我已经看到一些了，比如全民义务教育、失业保障、医疗保险、高速公路不收'买路钱'，等等。"接着他问我对中国的社会主义有什么切身体验。我说："像我们这一代中国知识分子80%都是靠人民助学金读到大学毕业的，这使我们经济上没有后顾之忧，能安心学习。"他马上活跃起来："那您也是尝到过社会主义甜头的啰?""当然。但我们也尝到过'大锅饭'的苦头。我们曾经以为资本主义被我们的单纯计划经济、集体主义劳动方式和平均主义分配方式这样一些大棒打死了，谁知道，它是死而不僵，最后只好承认它一下死不了，又退回到'初级阶段'去。看来，恩格斯说的'恶的历史作用'还没有消耗完，它在相当长的历史时期内还将继续刺激生产力的发展。以前我们确实犯了急性病。"他表现出浓厚的兴趣，激动地说:"现在您正反两方面的经验都有了，我们更靠近了。""从政治信仰上也许可以这样说，但我不属于任何党派。""我理解。您是学者，学者只忠实于科学性。可我不同，我是作家，作家的工作总是跟感情相联系，倾向性往往淹没了科学性。""这我也理解，所以君特·格拉斯也是您的同志。这种现象在我们中国更普遍。"接着我们还讨论了文艺与生活、文艺与哲学、文艺与想象以及有关现代流派特别是"后现代"等问题。我庆幸自己逃过了玛利娅娜的"威胁"，却抱歉她和其他客人没有说话的余地。

　　子夜的钟声响了！我向大家介绍了《红楼梦》中"没有不散的筵席"这一名言以后，热烈向大家道贺新年，然后依依辞别。走出门口，我正要跟女主人握手，不料她上来在我左右脸颊上使劲吻了两下。第一次遇到这样的事情，我的脸不禁"唰"的一下红了起来。我下意识地偷偷瞥了穆施克一眼，看看他有什么反应，适逢他紧接着女主人的表示正过来跟我拥抱。这才使我的脸褪了红。不一会儿，电话呼叫的出租车来了，我向这个情谊浓浓的家庭，这座建构简朴的房舍不断挥着手，直到它们在我的视线中消失……

春鸟的"敖包相会"

　　从瑞士转到德国考察的第一个月正值阳春三月，大地正在复苏，一切生命都在重新焕发生机和活力。我落脚于德国现代文学资料馆。该馆位于内卡河畔席勒的故乡马尔巴哈。招待所是一幢四层新楼房，坐落在起伏的丘峦间，窗外是茂密的树林，时闻鸟雀啁啾，尤其是早晨，犹如演奏"百凤朝阳"。其中有一只鸟甚是特别：它的声音如鹤立鸡群，格外嘹亮而婉转，活像一位滔滔不绝的演说家，每天早、晚5点来钟开始，不叫足一个半钟头不收腔。我习惯的睡觉时间是凌晨3点至8点，5点正是我的"午夜"，所以这只鸟的鸣叫尽管美妙，对我的睡梦却是个威胁。有时我越烦躁，它越叫得欢，真让人气恼。于是有一天我决定报复它一下。傍晚5点钟以后，我步出宿舍，走进树林，在对它"动武"以前，我想先看看我的"对头"到底是什么模样儿——哦，说它像"八哥"，个儿却比"八哥"小；说它像百灵，却比百灵大。我看了看周围没人（在这里，袭击鸟类是要被人看作不文明行为的），便捡起一枚石子向那家伙抛去，它扑棱棱直刺天空，飞到百十来步之外，又落在一棵树的枝头上。这时我脑子里一个闪回，忆起儿时吟过的那首古诗："打起黄莺儿，莫教枝上啼；

啼时惊妾梦，不得到辽西。"但没等我把这首诗默念完毕，那家伙又啼叫起来，我感觉受到挑衅，毫不犹豫地追赶过去，瞄准挑衅者，狠狠地把石子掷过去，不想这冤家又飞回了原来的那棵树上。嘿，它在嘲弄我！我简直有点气急败坏，远远看着它得意地越叫越来劲，只得徒呼奈何。但这时我仿佛听到，几百步之外有回声——哦，那是它的另一只同类在啼叫，声音固然不如它的嘹亮，但和它的一样婉转，且比它的柔和——分明是只雌鸟。双方此起彼落，一唱一和，明显在一问一答。啊，原来是一对情侣在互诉衷肠哪！这时，马思聪那首不朽的小提琴曲《塞外村女》闯进我的记忆：那分别代表男女双方的高低音弦的旋律轮番对换，绝妙地传达出一对情人的幸福情话。——咦，这对情鸟为什么不鸣啭了呢？啊，我刚才的行为多么粗暴，竟然破坏了两个生灵谈情说爱的自由！地球上的生命尽管千差万别，但几乎都有异性相吸的本能，在涉及这一天性的时候，人类与它们之间的性灵就贯通了！雌雄两性在互相吸引的时候，那正是生命的狂欢，而这是春天赋予它们的特权，是大自然存在的本来形式，你去破坏它，那是天理难容的。这时我感到自己刚才的行为不仅是粗暴，简直是残暴了！殊不知，鸟类乃是非哺乳动物中地球上与人类关系最密切的朋友。君不见，只要我们走到田野或山林，便有无数鸟类以各种方式——或飞或唱——向我们表示友好。假若地球上没有鸟类，世界会变得多么寂寞啊！殊不知，当今世界，千家万户，朝朝暮暮陪伴老年人安度晚年的，数量最多的恐怕当推鸟类了。想起我的老朋友谢冕，每次去他家时，关于他养的那四五只鸟就有着说不完的话题，显然它们给了他无穷的乐趣，因而融为他生活的一部分了，虽然他始终是个大忙人。我的已故瑞士朋友、著名作家迪伦马特，他唯一的宠物也是一只鸟，一只外观漂亮、口齿伶俐的白鹦鹉。不管他写作多忙，每天都要和他这位"知音"交谈一番。那年重访迪氏故居时，虽然"故人已乘黄鹤去"，但他的这位"遗孤"仿佛还认得我，代表已故主人，跟我寒暄。

迪氏夫人不禁笑了起来，说："叶先生你发现了吗？它在替我致欢迎词呢！"

一个月以后，我的考察地点转移到德国中部的大学城哥廷根，下榻处周围没有成片的树林，房屋间却有不少树木。第二天天刚亮，我又被窗外一只鸟的鸣啭吵醒了，酷似那位"演说家"，我不禁大为惊喜，莫非那位"冤家"真的有灵性，与我有精神感应，以至跟来了？人与人之间有"不打不相识"的机缘，难道人与鸟也不例外？我有一种"他乡遇故知"似的意外与兴奋。便干脆坐了起来，细声谛听，发现远处又有一位声音柔美的雌鸟在应答。"多么幸福的情侣呀！"我心里祝愿道。此刻我把它们的鸣叫当作向我道"早安"的信号。我索性利用这个机会，对"鸟语"来一番"研究"和"破译"。我细细分辨着"演说家"那每句叽里呱啦的语调和音节，渐渐地发现它的每一声鸣啭都不是完全的重复，显然其中包含着许多我们所不懂的语汇。聪明的鸟儿就凭这些声音的符号，在同类中进行着信息和情感的传递与交流。这对多情鸟的情话消歇以后，窗外另一种声音立即突现出来，那是山雀们的喳喳声，如果在傍晚，间或还穿插着一两声乌鸦的哭叫。这时，我倒怀念起那位"演说家"的"演说"了：它那清脆、嘹亮的嗓音固然屡屡把我从梦中惊醒，但比起现在这番嘈杂声岂可同日而语!

　　又是一个月过去了，我又换了一个城市。自此，我再也没有见到或听到那位"演说家"朋友。但它给我留下的印象和启迪是永恒的。这富有灵性的小生命!

武夷篝火

去冬 11 月 25 日的晚上，以富有创意的建筑设计而闻名的武夷山庄突然打破一贯的宁静，在后园的草坪上燃起了熊熊的篝火。50 来位中、德一流油画家以及有关工作人员和宾馆员工围着篝火尽情歌舞，随着火焰的不断炽烈，人们的情绪也不断高涨。连几位年逾古稀的德国老画家也很快就坐不住了，他们熟练地踏着音乐的节奏，兴致勃勃地扭动起不无板直的身躯，给整个舞蹈场面抹上独特的一笔。他们的老伴儿，可能意识到自己只是充当配角而来的，开始似乎并不想在这里为女性的特长争辉，后来谁都卷了进来一展风采。哦，你看：他们有的曾经还是舞场的好手呢！于是，只见啤酒、葡萄酒一瓶瓶地少去，而篝火却不倦地喷吐着烈焰。这时我仿佛看到了希腊神话中那个司音乐与舞蹈的女神狄奥尼索斯的身影，我眼前仿佛还出现了《浮士德》中那个有名的"瓦普几斯之夜"的幻景。武夷山的主角——大王山下成了沸腾的海洋，成了两国艺术家们"大泼墨"的现场！这是五天来他们"互动创作"进入高潮的写照，是艺术、文化、友谊与自然浑然一体的"醉意"状态。

中国乃艺术大国、文化大国，也是风景名胜大国。中国被联合国教科文组织正式列入"世界遗产名录"的项目已达31项，跃居世界第三。而获得"自然与文化"双重身份的则有6项，名列第一！这说明，中国不仅拥有丰富的自然景观资源和文化资源，而且还善于将二者融而为一。除"奇秀甲东南"的武夷山外、泰山、黄山、庐山、峨眉山、武当山以及诸多的"佛教名山""道教名山"……都是极好的范例，不愧是"天人合一"哲学的最早倡导国。而且这种哲学不只是反映在书本理论中，还极为鲜明地体现在中国比西方久远得多的农耕文明中。中国漫长的农耕文明使中国在工业文明进程中慢了一大拍，但从另一方面看，又何尝不是它的一种意外的幸运！君不见，武夷山这方圆980平方公里的净土（约相当于16个北京古城）就是在人类环保意识觉醒以前，在所谓"蔚蓝色文明"将到未到之时幸存下来的。武夷山的这一幸运，使漫山遍野的原始森林避免了无穷的刀斧之虞，而赢得了蓬勃的生机；使多种多样的人类的朋友躲过了无情的捕杀之灾，而获得了自由自在的"治外法权"；使条条蜿蜒多姿的千尺深涧继续歌唱着奔跳着汇入江河；使道道横空出世的飞瀑依然呼啸着欢笑着傲悬高空……远离武夷山的人们，在疲倦了心烦了的时候，也可以来这里躲一躲，歇一歇，观赏一下那久违了的雄鹰的高翔，笼子以外的奇珍异兽的徜徉，更可认识一下那在许多地方已经消失了的我们的历史家园，即那些尚未被现代的钢筋水泥板块所充斥、所摧毁的古村落，村落中那一座座有资格代表农耕时代建筑文化之精华的"大宅子"；那为读书人提供深造场所的"高等学府"——书院；那飞架在清澈溪流上的古朴石拱桥；那以水轮机为标志、曾经作为制造业作坊的水碓；

那奉"圣旨"之命建造的节孝坊……对于久住城市的人来说，见到这一切无不感到新鲜，从而唤起生命的记忆。武夷山甚至还留有 2200 年前闽越族的国都遗址以及儒学第二位代表人物、宋代大学者朱熹的故居（这位出生于江西婺源的智者成年以后就一直居住在武夷山致力于发展儒学精神，达 50 年之久）以及宋代大词人柳永的故乡，足见素有"碧水丹山"之称的武夷山历来就是人杰地灵、人们梦寐以求的风水宝地。古语云："山不在高，有仙则名。"确实，论高度，武夷山一般都不高，它的"华彩乐章"即"九曲十八弯"，其两岸山峦一般只有海拔三五百米。它固然拥有上百座千米以上山峰，但最高的也不超过海拔 1300 米，不及峨眉、武当的一半。但它有"仙"呀！这"仙"就孕育于武夷山独特而秀美的山形地貌之中，包含在它的优良的水质、土质与宜人的气候条件之中，体现在这里独特、丰富而且深厚的农耕文化和儒、道、释兼容并包而以"儒"为主导的人文生态以及厚重古朴的民风民俗之中，一句话："仙"就是把万千生灵吸引到这里来并且能够长期和谐共处的种种自然与人文的综合因素。不难理解，这位以"山"命名的仪态万千的"美人"1999 年气宇轩昂地走进联合国为它敞开的"世界双遗"的大门！

倚在太平洋西岸的这位"绝代佳人"就这样地激发了"意象武夷"的首创者们的灵感和想象。他们想：大自然把这样一件美轮美奂的创造物放在我们的面前，作为艺术家的我们，若能联合外国的同行们，首先是其民族艺术传统上同样富有"表现"基因的国度例如德国的同行们，通过人类共通的艺术样式譬如油画，以富有灵气的色彩和线条把它描画下来，把它极为深广而丰富的内涵表现、发掘出来，作为历史的"定影"；让两国艺术家的不同创作理念、艺术因子和表现手法在互动创作中经历一番碰撞、磨合、补充与交融，使双方的艺术创造精神和水平获得一次质的提升，这在艺术史上该是一件多么有意义的创举啊！这一创意立刻得到同人们的赞同。于是，一项浩大的工程展开了！长期生活在德国的著名油画家苏笑柏先生兴致勃勃地不断穿梭于德国东西部各大城市之间，热情邀请和动员那些他心仪已久的德国著名同行和声誉卓著的艺术理论家。国内的主办、承办单位则积极联络本国当红的实力派油画家。经过了一年多紧锣密鼓的筹备，如今，9位年逾花甲或古稀的德国油画家和一位资深的艺术批评家带着他们的配偶，同他们的40位中国同行终于聚集在武夷山下，围拢在烈焰熊熊的篝火旁，以狂欢的形式共度这一历史性的良宵。

中国绘画历来以写意、"表现"为特征，讲究"空灵"和"气韵"，善于借景抒情。德国是20世纪初的"蓝骑士"，即欧洲表现主义绘画的策源地，更是根本改变人类固有艺术观念的学派"包豪斯"的故乡。以严谨、冷峻和抽象著称的德国现代艺术家很可能会在中国艺术中发现某种同质的血缘，一如当年布莱希特从中国表现性的戏曲中找到了他的理论的契合点。同样，中国艺术家也会在德国艺术家那里吸取勇于革新和探索的精神。应邀前来的这9位艺术家都是第一次来武夷山。他们怀着特有的兴奋漂流了风光旖旎的九曲溪，考察了榛榛莽莽的原始森林，参观了闽越古都遗址和有代表性的古村镇，以浓厚的兴味品尝了武夷岩茶的名牌"大红袍"，观赏了也被列入"世遗"的中国"非物质遗产"昆曲表演和武夷茶文化表演。在一号宾馆的茶室或咖啡厅里，他们每天都与中国艺术家们交谈得很晚很晚。其中一个晚上是德国著名艺术理论家伽尔维兹教授的讲演，他宏阔的学术视野和新锐的艺术观点，让中国艺术家们更加清楚地看到当前欧洲艺术发展的走向和特点，受到诸多的启发。此外他还在白天走进一个个画家的画室，对他们的创作进行具体的指点和切磋。两国艺术家和艺术理论家们还用了一个晚上进行了广泛的理论探讨。双方艺术家都认为，像武夷山这样博大与深邃的"富矿"，任何表面的写实手法都是无力的，只有在富有创意的想象中赋予作品以寓意或意象，才有可能呈现出一个不似武夷却胜似武夷的更本质的武夷。在12天的逗留中，德国艺术家们拿出了一个星期的时间埋头于创作。在最后那一天，他们除了选出一幅得意之作赠送给东道主收藏外，每人均拿出三至四件作品参加展览。分别在一个古镇和武夷宾馆举行的展览会上，在蔚为壮观的两国艺术家的作品中，每一位艺术家都展现了自己的艺术个性和哲学视角，反映出各自的不同文化背景和人文关怀。两国艺术家中都有一部分人试图从对方的艺术传统中吸取某些有特征的艺术要素以扩展自己的表现风格，或作为捕捉异域文化特征的方式，如德国的鲍里斯伯爵和中国的王小松教授等。但一个明显的对照是，德国艺术家的作品大多比较抽象、大气、个性鲜明，在艺术的观念上他们显然比我们先走了好多年！这对中国艺术家无疑是一个激励。但中国艺术家的作品也让他们感到有文化内涵，有情趣，甚至有诗意。

从长远看，几天的创作不过是打个"草图"。两国艺术家还将聚会于莱茵河。那时他们心中的武夷山经过时间的积淀、发酵和酿造，还会有更厚重、更美的"意象武夷"问世。

我的"光明"缘

最近《光明日报》一个新栏目的编辑周华告诉我：我在该报累计已发表文章48篇，缘分够深的了！如今该报已年逾花甲，我当写点什么，以示纪念啰？

是的，我作为《光明日报》的一个读者，我的阅读史几乎与它的年龄相仿；作为它的一个作者，也几近"而立"了。人与人接触多了，难免产生感情；与报纸的关系亦然。

最早从开始阅读《光明日报》起，也就是从中学起我就听说它是一张面向知识分子的报纸，因而有一种天然的亲近感。由于爱好文学，自然对它的副刊上发的东西最感兴趣，诗歌、散文等。同时我也爱读它经常发的文艺评论，尤其是《文学遗产》栏目的篇章，它们成了我阅读文艺作品，特别是古典文学的向导。《光明日报》学术争鸣是开展得比较好的，这也吸引了我的兴趣。

经常看这张报纸，免不了也想有朝一日自己也能在这上面发表东西。但那时全国性报纸很少，年轻人想发表文章谈何容易！这个梦一直做到改革开放以后才变成现实。那是1982年，北京人艺上演《贵妇还乡》（即《老妇还乡》），要求我为该剧的演出写一篇剧评，这才开始了我与《光明日报》"零距离"的关系，而所撰《迪伦马特和他的悲喜剧》成了我奉献给该报的第一份"见面礼"。

过了三四年，《光明日报》才有第一位记者来主动向我约稿，这便是单三娅。她说是作家宗璞"力荐"她来找我的，所以她对我的信任度不小：当即表示要为我开辟专栏。于是我便以我老家门前那座天天相见的"笔架山"作为这个栏目的名称，先后写了一批庶几堪称"学者随笔"的短文，把我心中憋了许久，想借以推动观念更新的文艺和文化观点宣泄了出来，其中的《废墟也是一种美》还发生了一定的社会影响，因而成了后来在"圆明园要不要修复"的争论中人们把我称作"废墟派代表"的渊薮。报纸还经常辟一专版，邀请几位嘉宾围绕某个文化热点问题发表意见，我也充当过几次这样的"嘉宾"。

与《光明日报》的关系有点热度已是20世纪80年代后期的事了，那时还有过一段插曲。大概是1988年上半年，《光明日报》举办了一次为日本一位著名女歌星征集优秀歌词评奖活动。七位评选委员会委员中有乐坛大家乔羽、谷建芬、王立平和著名诗歌评论家谢冕。谢是我几十年的老朋友，自然高兴。其他三位则是我久仰的艺术家。作为委员之一，有机会与他们相识相处更是殊感荣幸。尽管我内心里觉得这回《光明日报》把我真的"错爱"了，但通过这一活动还是把我与《光明日报》的关系进一步推近了。这时候，我与该报文艺部主任乔福山、副主任冯立三、秦晋等都已相当熟识。

此后《光明日报》又一位与我往来较多的编辑兼记者是韩小蕙。由于她主编的"文荟"栏目视野开阔，针砭时弊，观点鲜明，屡屡令我激赏，因此很愿意在这个版面发表文章。除散文、随笔外，她还发过我的一篇报告文学《再慰白居易》，占了一个整版。尤其在围绕国家大剧院设计方案的争论中，她勇敢地发了我那篇标明"争鸣"的醒目文章：《只有世界的，才是中国的》，与当时流行的"只有民族的，才是世界的"观点和业主委员会的意图唱了反调，在社会上引起积极反响，吴冠中先生看了马上表示"完全赞同"。在大剧院的设计方案最后落锤时，有好几家媒体引用的主要是此文中的观点——反差的审美效应。从此我感到小蕙在文化思想上是我的同调者，在许多学术、文化活动中我们都互相唱和。小蕙是个性情中人，也是个重友情的人。前年她听说我得了一项国际荣誉，简直比我自己还高兴，除写了报道外，还约了十几位文友设宴为我举杯！这使我十分感动。正是因为她在与作者的联系中注入了友情，使她能够凝聚起一个庞大的作者群，从而使"文荟"版成为《光明日报》一个不败的品牌。

20世纪90年代以来，除了建筑和艺术的观念更新以外，我也关注古城、古村落、古遗址的保护，与社会上的同道者一起，尽力阻止它们正在遭到的史无前例的破坏。这方面《光明日报》与我配合也很默契。在这方面，文艺部副主任宫苏艺也是我的重要沟通者之一。尤其是2006年，由北京市玉河改造工程引起的文物界对古都命运的关切，导致我联名13位全国政协委员写了提案，并在《人民日报》撰文，呼吁古城改造"不要大拆大建，伤筋动骨"，而"让古城渐进式、织补式地自然生长"。《光明日报》立即发出呼应，让宫苏艺来采访我，并让《文摘报》对该报发表的访谈稿作了详细的摘要。第二年，即2007年冬，沉寂了几年的圆明园遗址又说要修复了，我又被推上论战的论坛，在《人民日报》发表了我的《不要触动那片沧桑的废墟》一文之后，《光明日报》立即用一个整版的篇幅同时发表了我和汪之力先生的不同观点。之后他又通过两篇短文，对我们进行"促和"工作，这导致了后来我和这位93岁的老先生进行面对面的促膝交谈，并在他家里吃了饭。此外宫苏艺还在本报"大家"栏里对我作了介绍。"光明讲坛"先后两次以两个整版的篇幅分别发表了我的两篇演讲稿，其中第一篇社会反响强烈，被广为转载，而这一篇最初也是由宫苏艺推荐给"光明讲坛"的。

我先后好几次应邀参加过报社举办的活动：座谈会、文化论坛、中秋赏月等。自然，《光明日报》成了我的精神家园之一。